작은 아씨들

일러두기

- 이 책은 Louisa May Alcott, 『*Little Women*』(Project Gutenberg, 2008)를 참고했습니다.

작은 아씨들

루이자 메이 올컷 지음

살림

루이자 메이 올컷

『루이자 메이 올컷, 그녀의 삶, 편지, 저널(*Louisa May Alcott, Her Life, Letters, and Journals*)』(Little, Brown & Co, Boston, 1889)에 실렸던 사진.

에이머스 브론슨 올컷

루이자 메이 올컷의 아버지인 에이머스 브론슨 올컷은 사상가이자 교육자, 독실한 기독교 신자였다. 루이자는 그런 아버지에게 많은 영향을 받았다. 루이자는 아버지의 서재에서 플루타르코스, 단테, 셰익스피어, 스콧 등의 작품을 읽으며 문학 소양을 길렀으며, 『작은 아씨들』에 나오는 버니언의 『천로 역정』 또한 그녀의 아버지가 루이자에게 그대로 실연해보도록 권한 책이다. 루이자의 아버지는 실험학교인 프루틀랜드 (Fruitlands)를 설립하기도 했다. 이 실험 학교는 유토피아 농업 공동체를 지향했지만, 7개월 만에 실패로 끝났다. 『작은 아씨들』에서는 조와 바에르 부부가 세운 '플럼필드'의 모델이 되어 소설 속에서는 성공적인 모습을 보여준다.

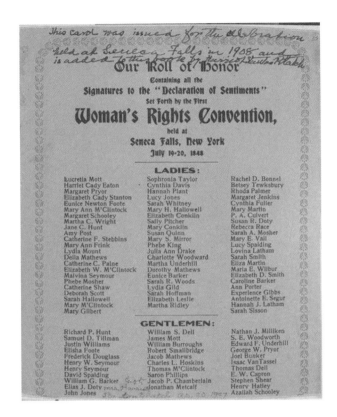

「감성선언서(Declaration of Sentiments)」

1848년 7월 19일과 20일, 미국 뉴욕주의 세네카 폴스에서 개최된 첫 여성 권리 협의회에서 발표된 문서로, 선언서에 서명한 사람들의 이름이 기록된 부분이다. 당시 300명의 참석자 중 100명이 서명했으며 그 중 68명이 여자, 32명이 남자였다. 올컷이 살던 19세기 미국의 여성은 참정권, 친권, 양육권, 직업 선택권 등 많은 권리를 보장받지 못하고 있었다. 올컷도 마찬가지였으며, 그녀는 이 「감성선언서」를 읽고 감동해 여성 참정권을 옹호하게 된다. 그 뒤 매사추세츠주 콩코드 지역의 교육위원회 선거에서 투표에 등록한 최초의 여성이 된다. 올컷은 여성 권리에 대한 관심뿐 아니라 노예해방, 계급해방 등 여러 사회문제에 관심이 많았으며 이러한 그녀의 관심과 따뜻한 가치관은 그녀의 작품에 담겨 있다.

LITTLE WOMEN

OR,

MEG, JO, BETH AND AMY

BY LOUISA M. ALCOTT

ILLUSTRATED BY MAY ALCOTT

They all drew to the fire, mother in the big chair, with Beth at her feet; Meg and Amy perched on either arm of the chair, and Jo leaning on the back. — PAGE 12.

BOSTON
ROBERTS BROTHERS
1868

『작은 아씨들』 초판본

올컷은 『작은 아씨들』이 출간될 때 '사람들의 시선을 끌지는 못하겠지만 우리의 진짜 삶을 보여주는 단순하고 진실된 책'이라고 생각하며 큰 의미를 부여하지 않았다. 하지만 그녀의 생각과 달리 『작은 아씨들』은 출간과 동시에 많은 사람에게 사랑을 받았고, 지금도 영화, 드라마, 연극 등으로 시대마다 끊임없이 재생산·재해석되고 있다. 거트루드 스타인, 에이드리언 리치, 시몬 드 보부아르, 어슐러 K. 르 귄, J.K. 롤링 등 저명한 정치가, 철학자, 작가 들에게 영감과 감동을 주었다. 우리나라의 『토지』 작가 박경리도 학창 시절에 『작은 아씨들』을 책장이 너덜너덜해질 때까지 읽었다고 한다.

작은 아씨들 **차례**

제1부

제2부

제
1
부

제1장 순례자 놀이

"선물도 없는 크리스마스가 무슨 크리스마스야!" 조가 마루
깔개 위에 누워서 투덜거렸다.

"가난한 건 정말 지겨워." 메그는 자신의 낡은 옷을 내려다
보며 한숨지었다.

"누구는 예쁜 걸 숱하게 갖고 있는데 우리처럼 아무것도 없
다는 건 너무 불공평해." 막내 에이미가 기분이 나쁘다는 듯 말
했다.

"우리한테는 엄마 아빠가 있고 또 우리가 있잖아." 셋째 베
스가 방구석에 앉아 이만하면 된 것 아니냐는 투로 말했다.

벽난로 불빛을 받고 있는 자매의 얼굴이 그 말에 조금 밝아
졌지만 조의 말을 듣고 다시 어두워졌다.

"아버지는 지금 우리 곁에 안 계시잖아. 게다가 한동안 뵙지도 못할 거고."

조는 "어쩌면 영원히"라는 말을 덧붙이지는 않았지만, 모두 멀리 떨어진 전쟁터에 아버지가 계시다는 생각을 하면서 그 말을 마음속으로 되뇌었다.

잠시 아무도 말이 없었다. 그러자 메그가 말투를 바꿔서 말했다.

"엄마가 이번 크리스마스에는 선물을 주고받지 말자고 하신 이유를 다 알잖아. 남자들이 군대에서 그렇게 고생하는데 여자들만 즐거운 일에 돈을 쓸 수는 없다는 생각이셔. 우리가 뭐 큰일을 할 수는 없겠지만 작은 희생은 기꺼이 할 수 있잖아. 하긴 쉬운 일은 아니지만……."

"그렇지만 우리가 돈을 좀 아낀다고 해서 그렇게 큰 도움이 될까? 뭐, 선물이 꼭 받고 싶어서 이러는 건 아니야. 내 돈으로라도 『운디네와 신트람』은 꼭 사고 싶었는데……, 오래전부터 읽고 싶었던 책이란 말이야." 책벌레인 조가 말했다.

"나도 내 돈으로 새 악보를 사고 싶었는데……." 베스가 아무에게도 들리지 않을 만큼 나지막이 한숨을 내쉬며 말했다.

"나는 파버 그림 연필을 살 거야. 정말 필요해." 막내 에이미가 단호하게 말했다.

그러자 언제나 남자처럼 활달한 조가 큰 소리로 말했다.

"엄마는 우리가 가진 돈에 대해서는 아무 말씀도 안 하셨어. 각자 사고 싶은 걸 사서 기분을 좀 내면 되잖아! 그래도 될 정도로 열심히 일했잖아!"

"정말이야. 그렇게 지겨운 애들한테 온종일 붙들려 수업을 했단 말이야. 얼마나 집에 그냥 있고 싶었는데……." 메그가 다시 투덜거리는 투로 말했다.

"언니는 내가 한 고생에 비하면 새 발의 피야. 신경질만 부리는 까다로운 숙모 할머니를 몇 시간이고 말없이 상대한다는 게 얼마나 힘든지 알아? 온종일 종종걸음으로 뛰어다니며 시중을 들어도 만족할 줄 모른다니까. 창문 밖으로 몸을 던져버리거나 소리를 지르고 싶을 정도로 들들 볶는다니까." 조의 말이었다.

이번에는 베스가 한숨을 쉬며 나섰다.

"뭐, 그렇게 불평할 일은 아니지만, 설거지를 하고 집안 청소하는 일이 세상에서 제일 볼품없는 일일 거야. 신도 나지 않고 손가락이 굳어버려 피아노 연습도 하기 힘들거든."

베스가 거친 손을 바라보며 다시 한숨을 쉬자 막내 에이미도 나섰다.

"아니, 언니들 중 나만큼 힘든 사람은 없어. 짜증 나는 애들이랑 학교에 다니지 않아도 되잖아. 뭐 좀 틀리면 막 비웃고 아빠가 부자가 아니라고 아빠를 막 목욕시키고……."

"에이미, 아빠를 욕보인다면 '목욕'이 아니라 '모욕'이지. 아빠가 뭐 갓난아기니?" 조가 웃으며 고쳐주었다.

"내가 뭐, 내가 하는 말 뜻도 모르고 했을 것 같아? 그렇게 놀릴 필요 없잖아."

"얘들아, 그렇게 티격태격하지 마. 아, 우리가 어릴 때 아빠가 돈을 잃지 않으셨다면 지금 얼마나 좋을까? 그렇지 않니, 조? 이런 걱정 안 하고 살 수 있으면 얼마나 행복할까?" 형편이 좋았던 옛 시절을 또렷이 기억하고 있는 메그가 말했다. 언니의 말에 모두 약간 침울해졌다.

네 자매의 이름이 다 나왔으니 거실 벽난로 앞에서 뜨개질을 하고 있는 네 자매의 생김새를 잠깐 묘사해보기로 하자.

넷 중 맏이인 마거릿은 열여섯 살이었다. 그녀는 매우 예뻤으며 통통하면서도 균형 잡힌 몸매에, 커다란 눈, 부드럽고 숱이 많은 갈색 머리, 애교 있는 입술을 하고 있었으며, 그녀는 특히 백옥처럼 하얀 손을 은근히 자랑스럽게 여기고 있었다.

열다섯 살인 조는 키가 컸고 야위었으며 햇볕에 그을린 얼

굴에 늘 긴 팔을 주체할 수 없다는 듯 제멋대로 건들거리는 것
이 꼭 망아지를 연상시켰다. 그녀의 꼭 다문 입술은 결연한 의
지를 보여주는 듯했고 코는 우스꽝스럽게 생겼으며, 모든 것을
꿰뚫어 보는 것 같은 날카로운 잿빛 눈에는 분노와 익살과 사
색의 기색이 번갈아 나타나곤 했다. 그나마 풍성하고 긴 머리
카락이 그녀에게서 유일하게 아름다운 부분이었지만 그것마저
평소에는 찰랑거리지 않게 망으로 묶어놓고 있었다. 조는 어깨
도 둥글고 손발도 큰 데다 헐렁한 옷을 입고 다녔고, 소녀에서
숙녀로 변해가는 어정쩡한 모습이었다. 조는 자신이 그렇게 변
해가는 게 마음에 들지 않았다. 그런 조를 두고 언니 메그는 제
발 남자같이 덜렁거리는 짓 그만하고 숙녀처럼 행동하라고 충
고하곤 했으며 조는 숙녀가 된다는 생각만 해도 진저리가 쳐진
다며 반발하곤 했다. 조의 이름은 조세핀이었지만 누구나 남자
를 부르듯 조라고 불렀다.

　모두 베스라고 부르는 셋째 엘리자베스는 장밋빛의 부드러
운 머릿결, 밝은 눈의 열세 살 소녀였다. 수줍음이 많았으며 목
소리에도 조심성이 담겨 있었고 표정은 언제나 잔잔했다. 아버
지는 베스를 '고요 나라 어린 공주님'이라고 불렀으며 정말 그
녀는 그 별명에 딱 어울렸다. 베스는 마치, 진정으로 믿고 사랑

하는 몇몇 사람 외에는 아무도 만나지 않고 자기만의 행복의 나라에서 살고 있는 것 같았다.

열두 살의 에이미는 나이는 가장 어렸지만 최소한 자기 의견에서만큼은 한자리 톡톡히 차지하고 있었다. 푸른 눈에 어깨까지 찰랑거리는 노란 머리칼, 창백한 안색에 날씬한 몸매의 에이미는 정말로 균형이 잘 잡힌 눈사람 같았으며 마치 젊은 요조숙녀인 양 행동거지 하나하나 조심스러웠다.

시계가 6시를 알리자 베스가 벽난로 앞을 치우고 한 켤레의 슬리퍼를 갖다 놓았다. 네 자매는 따뜻하게 덥혀지는 슬리퍼를 보며 어머니가 곧 오시리라는 생각에 마음도 따사해지는 것 같았다.

조가 낡은 슬리퍼를 보며 말했다.

"슬리퍼가 너무 낡았네. 새것이 필요하겠어."

"내 돈으로 사드리고 싶어." 베스가 말했다.

그러자 메그와 조도 나서서 서로 자신이 사드리겠다고 우겼고, 베스가 다시 중재 의견을 내놓았다.

"우리 이렇게 하자. 각자 자기 돈으로 자기 물건을 사는 게 아니라 엄마 선물을 사는 거야."

모두 좋다고 말했고 메그는 장갑을, 조는 군용 신발을, 베스는 손수건을, 에이미는 향수를 사드리겠다고 각자 의견을 말했다. 그리고 역시 베스의 의견대로, 각자 자신의 물건을 사러 가는 척하면서 엄마 선물을 사 오기로 했다.

"자, 내일 오후에 함께 선물을 사러 가기로 하고 오늘은 연극 연습을 하자. 크리스마스 밤에 올릴 연극 준비를 마저 해야지." 조가 마무리 짓듯 말했다.

네 자매는 연극 연습을 했다. 조가 쓴 연극 대본이었다. 연극 연습을 할 때마다 베스는 조의 작품에 대해 감탄을 했다.

"정말이지, 언니는 어떻게 이렇게 훌륭한 글을 쓸 수 있는 거지? 셰익스피어가 따로 없어!"

"뭐, 그 정도까지야……." 조가 짐짓 겸손을 떨며 말했다.

네 자매가 열심히 연극 연습을 마쳤을 때 어머니가 돌아오셨다. 어머니가 오시자 모두 테이블에 모여 앉았다. 어머니는 그렇게 미인은 아니었지만 자매는 이 세상에서 어머니가 제일 예쁘다고 생각하고 있었다. 다들 식탁에 모여 앉자 어머니가 먼저 입을 열었다.

"오늘 어떻게들 지냈니? 모두 즐거운 얼굴이로구나. 그런데 저녁 먹고 나서 너희에게 줄 큰 선물이 있단다.”

마치 한 줄기 햇살 같은 밝은 미소가 자매의 얼굴에 떠올랐다. 베스는 손에 뜨개질감을 들고 있다는 것도 잊고 박수를 쳤으며 조도 들고 있던 냅킨을 던지며 “편지다, 편지! 아버지 만세!”라고 소리쳤다.

“그래, 아버지가 보내신 멋지고 긴 편지란다. 잘 지내고 계시고 추위도 그럭저럭 견딜 만하시다는구나. 자, 다들 빨리 먹자.”

저녁을 먹으며 메그가 말했다.

“아버지는 정말 대단하셔. 나이가 드셔서 징집될 수도 없고, 체력이 약해서 군인이 될 수 없는데도 종군목사로 가셨잖아.”

“나도 군악대나 그 뭐더라, 종군 여자 상인? 그런 거로 군대에 가고 싶었어. 아니면 간호사로 아버지 곁에서 아버지를 도와드리거나.” 조가 마치 신음하듯 말했다.

“아버지는 언제쯤 돌아오실까요, 엄마?” 베스가 약간 떨리는 목소리로 물었다.

“병이 나지 않는 한 몇 달 내로는 못 오실 거야. 가능한 한 오래 계시려고 하니까. 이제 저리로 가서 편지를 함께 읽자꾸나.”

모두 식탁에서 일어나 벽난롯가로 모여들어 편한 자세를 취했고 어머니 마치 부인이 편지를 읽었다. 이런 어려운 시기에 아버지가 전장에서 보낸 편지가 감동적이지 않을 수 없었다. 아버지 편지에는 전쟁에서 겪고 있는 고생이나 위험, 향수(鄕愁) 같은 내용은 전혀 없었다. 편지에는 밝고 희망찬 이야기만 적혀 있었고, 야전 생활에 대한 생생한 묘사만 들어 있었다. 하지만 끝부분에 이르러서는 딸들에 대한 아버지의 사랑, 딸들을 보고 싶은 절절한 그리움이 넘쳐흐르고 있었다.

사랑하는 딸들에게 내 사랑과 입맞춤을 전해주오. (……) 우리 딸들을 만나기까지 남아 있는 1년의 기간이 너무나 길게 느껴지는구려. 하지만 우리 모두 열심히 노력해서 그 1년을 헛되이 보내지 않도록 합시다. (……) 우리가 다시 만날 때 우리 '작은 아씨들'이 전보다 더 사랑스럽고 자랑스러운 모습이기를 기대하고 있겠소.

이 대목에 이르러 모두 코를 훌쩍거렸다. 모두 속으로 자신의 단점을 생각하며 열심히 노력해서 더 좋은 사람이 되겠다고 결심했다.

잠시 침묵이 흘렀다. 그러다 어머니가 힘찬 목소리로 침묵을 깼다.

"애들아, 너희가 어렸을 때 『천로 역정』 놀이 했던 거 기억나니? 내 가방을 너희 등에 짐처럼 묶어주고 모자와 지팡이와 두루마리 종이를 주면서 '파괴의 도시'인 지하실부터 너희가 모아놓은 물건들이 잔뜩 쌓여 있는 '천상의 도시'인 지붕까지 가게 하면 너희가 얼마나 좋아했니?"

모두 잊고 있었던 그 놀이를 생각하고 얼굴이 밝아졌다. 막내인 에이미가 말했다.

"난 별로 생각이 나지 않아. 지하실이 무서웠다는 건 조금 기억나지만……, 이렇게 나이가 들지 않았다면 다시 해보는 건데……."

그러자 어머니가 말했다.

"애들아, 이 놀이는 나이와 상관없는 거란다. 우리가 살아가면서 언제나 하고 있는 놀이인 셈이거든. 우리의 짐은 바로 지금 여기에, 우리가 가야 할 길도 바로 우리 앞에 놓여 있는 셈이야. 참됨과 행복을 갈구하는 마음을 길잡이 삼아 수많은 어려움과 실수를 헤치고 진정한 '천상의 도시'인 평화에 이르는 것, 그게 바로 우리의 '순례자 놀이'란다. 자, 나의 작은 순례자들, 각자 짐을 지고 놀이가 아니라 정말로 열심히 순례를 해보자꾸나. 아버지가 오셨을 때 너희가 얼마나 높이 와 있는지 보여드리자꾸나.”

"그런데 엄마, 짐이 어디 있어요?" 막내인 에이미가 어머니 말을 곧이곧대로 듣고 물었다.

"너희, 늘 '나는 이래서 탈이야'라는 소리 하잖니? 그게 너희 짐이야. 물론 베스에게는 그런 짐이 없을 것 같네.”

어머니 말에 베스가 곧장 대답했다.

"아니에요, 엄마. 나도 있어요. 설거지와 청소 그리고 좋은 피아노를 가진 애를 부러워하는 마음, 사람들을 무서워하는 게 내 짐이에요.”

메그가 말했다.

"맞아, 이건 우리가 착해지려고 노력하는 걸 뜻해. 『천로 역정』의 내용이 도움이 될 거야. 우리가 아무리 착해지려고 해도 너무 어려운 일이고 자주 잊어버리니까.”

그러자 조가 언니의 말을 받았다.

"그래, 꼭 우리가 오늘 밤 '절망의 수렁'에 빠져 있었는데 엄마가 그 책의 '도움' 씨처럼 우리를 그 수렁에서 건져주신 것 같아. 그런데 우리에게도 그 책의 주인공 '크리스천'처럼 두루마리 지표가 필요한데 그건 어디서 구하지?”

"크리스마스 아침에 베개 밑을 보렴. 너희에게 지표가 될 책이 거기 있을 거야."

네 자매는 잠자리에 들기 전까지 숙모 할머니께 드릴 이불을 열심히 만들었다. 이윽고 9시가 되어 잠자리에 들 시간이 되자 늘 그렇듯 베스의 낡은 피아노 반주에 맞추어 노래를 불렀다. 아직 혀를 제대로 굴리지 못할 정도로 어릴 때부터 네 자매는 잠자리에 들기 전에 이렇게 노래를 불렀다. 어머니가 타고난 가수였기에 그 행사는 집안의 전통이 되었다. 가족의 아침도 어머니의 꾀꼬리 같은 노랫소리로 시작되었고 하루의 마감도 어머니의 즐거운 노랫소리와 함께했다. 어머니의 노래는 네 자매가 아무리 나이가 들어도 언제나 친근한 자장가였다.

제2장 메리 크리스마스

크리스마스 아침, 아직 희뿌연 여명 가운에 가장 먼저 눈을 뜬 것은 조였다. 벽난로 옆에는 양말이 걸려 있지 않았다. 조는 마치 오래전 선물이 너무 많이 담겨 있어 양말이 바닥에 떨어져 있던 어느 크리스마스 날 아침처럼 잠시 실망했다. 하지만 조는 곧바로 어머니와의 약속을 생각해내고는 베개 밑을 더듬어 책을 꺼냈다. 조가 잘 알고 있는, 훌륭한 사람들의 삶을 담은 책으로써 인생이라는 순롓길에 길잡이가 될 만했다.

조는 "메리 크리스마스!" 하며 메그를 깨웠다. 메그도 잠에서 깨어나자마자 베개 밑을 더듬어 책을 꺼냈다. 조의 책은 붉은색이었고 메그의 표지는 초록색이었지만 그림은 같았다. 베스와 에이미도 잠에서 깨어나 각자 책을 집어 들었다. 네 권의 책은 색깔이 달랐지만 안쪽에는 모두 어머니의 짧은 글이 적혀 있었다. 네 자매는 자리에서 일어나 책을 읽으며 이야기를 도란도란 나누었다. 그사이 어느새 동녘 하늘이 붉게 물들면서 아침 해가 떠올랐다.

메그가 동생들을 바라보며 말했다. 메그는 약간 허영기가 있긴 했지만 다정하고 독실해서 동생들에게 많은 영향을 주고 있는 좋은 언니였다.

"얘들아, 어머니는 우리가 이 책을 읽고 좋아하면서 마음에 새기길 바라시는 거야. 그러니 당장 시작하자꾸나. 나는 침대 머리맡에 놓고 매일 일어날 때마다 조금씩 읽을 거야. 하루를 이 책으로 시작하면 그날 어려운 일을 이겨내는 데 얼마나 큰 도움이 되겠니?"

메그가 책을 읽기 시작하자 모두 함께 읽었다.

30분 정도 뒤에 메그는 조와 함께 방에서 나와 아래층으로 내려갔다. 어머니가 보이지 않자 메그는 해나에게 어머니가 어디 계시냐고 물었다. 해나는 메그가 태어날 때부터 함께했기에 하녀라기보다는 한 가족 같았다.

해나가 대답했다.

"어떻게 알겠어요? 불쌍한 사람이 구걸하러 왔더니 그냥 따라나서셨어요. 그 집 형편을 보러 가신 것 같아요. 그렇게 먹을 거, 입을 거, 마실 거 마구 퍼주시는 분도 없을 거예요."

"금방 돌아오시겠지. 자, 케이크 잘 구웠지? 어서 준비해야 겠다."

메그가 바구니에 담아 소파 아래 숨겨둔 선물 꾸러미를 바라보며 말했다. 어느새 베스와 에이미도 내려와 있었고 네 자매는 각자 준비한 선물을 다시 한번 점검하며 어머니가 돌아오기를 기다렸다.

이윽고 현관문 닫히는 소리가 들리자 네 자매는 선물 바구니를 다시 소파 밑에 숨기고 식탁으로 갔다.

"엄마, 메리 크리스마스! 책을 선물로 주셔서 감사해요! 벌써 조금 읽었어요. 매일 읽을 거예요." 네 자매가 한목소리로 외쳤다.

"예쁜 내 딸들! 메리 크리스마스! 벌써 책을 읽었다니 너무 기쁘구나. 그런데 식탁에 앉기 전에 엄마가 너희에게 해줄 말이 있구나. 우리 집 가까운 곳에 불쌍한 여자 한 명이 갓난아이랑 누워 있더구나. 땔감이 없어서 불도 피우지 못하고 여섯 아이가 침대에서 떨고 있단다. 먹을 것도 전혀 없는 모양이야. 제일 큰애가 와서 추위와 배고픔에 떨고 있다고 말하기에 엄마가

갔다 온 거야. 애들아, 너희 아침 식사를 크리스마스 선물로 주면 어떻겠니?"

한 시간이나 어머니를 기다렸기에 모두 허기를 느끼던 참이었다. 네 자매 중 그 누구도 선뜻 입을 열지 않았다. 하지만 침묵은 그다지 오래가지 않았다. 조가 이렇게 외쳤던 것이다.

"우리가 아침을 먹기 전에 엄마가 오셔서 다행이에요."

"저도 함께 가서 그 불쌍한 애들에게 나눠주고 싶어요." 베스가 뒤이어 말했다.

"나는 크림하고 머핀을 가져갈래." 에이미가 의기양양하게 말했다.

메그는 이미 메밀 빵을 커다란 접시에 담고 있었다.

"너희가 모두 그럴 줄 알고 있었단다." 어머니 마치 부인이 미소를 지으며 말했다.

곧이어 그들은 줄줄이 밖으로 나왔다. 아직 이른 아침인 데다 뒷골목으로 걸어갔기에 다행히 아무도 본 사람이 없었다.

일행이 들어선 집 안은 정말 참혹했다. 창문이 깨져 있었기에 방 안은 한데와 같았고 누더기 같은 침대보에 병든 엄마와 칭얼대는 갓난아기가 누워 있었으며, 창백한 몰골의 어린아이 여섯이 낡은 이불을 함께 두르고 몸을 잔뜩 웅크리고 있었다.

"오, 하나님! 천사들을 보내주셨군요!"

불쌍한 여인이 이들을 보자 기쁨에 차서 외쳤다. 이어서 정말 이 집에 천사가 강림한 것처럼 여러 가지 일이 척척 벌어졌다. 해나가 장작을 가져와서 불을 지폈고 깨진 유리창을 낡은 모자와 숄로 막았다. 마치 부인은 아기 엄마에게 차와 오트밀 죽을 주었고 앞으로도 계속 도와주겠다고 말하면서 정성스럽게 아기 옷을 갈아입혔다. 네 자매는 식탁을 준비한 뒤에 아이들을 불가로 불러 마치 어린 새에게 먹이를 주듯 음식을 나눠 주었다.

그날 네 자매는 아무것도 먹지 못했지만 그 어느 때보다 행복한 아침 식사 시간을 보냈다. 크리스마스 아침에 자신들의 먹을 것을 불쌍한 사람들에게 양보하고 배고픈 채 돌아선 이네 자매, 겨우 빵과 우유로 배를 채우는 것으로 만족한 이 자매들보다 더 즐거운 크리스마스 아침을 맞은 사람은, 이 도시에 없었을 것이다.

"우리 자신보다 이웃을 사랑하라는 말씀을 실천한 거잖아. 너무 기분이 좋아." 자매가 각자 선물을 꺼내어 챙기는 동안 메그가 말했다. 어머니는 2층에서 허멜가(家)(바로 그 가난한 집)에 갖다줄 헌 옷을 챙기고 있었다.

비록 대단한 것들은 아니었지만 딸들이 준비한 작은 꾸러미들 안에는 애정이 듬뿍 담겨 있었다. 빨간 장미와 하얀 국화, 길쭉한 덩굴풀꽃을 꽂은 꽃병을 식탁 위에 놓자 제법 우아한 분위기가 풍겼다.

이윽고 베스가 흥겨운 행진곡을 연주했고 에이미는 문을 활짝 열었으며 메그는 어머니를 모셔 와서 위엄 있게 자리에 앉게 했다. 어머니는 감동을 받은 듯 놀란 눈으로 선물을 하나하나 살펴보았으며 작은 쪽지들도 찬찬히 읽었다. 조촐한 집안 축제는 그렇게 웃음과 입맞춤과 대화로 무르익어갔으며 너무나 즐겁고 달콤해서 오랫동안 기억에 남을 순간이 되었다.

그날 네 자매는 자선과 가족 행사로 오전을 다 보내는 바람에 하루 종일 연극 준비를 서둘러야 했다. 네 자매는 기지를 발휘해서 연극에 필요한 것들을 자신들 손으로 직접 마련했다. 두꺼운 판지로 기타를 만들었고 버터 그릇에 은종이를 덮어 램프를 만들었으며 피클 공장에서 가져온 양철 조각을 낡은 드레스에 붙여 화려한 드레스로 만들었다. 또한 양철 깡통에서 뚜껑을 따낸 다음 양철들을 펴서 갑옷도 만들었으며 집 안의 가구들을 이리저리 옮겨 무대 장식을 만들었다.

이윽고 크리스마스 밤이 되었다. 특등석인 침대 위에는 이웃에서 온 아이들 열 명가량이 옹기종기 앉아서 파랗고 노란 커튼을 바라보았다. 커튼 뒤에서 달그락 소리가 나더니 이윽고 각자 2역 이상을 맡은 연극이 시작되었다. 남자 출연자는 없었기에 조가 남장을 하고 남자 역을 맡았다.

연극은 모두 5막까지 이어졌다. 배우들은 혼신의 힘을 다해서 연기했고 관객의 호응도 대단했다. 단언하지만 화려하게 차려진 극장의 어떤 정식 연극에서도 이렇게 큰 관객의 호응을 받은 연극은 없었으리라.

드디어 막이 내리고 우레와 같은 박수갈채가 쏟아졌다. 특등석으로 마련한 침대 한가운데가 접히는 뜻밖의 작은 불상사만 없었다면 완벽한 성공이었을 것이다. 배우들이 재빨리 침대 사이에 낀 아이들을 빼내려 달려왔다. 모두 아무런 상처 없이 무사했다. 배우들도, 관객들도 너무 즐거운 표정이었다.

아직 흥분이 채 가라앉기도 전에 해나가 들어와서 모두 저녁 먹으러 오란다는 마치 부인의 말을 전했다. 배우들은 관객들을 배웅하고 식탁으로 갔다.

네 자매는 식탁을 보는 순간 기쁨에 휘둥그레진 눈으로 서로를 쳐다보았다. 물론 엄마가 이들을 위해 무언가 음식을 준비하리라고 기대했지만 지금 식탁에서 이들을 기다리고 있는 음식들은 이들이 가난해진 뒤로는 구경도 못 하던 것이었다. 붉은색과 하얀색 아이스크림이 두 접시나 있었고 케이크와 과일, 홀릴 정도로 예쁜 프랑스 사탕이 놓여 있었으며, 식탁 한가운데는 커다란 꽃다발 네 개가 놓여 있었다.

네 자매는 놀라서 숨도 제대로 쉬지 못한 채 식탁과 어머니를 번갈아 쳐다보았다. 어머니는 딸들의 이런 모습을 즐기는 것 같았다.

"요정이 왔다 갔나?" 에이미가 말했다.

"산타클로스가 왔다 갔나봐." 이번에는 베스가 입을 열었다.

"엄마가 하신 거야." 아직 채 분장을 다 떼지 못한 메그가 말했다.

"아냐. 숙모 할머니가 기분이 좋아져서 보내주신 거야." 조가 말했다.

"다 틀렸다. 로렌스 씨가 보내주신 거란다." 마치 부인이 의문을 풀어주었다.

"아, 로렌스 소년의 할아버지! 아니, 우리를 잘 알지도 못하면서 왜 이런 걸 보내주신 거지요?" 메그가 소리쳤다.

"해나가 그 집 하인에게 오늘 아침 너희가 한 일에 대해 이야기했대. 그 이야기를 들은 로렌스 씨가 기특하게 생각한 거지. 좀 독특한 분이긴 해도 너희 아버지와는 잘 알고 지내시는 분이란다. 너희와 친하게 지내고 싶다는 쪽지도 보내오셨단다. 아침은 빵과 우유로 때웠으니 크리스마스 기분 좀 내야지. 참, 저기 꽃다발 중의 하나는 그 소년이 보낸 거란다."

"이럴 줄 알았으면 로렌스 소년도 연극에 초대할걸 그랬네."

그때 베스가 조용히 어머니에게 말했다.

"아버지에게도 꽃다발을 보낼 수 있다면 좋았을 텐데요. 아버지도 우리들처럼 즐거운 크리스마스를 보내고 계셔야 할 텐데……."

제3장 로렌스 소년

"조, 조, 어디 있니?" 메그가 다락방 계단 아래에서 소리쳤다.

"여기 있어."

목이 잠긴 목소리가 위에서 들려왔다. 메그가 뛰어 올라가보니 이불을 푹 뒤집어쓴 조가 사과를 입에 문 채 소설책을 읽으며 눈물을 흘리고 있었다. 이곳은 조가 가장 좋아하는 은신처로써 조는 툭하면 이곳에 틀어박혀 홀로 책을 읽곤 했다. 조는 뺨에 흐른 눈물을 닦아내며 메그의 말을 기다렸다.

"어쩜, 너무 신나! 이걸 좀 봐! 가드너 부인이 내일 밤 파티에 우리를 정식으로 초대했어."

메그는 소녀답게 들떠서 귀한 초대장을 흔들었다.

이내 자매는 파티에 입고 갈 옷 걱정부터 했다. 둘 다 면 드레스밖에 없었던 것이다. 조가 말했다.

"면 드레스도 실크 드레스처럼 보이니까 괜찮아. 게다가 언니 건 새 옷이잖아. 문제는 나야. 불에 탄 자국에다 찢어진 데도 있다니까. 아무리 애써도 얼룩이 지워지지 않아."

"되도록이면 등이 보이지 않게 얌전히 있어야 되겠네. 앞은 괜찮으니까. 난 리본을 하나 사야겠어. 엄마에게 진주 핀도 빌리고. 새 구두도 좀 꽉 끼긴 해도 아주 예뻐. 장갑도 그 정도면 괜찮을 것 같아."

"내 장갑에는 레모네이드 얼룩이 졌어. 장갑 없이 가야겠네."

조는 메그의 말에 대꾸는 했지만 사실 건성이었다. 조는 옷차림에 그다지 신경을 쓰지 않았다. 하지만 메그가 그런 조에게 핀잔을 주었다.

"장갑이 없으면 안 돼! 장갑이 없으면 춤도 못 춘단 말이야. 네가 장갑이 없으면 나도 너무 창피할 거야."

"장갑을 꼭 움켜쥐고 춤을 추지 않으면 되지 뭐!"

메그는 여전히 발을 동동 구르며 말했다.

"장갑은 너무 비싸니 엄마에게 사달라고 할 수도 없고. 어떻게 방법이 없을까?"

"정 그렇다면 좋은 방법이 있어. 멀쩡한 언니 장갑을 한 짝씩

끼고 얼룩진 내 장갑은 한 짝씩 손에 들고 있으면 되잖아."

메그는 영 마음이 내키지 않았지만 도리가 없다는 듯 조의 아이디어에 동의했다.

한 해의 마지막 날, 거실에서는 온통 메그와 조의 파티 준비 치장으로 분주했다. 메그는 은빛이 도는 회색 드레스를 입고 푸른색 벨벳 망을 머리에 둘렀으며 진주 핀으로 멋지게 장식했다. 비록 발에 너무 꽉 끼는 게 흠이었지만 새 신발도 예뻤다. 조는 밤색 드레스에 흰 국화꽃 한두 송이만으로 장식을 했다. 둘 다 한 손에는 멋진 밝은색 장갑을 끼고 다른 손에는 얼룩진 장갑을 들었다.

둘이 집을 나설 때 어머니가 작별 인사를 하며 말했다.

"저녁 너무 많이 먹지 말고, 11시쯤에 해나를 보낼 테니 함께 돌아오너라."

가드너 부인의 집에 도착해서 1층 파티 장소로 들어선 자매는 약간 기가 죽었다. 파티에 한 번도 가본 적이 없었기에 이렇게 큰 집에서 열리는 파티가 어마어마하게 큰 행사처럼 보였던 것이다. 그러나 메그는 친구인 그 집 딸 샐리 가드너와 어울리면서 금세 파티에 익숙해졌다. 하지만 평소에도 또래 소녀들에게 관심이 별로 없던 데다 얼룩진 등을 남들에게 보이지 말라고 언니가 신신당부했으니 조는 그저 우두커니 벽에 기대고 서 있었다.

이윽고 무도회가 시작되었다. 메그는 한 남자에게 춤 신청을 받아 미소로 응했고 가볍게 스텝을 밟으며 춤을 추었다. 조는 빨간 머리의 남자가 자신에게 다가오는 것을 보고 그가 자신에게 춤을 신청할까봐 얼른 커튼 뒤로 숨었다. 그런데 놀랍게도 커튼 뒤에는 다른 사람이 자리를 차지하고 있었고 조는 그 소년과 눈이 딱 마주쳤다. 바로 로렌스 소년이었다.

"어머나, 여기 누가 있는 줄 몰랐어요." 조가 놀라서 다시 커튼 밖으로 나가려 했다.

소년도 약간 놀란 듯했지만 웃음을 띠고 상냥하게 말했다.

"괜찮아요. 그냥 있어도 돼요."

"내가 방해한 건 아닌가요?"

"전혀. 모르는 사람들밖에 없어서 숨어 있던 거예요."

"나도 그래요. 그런데 낯이 익은 것 같은데, 혹시 우리 집 근처에 살지 않아요?"

"바로 옆집인데……." 소년은 이 말을 하면서 크게 웃었다. 조도 마음이 편해져서 웃음을 터뜨렸다. 조는 금세 소년에게 친근감을 느꼈다. 그녀는 곧바로 말을 놓았다.

"멋진 크리스마스 선물을 보내줘서 정말 즐거웠어."

"할아버지가 보내주신 건데, 뭘."

"그렇지만 분명히 네가 할아버지께 이야기했을 거야. 그렇지?"

이어서 둘은 각자 이름을 상대방에게 말해주었다. 조는 자기 본래 이름이 조세핀이지만 조라고 불리는 게 좋다고 했고, 로렌스 소년은 자기 이름이 시어도어 로렌스인데 친구들이 도라라고 부르는 게 싫어서 로리라고 부르라고 했다고 말했다.

둘은 제법 정답게 이야기를 나누었다. 이야기를 통해 조는 로리 로렌스가 스위스와 프랑스 파리, 독일 등 외국 여행을 많이 했다는 사실을 알게 되었다. 조의 활달한 태도 때문에 둘은 금세 친해졌다.

로리는 가무잡잡한 피부에 검은 곱슬머리와 커다란 검은 눈을 하고 있었으며 코는 길쭉했고 치아는 가지런했으며 손발이 작았다. 조는 속으로 생각했다.

'소년치곤 예의가 바르네. 그런데 몇 살일까?'

조의 혀끝에 질문이 맴돌았다. 하지만 조는 곧 자제하고 평상시 그녀답지 않게 에둘러 물었다.

"곧 대학에 갈 거지? 늘 책에 코를 처박고 있는 것 같던

데…… 그냥 공부를 열심히 한다는 뜻이야."

자기도 모르게 '코를 처박고 있다'는 말을 내뱉어버린 조는 얼굴을 붉혔다.

로리는 별로 놀란 기색도 없이 어깨를 으쓱하더니 웃으며 말했다.

"한두 해는 기다려야 할걸. 열일곱 살은 돼야 갈 거니까."

"그럼 열다섯 살밖에 안 되었단 말이야?"

조가 새삼 로리의 큰 키를 의식하며 말했다. 최소한 열일곱은 되리라고 생각했던 것이다.

"다음 달이면 열여섯 살이 돼."

홀에서 음악 소리가 들려왔다. 그러자 조가 말했다.

"멋진 폴카 음악이네. 가서 춤을 추지 그래."

"너도 함께 간다면……." 로리가 모자를 벗어 들고 약간은 어색하게 허리를 굽히며 말했다. 조가 대답했다.

"나는 안 돼. 언니랑 절대로 춤추지 않겠다고 약속했거든."

"왜?"

"비밀인데 절대로 남에게 말하지 않을 거지?"

"절대로!"

"나는 불가에 서 있는 못된 버릇이 있어. 그래서 이 드레스에도 불에 그슬린 자국이 있어. 웃고 싶으면 웃어. 정말 웃기는 일이지. 나도 알아.”

하지만 로리는 웃지 않았다. 오히려 그는 조가 당황할 정도로 진지하게 말했다.

“걱정할 거 하나도 없어. 좋은 방법이 있어. 저쪽에 긴 홀이 하나 더 있어. 아무도 보지 않는 데서 우리 둘이 멋지게 춤을 출 수 있을 거야. 자, 가자.”

조는 로리의 뒤를 따라 홀로 갔고 둘은 즐겁게 춤을 추었다.

그날 조와 메그는 로리의 할아버지가 보낸 멋진 마차를 타고 함께 집으로 돌아왔다. 메그가 춤을 추다가 신발이 맞지 않아 발을 삐는 바람에 걸을 수 없게 된 때문이었다. 둘 다 뜻하지 않은 호사를 누리게 된 것이다.

마차를 타고 오면서 메그와 조는 파티에 대해 자유롭게 이야기를 나눌 수 있었다. 로리가 마부석에 앉은 덕분이었다.

조가 먼저 말했다.

“난 정말 좋았어. 언니는?”

“발목을 삐기 전까지는 재미있었어. 샐리 친구인 애니 모펏이 일주일 정도 샐리와 함께 셋이 지내자며 자기 집에 초대했

어. 내가 마음에 들었나봐. 샐리는 봄에 그곳에 갈 예정이래. 오
페라 극단이 올 거라더라. 엄마가 허락만 해주면 정말 멋질 텐
데. 그런데 넌 뭐 했니? 계속 커튼 뒤에 숨어 있었니?"

조는 로리와 있던 일을 모두 이야기해주었다.

집에 도착하자 둘은 동생들을 깨우지 않으려고 살금살금 집
안으로 들어갔다. 하지만 문이 열리는 소리에 잠옷 차림의 베
스와 에이미가 불쑥 나타났다. 둘은 졸음기가 가시지 않았으면
서도 호기심이 가득 찬 목소리로 언니들에게 물었다.

"파티 이야기해줘! 빨리 해줘!"

조는 메그에게 '너무 예의 없는 짓'이라는 핀잔을 들으면서
도 동생들 주려고 사탕을 몇 개 챙겨 왔다. 조가 동생들에게 사
탕을 주며 파티에서 있었던 일을 이야기해주자 동생들은 금세
다소곳해졌다.

"마차를 타고 파티에서 돌아와 이렇게 하녀의 시중을 받으
며 옷을 갈아입으니, 진짜 훌륭한 숙녀가 된 것 같아." 조가 메
그의 발에 약을 바른 뒤 붕대를 감아주고 머리를 빗어주자 메
그가 선언하듯 말했다.

"내 생각에 진짜 훌륭한 숙녀라도 우리처럼 즐겁지 않았을
걸. 비록 낡은 드레스에 장갑을 한 짝씩 나눠 끼었고, 언니는 구

두가 너무 꽉 끼는 바람에 발목을 삐긴 했지만 누가 우리만큼
재미있었을까!" 조가 말했다. 그리고 조의 말은 사실이었다.

제4장 무거운 짐

다음 날 아침 메그와 조는 약간 우울한 기분으로 집을 나섰다. 메그는 더욱 우울해했다. 남자 같은 성격의 조는 쉽게 훌훌 털어버릴 수 있었지만 메그는 어제 너무 멋진 밤을 보냈기에 초라한 일상으로 돌아가는 일이 쉽지 않았다.

아버지인 마치 씨가 어려운 친구를 도우려다 재산을 모두 잃게 되자, 맏이와 둘째 딸은 최소한 자신들 앞가림이라도 할 수 있는 일을 하게 해달라고 사정했다. 마치 부부는 아이들의 능력과 근면, 독립심을 키우는 데는 나이가 별문제되지 않으리라 생각하고 허락해주었다. 그때부터 두 자매는 일을 하게 되었고, 마음에서 우러나 시작한 일이었기에 어려운 난관도 이겨낼 수 있었다.

메그는 보모 겸 가정교사 자리를 찾았고 적은 수입에도 부자가 된 것처럼 느꼈다. 그녀 말마따나 그녀에게는 호사 취미가 있었기에 그녀가 가장 견디기 어려운 것은 바로 가난이었다. 그녀는 집안이 넉넉하고 모든 게 안락하기만 하던 시절을 잘 기억하고 있었기에 다른 누구보다도 가난을 참아내기 힘들어했다. 마음으로는 자신의 처지에 불만을 품지 말자고 수도 없이 다짐했지만 아직 어린 소녀이기에 어쩔 수 없이 예쁜 물건이나 즐거운 친구들, 부족함이 없는 삶을 갈망했다. 그녀의 일터인 킹가(家)에서 그녀는 매일매일 자신이 갈망하는 것들과 부딪혔고 그럴 때마다 세상이 불공평하다는 생각을 했다.

조는 마치 숙모 할머니를 돌보는 일을 했다. 다리가 성치 않은 숙모 할머니가 마침 돌볼 사람을 찾고 있었던 것이다. 슬하에 자식이 없는 숙모 할머니는 마치가(家)의 네 명의 딸들 중 한 명을 입양했으면 했다. 하지만 마치 부부가 사양했고 숙모 할머니는 그 때문에 기분이 상해 있었다. 모두 숙모 할머니의 재산을 물려받을 기회를 발로 차버린 것이라며 혀를 끌끌 찼지만 속된 욕심이 없던 마치 부부는 이렇게 말했다.

"재산 때문에 딸을 포기할 수는 없는 법이지요. 부유하건 가난하건 우리는 언제나 함께하면서 행복하게 지낼 겁니다."

꽤 오랫동안 마치 부부에게 말도 건네지 않고 지내던 숙모 할머니는 어느 날 우연히 보게 된 조의 모습이 마음에 들었는지 조에게 이 일을 제안했다. 더 나은 일을 구할 수도 없을 것 같아 조는 마지못해 응낙했다.

그런데 모두가 놀랍게도 조는 숙모 할머니와 잘 지냈다. 물론 조가 더 이상 못 하겠다고 씩씩거리며 집으로 돌아오는 날도 많았다. 하지만 그런 뒤에는 늘 숙모 할머니가 먼저 사람을 보내 조를 불러들였다. 실은 조도 마음속으로는 숙모 할머니를 좋아하고 있었기에 부탁을 선선히 받아들였다.

하지만 아무리 봐도 조가 그 집을 떠나지 못하는 진짜 이유는 양서들이 즐비한 서재임이 틀림없었다. 마치 숙부 할아버지가 죽은 뒤 거미줄과 먼지에 뒤덮인 그 서재는 조에게는 축복의 방이었다. 숙모 할머니가 낮잠을 자거나 손님을 접대할 때면 조는 그 조용한 안식처로 숨어들어 닥치는 대로 책을 읽었다. 물론 그런 행복한 순간은 늘 그다지 길지 않았다. 책 내용이 절정에 접어드는 순간이면 언제나 "조세핀! 조세핀!" 하는 숙모 할머니의 목소리가 들렸고 그러면 조는 그 천국을 떠나 실을 감거나 푸들 강아지를 씻기거나 숙모 할머니께 역사책을 읽어드려야 했다.

베스가 학교에 다니지 않는 것은 수줍음이 많아서였다. 물론 시도는 해보았다. 하지만 베스가 너무 힘들어했기에 부모는 그만 다니게 했고 베스는 집에서 아버지에게 공부를 배웠다. 베스는 집안일에 솜씨가 있어서 해나를 도와 집 안을 언제나 깨끗하고 안락하게 정리했다. 베스는 보상을 원해서가 아니라 오로지 남들에게 사랑을 받기 위해 열심히 집안일을 했다.

그런 베스에게 가장 다정한 친구는 바로 그녀가 아끼는 여섯 개의 인형이었다. 모두 언니들이 갖고 놀다가 동생에게 물려준, 일종의 버려진 인형들이었다. 하지만 그것들이 버려졌다는 이유로 베스는 그것들을 더 애지중지했고 공들여 예쁘게 수선했다. 베스는 인형들에게 책을 읽어주었고 꽃다발을 갖다주기도 했으며 외투를 입혀 함께 산책을 나가기도 했다. 그리고 인형들에게 잘 자라고 속삭인 뒤에야 잠자리에 들었다.

그런 베스에게도 다른 자매들과 마찬가지로 근심거리가 있었다. 천사가 아니라 어린 소녀였기에 베스는 조의 말대로 자주 '훌쩍거렸다'. 음악 레슨을 받을 수 없었고 좋은 피아노가 없던 때문이었다. 베스는 음악을 너무 좋아했다. 늘 노래를 흥얼거렸고, 틈만 나면 음정이 잘 맞지 않는 낡은 피아노 앞에 앉아 부지런히 연주를 했다. 너무나 조용한 베스는 마치 그 모습이 보이지 않을 때에야 자신의 존재를 남들에게 깨닫게 만드는 사람 같았다.

누군가 에이미에게 네가 이 세상에서 겪고 있는 가장 큰 시련이 뭐냐고 묻는다면 그 애는 당장 '내 코'라고 대답할 것이 틀림없다. 에이미가 어렸을 때 조가 실수로 에이미를 석탄 통에 떨어뜨린 일이 있었는데 에이미는 자신의 코가 납작해진 게 그 때문이라고 늘 조를 원망했다. 하지만 단언하건대 에이미의 코는 결코 지나치게 납작하지 않고 나름 예뻤다. 단지 그녀가 그리스인처럼 오뚝한 코를 원했기에 자신의 코가 못생겼다고 생각할 뿐이었다.

언니들이 '작은 라파엘로'라고 부를 만큼 에이미는 그림에 천부적인 재능이 있었다. 에이미는 그림을 그릴 때만큼 행복할 때가 없었다. 그 애는 성격이 명랑했고 별 노력을 하지 않았어도 친구들을 즐겁게 해줄 수 있었기에 친구들에게 인기가 많았다. 에이미는 조금 버릇이 없었지만 모두 어릴 때부터 오냐오냐하며 대했으니 당연한 일이기도 했다.

에이미는 언니들 중 큰 언니 메그를 가장 잘 따랐고 의지했다. 또한 베스는 조와 성격이 전혀 달랐음에도 불구하고 조에게 자신의 속을 잘 털어놓았다.

그날 저녁 여느 때와 같이 가족이 모두 모여 이야기를 나누고 있었다. 큰언니 메그가 먼저 입을 열었다.

"누구 재미있는 이야깃거리라도 있니? 너무 우울한 날이라서 재미있는 이야기를 꼭 듣고 싶어."

조가 제일 먼저 입을 열었다.

"오늘 숙모 할머니하고 정말 이상한 일이 있었어. 할머니가 늘 읽어달라는 역사책을 읽고 있었거든. 그런데 할머니가 꾸벅꾸벅 조시는 거야. 한번 그렇게 명상에 빠지시면 아주 오래가시거든. 나는 주머니에서 내가 좋아하는 소설책을 꺼내어 할머니 눈치를 봐가며 읽기 시작했어. 그런데 책을 읽다가 나도 모르게 큰 소리로 웃어버린 거야. 그 바람에 할머니가 잠에서 깨어나셨어. 낮잠을 푹 주무셔서 기분이 좋으셨는지 어디 내가 읽던 책을 한번 읽어보라고 하시데. 난 정말 열심히 읽었어. 그랬더니 할머니께서 '무슨 소리인지 하나도 모르겠구나. 처음부터 읽어봐라'라고 하시는 거야. 할머니께서 재미있어하시는 걸 금세 눈치채고 처음부터 읽었지. 물론 겉으로는 따분한 척하셨어. 그런데 그게 다가 아니야. 오늘 할머니 댁에서 나오다 장갑을 두고 온 걸 알고 다시 뛰어갔었어. 그런데 할머니가 남몰래 그 책을 읽고 계신 거야. 할머니는 너무 책에 열중하셔서 내가 다시 온 줄도 모르셨어. 나는 왜 할머니는 저렇게 당신이 즐겁다는 걸 숨기실까 생각했어. 할머니는 당신 마음대로 얼마든지 즐겁게 사실 수 있을 텐데! 할머니가 부자이시지만 난 할머니가 부럽지 않아. 부자들도 가난한 사람만큼 걱정을 안고 사는 것 같아."

"그러고 보니 나도 할 말이 있어." 이번에는 메그가 입을 열었다. "조 얘기처럼 재미난 일은 아니야. 오늘 킹 씨 집에 갔을 때 난리가 났었어. 맏아들이 뭔가 큰 말썽을 부려서 아버지가 내쫓아버렸다는 거야. 킹 부인은 울고 있고 킹 씨는 고래고래 고함을 지르고 있었어. 애들은 울면서 고개를 푹 숙이고 있었고. 걔들이 너무 불쌍했어. 우리 집에는 그렇게 말썽을 피우는 남자 형제가 없는 게 정말 다행이라고 생각했어."

"나는 그런 나쁜 남자 형제가 있는 것보다 학교에서 망신당하는 게 더 나쁜 일인 것 같아." 에이미가 마치 풍부한 인생 경험이라도 있는 듯 고개를 흔들며 말했다. "오늘 수지가 예쁜 홍옥 반지를 끼고 학교에 왔어. 어찌나 그 반지가 탐이 나던지, 내가 그 애라면 얼마나 좋을까 하는 생각까지 했어. 그런데 수지가 마구 장난을 치다가 선생님에게 들켜서 석판을 들고 앞으로 불려 나간 거야. 선생님이 수지의 귀를 잡아당기더니 30분 동안이나 석판을 들고 서 있으라고 벌을 주셨어. 그런 일을 겪는 판에 그깟 반지 수백만 개가 있으면 뭐 해. 내가 그런 창피한 일을 당하면 정말 죽고 싶어질 거야."

이번에는 베스 차례였다.

"오늘 아침 정말 기분 좋은 모습을 봤어. 오늘 해나 대신 굴을 사러 갔었어. 그때 초라한 옷을 입은 여자가 와서 아이들에게 줄 저녁거리가 없다며 청소를 해주면 먹을 걸 좀 줄 수 있느냐고 주인에게 물었어. 주인은 바쁘다며 퉁명스럽게 거절했어. 그 여자가 허기진 채 시무룩해서 가게를 나가려는데 마침 그곳에 있던 로렌스 씨가 지팡이 끝으로 커다란 생선을 하나 집어들어서 그 여자에게 주는 거야. 그리고 맛있게 요리해서 들라고 말씀하셨어. 로렌스 씨는 정말 좋은 분인 것 같아."

각자 이야기를 끝낸 자매는 어머니 마치 부인에게 이야기를 해달라고 졸랐다. 그러자 마치 부인은 살짝 미소 지으며 이야기를 시작했다.

"옛날 옛적에 네 명의 소녀가 살고 있었단다. 언제나 맛있는 음식과 멋진 옷이 넘쳤고 주변에 사랑하는 친구들과 부모님이 있었지만 네 명의 소녀는 그걸로 만족하지 못했단다. (이 대목에서 네 자매는 흘낏 서로의 얼굴을 훔쳐보며 열심히 바느질을 했다.) 네 소녀는 모두 착한 사람이 되고 싶었고 아주 훌륭한 결심도 많이 했어. 하지만 그 결심을 잘 지켜내지 못하고 끊임없이 '이런 게 있었다면……'이라거나 '그런 것만 할 수 있다면……'이라고 말하곤 했단다. 자기들이 이미 얼마나 많은 것을 가지고 있는지, 얼마나 즐겁게 살고 있는지 잊어버린 거지. 그러던 어느 날이었어. 네 소녀는 어느 신통한 노파를 찾아가 자신들을 행복하게 해주는 주문을 걸어달라고 부탁했어. 그러자 노파가 이렇게 대답했어. '뭔가 불만을 느낄 때마다 너희가 이미 누리고 있는 것을 떠올리며 감사하게 생각해라.' 현명한 소녀들은 노파의 충고대로 자신의 삶을 한번 되돌아봤어. 그러자 자기들이 얼마나 유복한지 알고 놀랐어. 소녀들 중 한 명은, 부자라고 해서 돈으로 부끄러움과 슬픔을 막을 수는 없다는 것을, 또 한 명은 자기가 아무리 가난하더라도 젊음과 건강과 건전한 정신을 지닌 자기가 자신이 지닌 것을 누리지 못하는 괴팍하고 연약한 노파보다는 행복하다는 것을 알게 되었지. 셋째는 저녁 차리는 일을 돕는 게 귀찮기는 해도 저녁거리를 구걸하러 다니는 것보다는 낫다는 것을, 넷째는 아무리 좋은 물건을 갖고 있다 할지라도 좋은 행동만 못하다는 것을 깨달았단다. 그래서 네 명의 소녀는 앞으로 불평하지 말고 자기가 이미

누리고 있는 행복에 감사하며 살자고 결심했단다."

"엄마! 이야기를 해준다면서 우리 이야기를 빗대서 설교를 하시네요!" 메그가 불평인 듯 말했지만 메그를 비롯해 네 자매, 특히 조는 어머니의 말씀을 가슴속에 깊이 새겨 넣었다.

제5장 이웃 왕래

"조, 너 대체 뭐 하려는 거니? 이 날씨에 밖에 나가려고?"
어느 눈 내리는 날 오후, 조가 낡은 겉옷에 두건을 걸치고 장화
를 신은 채 한 손에는 빗자루를, 다른 한 손에는 삽을 들고 쿵
쿵 발소리를 내며 복도를 걸어오는 것을 보고 메그가 물었다.

"밖에 나가서 운동하려고." 조가 장난기 어린 눈을 반짝이며
말했다.

"오늘 아침에 벌써 두 번이나 나갔었잖아. 이렇게 추운데 나
처럼 불가에서 몸이나 녹여." 메그가 추위에 몸을 부르르 떨면
서 말했다.

"고맙지만 사양할게. 춥다고 온종일 고양이처럼 불가에 붙어
있을 수는 없잖아."

밖으로 나간 조는 눈을 치우기 시작했다. 눈이 그렇게 많이 쌓이지 않아 조는 금세 정원 둘레에 길을 낼 수 있었다.

'이렇게 해야, 해가 났을 때 베스가 인형을 들고 바람 쐬러 나올 수 있을 거야'라고 조는 생각했다.

정원 바로 옆에 로렌스 씨의 집이 붙어 있었다. 조의 집은 허름했지만 로렌스 씨의 집은 웅장하고 화려한 석조 건물이었다. 하지만 그 집은 활기가 없어 보였다. 잔디밭에서 장난치는 아이들도 없었고 창가에서 아이들을 내다보는 온화한 어머니의 미소도 볼 수 없었으며 노신사와 소년을 빼고는 드나드는 사람도 거의 없었다.

조의 활발한 상상력 속에서 이 저택은 마법의 궁전처럼 보였고, 그 안에는 아무도 본 적이 없는 뭔가 멋지고 즐거운 것들이 가득 차 있을 것 같았다. 조는 오래전부터 그 숨겨진 보물들을 보고 싶었고, '로렌스 소년'과도 친해지고 싶었다. 조가 보기에 '로렌스 소년'은 남들과 친해지고 싶지만 그 방법을 모르는 것 같았다.

조는 이웃집을 쳐다보았다. 집 안은 쥐 죽은 듯 조용했으며 아래층 창문에는 커튼이 쳐져 있었다. 그런데 위층 창가에 검은 곱슬머리의 뒷모습이 보였다.

'이런 우중충한 날에 방 안에만 갇혀 있다니! 너무 불쌍해. 눈 뭉치를 던져서 밖이라도 내다보게 해야겠다.'

조는 눈을 뭉쳐 창문을 향해 던졌다. 소년이 돌아보았다. 처음에는 무심한 표정이었다가 커다란 눈이 반짝, 빛나더니 입가에 미소가 떠올랐다. 조가 얼굴 가득 웃음을 담고 빗자루를 휘두르며 큰 소리로 외쳤다.

"안녕! 어디 아픈 거 아니지?"

로리가 창문을 열고 마치 까마귀가 캑캑거리듯 쉰 목소리로 대답했다.

"괜찮아졌어. 독감에 걸려 일주일이나 꼼짝 못 했거든."

"병문안 오는 사람도 없어?"

"만나고 싶은 사람도 없는데 뭐. 아는 애도 없고."

"내가 있잖아." 조가 이 말을 하면서 웃음을 터뜨렸다.

"아, 참, 그렇지! 이리 올라와줄 수 있겠니?"

"엄마 허락받고 올라갈게."

조가 집 안으로 들어가 엄마의 허락을 받는 동안 '작은 신사'는 부지런히 손님 맞을 준비를 했다. 로리는 머리를 말끔하게 빗고 옷깃을 빳빳하게 세운 뒤 어질러진 방을 대충 치웠다.

잠시 뒤 로리는 손님이 찾아왔다는 하인의 전갈을 받고 응접실로 내려갔다. 조의 한 손에는 접시가 다른 한 손에는 아기 고양이 세 마리가 들려 있었다.

"언니가 만든 젤리야. 정말 맛있어. 베스도 고양이가 네 기분을 풀어줄 거라며 데려가라고 했어. 네가 비웃을 줄 알았지만 베스가 하도 심각하게 권하는 바람에 데리고 왔어."

그런데 고양이가 큰 효과를 냈다. 고양이를 앞에 두고 즐겁게 웃는 동안 로리의 수줍음이 사라지고 둘이 금세 친해진 것이다. 조가 젤리가 담긴 접시 뚜껑을 열자 로리의 얼굴이 또 환해졌다. 젤리 주위로는 에이미가 정성스럽게 만든 화환이 둘러쳐져 있었다.

조는 응접실을 둘러보며 "방이 참 아늑하네"라고 말한 뒤 방을 후다닥 귀신같이 정리했다. 로리는 그런 조를 존경의 눈빛으로 바라보고 있었다.

"정말 고마워. 금세 방이 몰라보게 달라졌네."

친해진 둘은 스스럼없이 대화를 나누었다. 로리는 조에게 가끔 조의 집을 내려다보곤 했는데, 그 때마다 가족이 다정해 보여 너무 부러웠다고 말했다. 그러자 조가 말했다.

"그렇게 엿보지 말고 아예 우리 집에 놀러 오면 어때? 엄마도 잘해주실 거고 베스가 노래를 불러줄지도 몰라. 에이미는

춤을 출 거고. 메그 언니랑 나는 네게 연극 도구를 보여줄게. 정
말 재미있을 거야. 그런데 할아버지께서 허락하실까?"

"네 어머니께서 부탁하면 들어주실 거야. 할아버지는 겉보기
와 달리 좋은 분이셔. 내가 좋아하는 일은 뭐든지 하라고 하셔.
하지만 책만 읽고 사시기 때문에 바깥일에 관심이 없으셔. 가
정교사인 브룩 선생님도 우리 집에 같이 살지 않으니까 나 혼
자 있는 셈이야."

조에게 로리의 외로움이 전해졌다. 조는 아프고 외로운 로리
를 보면서 사랑과 행복이 넘치는 집에 사는 자신이 얼마나 큰
행복을 누리고 있는지 새삼 느낄 수 있었다. 조는 자신의 행복
을 로리에게 나누어주고 싶었다.

"우린 이웃이잖아. 게다가 우리는 너랑 친해지고 싶어. 너도
노력해야 해. 너를 불러주는 곳에는 가봐야지."

그날 조는 예의범절이 몸에 밴 로리의 모습이 너무 보기 좋
아 많은 이야기를 해주었다. 어머니와 아버지 이야기, 언니와
동생들 이야기, 숙모 할머니 이야기를 모두 해주자 로리는 너
무 재미있게 조의 이야기에 귀를 기울였다. 특히 조가 자신은
무엇보다 책을 좋아한다는 이야기를 해주자 로리도 자기가 읽
은 책 이야기를 해주었다. 조는 로리도 책을 좋아한다는 사실

이 기뻤고 로리가 자기보다 책을 더 많이 읽었다는 사실을 알고는 놀랐다. 조는 로리와 함께 할아버지의 서재를 둘러보며 몹시 즐거워했다.

둘이 서재에 있을 때 초인종 소리가 울렸다. 조는 로리의 할아버지가 오신 줄 알았지만 하인이 들어오더니 의사 선생님이 오셨다고 말했다. 로리가 의사에게 독감 진찰을 받으러 간 사이 조는 홀로 남아 멋진 노인의 초상화를 바라보며 혼잣말을 했다.

"로리 말대로 로리 할아버지는 좋으신 분 같아. 무서워할 필요가 전혀 없어. 눈빛이 저렇게 다정하신걸. 입매는 엄격해 보이지만 의지가 굉장히 강하신 것 같아. 우리 할아버지만큼 잘 생기지는 않으시지만 그래도 좋으신 분 같아."

"고맙군그래, 아가씨." 조의 뒤에서 무뚝뚝한 목소리가 들렸다. 당황스럽게도 조의 바로 뒤에 로렌스 씨가 서 있었다.

조는 얼굴이 새빨개졌으며 도망쳐버리고 싶을 정도로 당황했다. 하지만 조는 용기를 내서 노인을 바라보았다. 덥수룩한 회색 눈썹 아래에 빛나고 있는 눈은 그림 속 눈보다 훨씬 다정해 보였고 게다가 장난기까지 깃들어 있어서 조는 두려움을 떨쳐낼 수 있었다.

"얘야, 내가 무섭지 않다고 했니?"

"네, 그렇습니다."

"너의 할아버지보다 못생겼단 말이지?"

"네, 좀 그렇습니다."

"의지가 강해 보인다고?"

"그냥 제 생각이 그렇다는 겁니다."

"그런데도 내가 좋다?"

"네, 그렇습니다."

노인은 짧게 웃음을 터뜨리더니 악수를 청하며 말했다.

"얼굴은 할아버지를 닮지 않았지만 기질은 그대로군. 네 할아버지는 훌륭한 분이셨어. 무엇보다 용감하시고 정직하셨지. 내가 네 할아버지 친구인 게 자랑스러웠단다. 그래, 내 손자하고는 뭘 한 거냐?"

"그냥 가깝게 지내고 싶어서요."

"로리의 기운을 북돋워줄 필요가 있다고 생각한 모양이로구나. 그렇지?"

"네, 로리가 좀 외로워 보여서요. 우리 집에는 여자애들밖에 없지만 그래도 도움이 될 수 있다면 정말 기쁠 거예요. 할아버지께서 굉장한 크리스마스 선물도 주셨잖아요."

"아냐, 아냐! 그건 다 로리가 한 거야. 그래 그 불쌍한 여자는 잘 지내느냐?"

조는 어머니가 친구들 힘을 모아 계속 도와주고 있다고 단숨에 말했다.

로렌스 씨는 조의 활달하고 특이한 성격이 마음에 들었다. 조는 조대로 로렌스 씨가 젠체하지 않는 사람이라서 좋았다.

그날 조는 그 집에서 온실도 구경했고, 로리의 피아노 솜씨도 감상했다. 조가 로리에게 피아노를 더 쳐달라고 하니까 로리가 말했다.

"그만할게. 할아버지께서 피아노 치는 걸 별로 좋아하지 않으셔."

"왜?"

"나중에 말해줄게."

헤어지면서 조가 로리에게 말했다.

"몸조심하고 잘 지내야 해."

"그래. 그런데 또 올 거지?"

"네가 몸이 좋아진 뒤에 우리 집에 오겠다고 약속해준다면."

"그럴게."

"안녕, 로리!"

"잘 가, 조!"

집으로 돌아온 조는 가족에게 그 집에서 있었던 일을 모두 이야기해주었다. 이야기 끝에 조가 물었다.

"엄마, 로렌스 할아버지는 왜 로리가 피아노 치는 걸 싫어하실까요?"

"나도 자세히는 모르겠지만 그분 아들, 그러니까 로리의 아버지가 음악을 하는 이탈리아 여자와 결혼했기 때문인 것 같아. 집에서 반대하는 결혼을 한 건데, 로리가 어릴 때 부모님이 다 세상을 떴단다. 할아버지는 엄마를 닮은 로리가 음악가가 될까봐 걱정하시는지도 몰라."

조가 다시 어머니에게 물었다.

"엄마, 로리가 우리 집에 놀러 와도 되지요?"

"그럼, 네 친구인데 언제나 환영이지."

그때 문득 베스가 말했다.

"난 저 집이 꼭 『천로 역정』에 나오는 '아름다운 궁전' 같아. 우리가 착하게 살자고 결심하면서 '수렁'도 건너고 '좁은 문'도 지나온 것 같아. 책에는 힘들여 언덕을 올라가니 굉장한 것으로 그득 찬 '아름다운 궁전'이 나오잖아. 저 집이 바로 그 '아름다운 궁전' 아닐까?"

"그렇다면 우선 사자(獅子)들을 만나게 되겠네." 조가 앞으로
벌어질 일을 기대한다는 듯 말했다.

제6장 베스와 아름다운 궁전

　베스 덕분에 그 집은 '아름다운 궁전'이 되었다. 하지만 모두가 그 궁전에 들어가기까지 시간이 좀 걸렸다. 특히 베스에게는 '사자들'을 지나치는 일이 너무 어려웠다. 가장 무섭고 큰 사자는 바로 로렌스 할아버지였고, 또 한 마리 사자는 자기네는 가난하고 그 집은 부자라는 사실이었다.

　베스만 제외하고 세 자매는 곧 그 사자들을 극복하고 '아름다운 궁전'에 드나들며 로리와 즐겁게 지냈다. 스케이트와 썰매 타기, 연극 놀이와 그림 그리기를 했고 간간이 저택에서 조촐한 파티가 열리기도 했다. 세 자매도 행복했지만 로리도 행복한 가운데 활기를 찾았고, 부지런한 그녀들을 보면서 이제껏 빈둥거리며 살아온 자신을 부끄러워하기도 했다. 로리가 공부를 등한시하는 게 걱정이 되어 브룩 선생이 로렌스 씨에게 보고를 하자 로렌스 씨는 휴가를 준 셈 쳐라, 공부야 나중에 보충하면 되지 않느냐고 말했다.

그 집에 드나들면서 메그는 마음이 내킬 때마다 온실에 들어가 마음껏 꽃향기를 맡았으며 조는 서재에서 책을 실컷 읽은 뒤 로렌스 씨 앞에서 신나게 비평을 해서 노인을 뒤집어지게 만들었고, 에이미는 책 속의 그림들을 모방하면서 그 아름다움을 실컷 감상했다. 로리는 마치 영주라도 된 듯한 기분으로 그 모든 것을 즐겼다.

하지만 베스만은 예외였다. 베스는 그 집의 그랜드피아노가 너무 보고 싶으면서도 감히 발걸음을 하지 못했다. 네 자매 중 유독 한 명만 자신의 집에 발걸음을 하지 않는 것을 알게 된 로렌스 씨는 자신이 이 문제를 해결해야겠다고 마음먹고 직접 마치 부인을 찾아갔다.

로렌스 씨는 베스가 자신을 무서워한다는 것을 알고 있었기에 멀리 떨어져 앉은 베스에게는 눈길도 주지 않은 채 마치 부인에게 음악 이야기, 음악에 관련된 일화들을 이야기해주었다. 호기심을 느낀 베스는 자기도 모르게 어머니와 로렌스 씨 가까이 와서 귀를 기울였다. 로렌스 씨는 짐짓 모르는 채 로리의 공부에 관한 이야기를 하다가 이렇게 말했다.

"그 애가 이제 음악은 영 뒷전입니다. 너무 음악에만 빠져 있어 걱정이었는데 잘된 일이긴 합니다. 하지만 피아노를 그렇게 놀려두면 못 쓰게 될 게 뻔합니다. 혹시 이 댁 따님들 중에 가끔 피아노를 쳐서 길을 들여줄 친구는 없을까요?"

로렌스 씨는 베스가 피아노를 잘 치며 부끄럼이 많다는 것을 이미 알고 있었다. 그는 덧붙였다.

"따님이 우리 집 응접실에서 피아노를 치는 동안 그 누구와도 마주치는 일은 없을 겁니다. 그저 시간이 날 때 들러서 혼자 마음대로 치고 가면 됩니다. 나는 서재에 있을 것이고 로리는 대개 응접실 밖에서 지냅니다. 하인들도 오전 9시 이후에는 응접실에 얼씬도 하지 않습니다."

로렌스 씨는 자리에서 일어나는 척하며 한마디 더 덧붙였다.

"뭐, 따님들 중에 아무도 관심이 없다면 신경 쓰지 않으셔도 됩니다."

그때였다. 놀라운 일이 벌어졌다. 베스의 작은 손이 로렌스 씨의 손을 슬며시 잡은 것이었다. 베스는 고마움이 가득한 얼굴로 로렌스 씨를 바라보며 수줍지만 열정이 담긴 목소리로 말했다.

"오, 할아버지! 관심이 있어요! 정말로요!"

이렇게 하여 베스는 사자들을 물리쳤다. 더 이상 로렌스 할아버지가 무섭지 않게 된 것이다. 아니, 무섭기는커녕 감사의 말을 전할 길이 없어 그 큰 손을 꼭 붙잡은 채 놓지 않았다.

그날 이후 베스는 거의 매일 '아름다운 궁전'으로 갔고 응접실에서는 언제나 피아노 소리가 들렸다.

그렇게 몇 주가 흘렀다. 어느 날 베스가 어머니에게 말했다.

"엄마, 로렌스 할아버지께 슬리퍼를 만들어드리고 싶어요. 너무 잘해주셔서 감사드리고 싶은데 제가 해드릴 수 있는 건 그것밖에 없어요. 그래도 될까요?"

"물론이지. 로렌스 씨가 무척 기뻐하실 거야. 감사의 마음을 드리는 데 그만한 것도 없지. 언니들과 동생이 도와줄 거야. 재료는 내가 사주마." 모처럼 적극적인 베스의 모습에 어머니는 너무 기뻐하며 말했다.

자매들은 곧바로 정성을 다해 슬리퍼를 만들었다. 진지한 토론 끝에 슬리퍼의 문양은 팬지꽃으로 결정되었고, 네 자매는 밤낮으로 슬리퍼 만들기에 여념이 없었다. 그렇게 베스의 마음

뿐 아니라 네 자매 모두의 마음이 담긴 슬리퍼가 완성되었고, 슬리퍼는 로리를 통해 로렌스 노인에게 전달되었다.

슬리퍼가 전해진 다음다음 날 오후였다. 베스가 인형에게 바람도 쏘일 겸 심부름을 하고 집으로 돌아오자 창문을 통해 베스를 본 세 자매가 기쁜 목소리로 소리쳤다.

"할아버지께서 편지를 보내셨어. 빨리 와서 읽어봐!"

"언니, 글쎄, 할아버지께서……." 에이미가 흥분해서 뭔가 말하려는데 조가 창문을 쾅 닫는 바람에 에이미는 말을 끝내지 못했다.

이윽고 베스가 문 앞에 이르자 세 자매가 베스를 붙잡고 응접실로 데려가더니 손가락으로 한쪽을 가리키며 의기양양하게 외쳤다.

"저걸 봐! 저걸 보라니까!"

그쪽을 바라본 베스의 얼굴이 기쁨과 놀람으로 창백해졌다. 그곳에 작은 피아노가 놓여 있었고 반질반질 윤이 나는 피아노 위에는 '엘리자베스 양에게'라는 글씨가 적힌 편지가 놓여 있었다.

"나한테?" 베스는 휘청거렸다.

"그래, 네게 보낸 거야. 할아버지는 정말 좋으신 분이야. 어서 편지를 뜯어서 읽어봐." 조가 동생을 끌어안은 채 편지를 건네주며 말했다.

"언니, 너무 떨려서 못 읽겠어. 언니가 읽어줘."

조가 편지를 뜯었고 첫 구절을 읽자마자 웃음을 터뜨렸다.

친애하는 마치 양에게,

"아, 나도 누군가 이렇게 불러주면 좋겠어." 에이미가 그 표현이 너무 멋지다고 생각했는지 말했다.

평생 수많은 슬리퍼를 신어봤지만 아가씨가 만들어준 슬리퍼처럼 잘 맞는 건 없었습니다. 팬지도 내가 아주 좋아하는 꽃입니다. 이 꽃을 볼 때마다 아가씨가 생각나겠지요. 보답으로 이 '노신사'가 뭔가 해주고 싶군요. 저세상으로 간 내 손녀가 치던 피아노입니다.

감사의 마음을 담아 당신의 영원한 벗이자 충복(忠僕)인

제임스 로렌스가

"글쎄, 할아버지가 언니에게 충복이래!" 조가 편지를 다 읽자 에이미가 외쳤다. 이어서 조가 말했다.

"정말 영광스러운 일이야! 로리가 그러는데 할아버지는 손녀를 정말 사랑하셔서 손녀가 쓰던 걸 모두 그대로 간직하고 계셨대. 그런데 그중 가장 소중한 걸 네게 준 거야. 베스, 어떻게 할 거야? 할아버지께 감사하다고 말씀드려야 하잖아?"

아무도 베스가 정말로 로렌스 할아버지에게 직접 감사의 말을 전하리라고는 생각하지 않았고 조도 그저 농담으로 해본 소리였다. 그런데 놀라운 일이 또다시 벌어졌다. 베스가 다음과 같이 말한 것이다.

"맞아. 무섭다는 생각이 들기 전에 당장 가볼래."

모두 놀란 입을 다물지 못하는 사이 베스는 유유히 밖으로 나가더니 울타리를 지나 로렌스 씨 댁으로 들어갔다. 하지만 베스가 그 집에 들어가서 한 행동을 보면 더욱 놀랐을 것이다.

집 안으로 들어간 베스는 곧바로 서재 문을 두드렸다. 안에서 "들어오시오"라는 목소리가 들리자 베스는 안으로 들어가 곧바로 로렌스 씨에게 다가갔다. 그 기세에 잠시 주춤하는 로렌스 씨에게 손을 내밀며 베스가 말했다.

"할아버지, 감사드리러 왔어요. 저……."

베스는 말을 맺지 못했다. 로렌스 씨가 하도 다정하게 바라보는 통에 준비해온 말을 잊은 것이다. 다만 할아버지가 사랑하는 손녀를 잃었다는 사실이 기억나서 베스는 로렌스 씨의 목을 감싸 안고 입을 맞추었다.

만일 천장이 내려앉았더라도 노신사는 이보다 더 놀라지는 않았을 것이다. 노신사는 베스의 입맞춤에 너무나 감동한 나머지 그동안 굳어 있던 마음이 어느새 사라져버렸다. 로렌스 씨는 베스를 무릎 위에 앉히고 베스의 장밋빛 뺨에 자신의 주름진 뺨을 맞대었다. 마치 자신의 손녀가 다시 살아 돌아온 것만 같은 느낌이었다. 그 순간 로렌스 할아버지를 향한 베스의 두려움이 완전히 사라진 것은 물론이다.

로렌스 씨는 베스를 집까지 바래다주었다. 로렌스 씨는 문앞에서 상냥하게 악수를 한 뒤에 모자를 살짝 들어 인사하고는 뒤돌아서 위풍당당하게 걸어갔다.

그 모습을 바라보고 있던 조는 너무 기쁜 나머지 경쾌하게 춤을 추었고 에이미는 너무 놀라 창밖으로 떨어질 뻔했으며 메그는 두 손을 치켜들고 말했다.

"어머, 이제 이 세상 끝이 왔나봐!"

제7장 피크위크 클럽과 신문

봄이 되자 새로운 재밋거리들이 생겼다. 네 자매는 정원을 네 구역으로 나누어 각자 취향에 따라 꽃을 심었고 날씨가 좋으면 산책도 자주 했으며 꽃을 따러 들판을 헤매기도 했다. 비가 오는 날이면 집 안에서 독창적인 놀이를 만들어 즐겼는데 그중에 으뜸은 '피크위크 클럽' 놀이였다.

당시 비밀 모임이 유행했기에 자매는 자신들만의 비밀 모임을 갖는 게 좋겠다고 생각하고 1년 전에 '피크위크 클럽'을 만들었다. 클럽의 이름은 그녀들이 흠모하고 있는 찰스 디킨스의 첫 소설 제목에서 따온 것이었다. 비밀결사 단체를 만든 뒤 회원들은 매주 토요일 저녁마다 다락방에서 비밀 회합을 가졌으며 「피크위크 포트폴리오」라는 신문도 발행했다. 글쓰기에 소질이 있는 조가 편집장을 맡은 그 신문에는 네 자매의 글이 실렸다.

매주 토요일 7시가 되면 네 명의 비밀결사 단체 회원들은 아주 심각한 얼굴로 다락방에 모였다. 모임은 아주 근엄했다. 모임의 회장은 당연히 연장자인 메그였다. 모임이 시작되면 회장인 피크위크(메그)가 우선 신문을 읽었다. 신문에는 창작 이야기나 시, 지역 뉴스, 재미있는 광고 들이 실려 있었고, 회원들 서로의 잘못이나 단점을 지적하는 난도 마련되어 있었고 일주일 동안의 각자 행동에 대한 평점도 매겼다.

온갖 재치를 부린 재미있는 내용이 많았지만 그중 광고란을 우리도 함께 읽어보기로 하자.

알림

젊은 여성들에게 요리법을 가르쳐줄 '주간 모임'이 주방에서 열릴 예정입니다. 해나 브라운이 주재하는 이 모임에 모두 참석해주시기 바랍니다.

'쓰레받기 동호회'가 다음 주 수요일에 회합을 갖습니다.

클럽 하우스 2층에서 행사가 있을 예정이니 모든 회원은
유니폼을 착용하고 빗자루와 함께 9시 정각에 모여주시
기 바랍니다.

베스 바운서 부인이 다음 주에 인형 가게에서 새로운 옷
과 모자 들을 선보입니다. 파리에서 유행하는 신제품이
많이 도착했으니 주문해주시기 바랍니다.

회장이 신문을 다 읽고 나자 박수갈채가 뒤따랐고 이어서 신
문 편집장이 일어나 한 가지 제안을 했다.

"존경하는 회장 이하 회원 여러분!" 그는 국회의원 같은 태
도와 말투로 자못 진지하게 말했다. "신입 회원을 한 명 받아들
일 것을 제안합니다. 회원이 될 자격을 충분히 갖춘 자로서 우
리 클럽에 활기를 부여하고 우리 신문의 문학적 수준을 높일
사람입니다. 저는 피크위크 클럽의 명예 회원으로서 시어도어
로렌스 씨를 추천하는 바입니다. 우리 제발 받아들이자, 응?"

조가 갑자기 말투를 바꾸자 모두 킥킥거렸다.

"이 사안을 투표에 부치겠습니다." 회장이 분위기를 추스르
며 엄숙하게 말했다.

조와 베스는 찬성이었고 에이미는 반대였다. 에이미가 일어나서 말했다.

"우리는 남자가 필요하지 않아요. 그들은 농담이나 하며 빈둥거릴 뿐이에요. 이 클럽은 숙녀들의 모임입니다. 우리 전통이 지켜졌으면 좋겠어요."

"그가 우리 신문을 보고 비웃지나 않을지 걱정되네요." 메그가 이마 위로 내려온 곱슬머리를 잡아당기며 말했다. 그녀가 망설일 때면 늘 보이는 행동이었다.

편집장이 벌떡 일어나더니 아주 진지한 목소리로 말했다.

"회장님, 신사의 명예를 걸고 말씀드리는데 로리는 절대로 그런 남자가 아닙니다. 우리의 신문이 감상적으로 흐르는 걸 막아줄 수 있을 겁니다. 우리가 그에게 해줄 수 있는 것은 별로 없지만 그는 우리에게 아주 많은 것을 해줄 것입니다. 다시 한 번 그를 받아들이기를 간청합니다."

베스까지 일어나 한술 더 떴다.

"그래요, 그를 우리 회원으로 받아들이고 할아버지도 본인이 원하신다면 받아들여야 해요."

베스까지 나서자 분위기가 아연 고조되었다. 조가 일어나 "자, 다시 투표해요! 찬성하는 사람은 찬성이라고 말하세요"라고 말하자, "찬성! 찬성! 찬성!" 하고 한꺼번에 세 명이 외쳤다.

"오, 신의 은총이 함께하길! 자, 쇠뿔은 단김에 빼랬다고 지금 바로 여러분 앞에 신입 회원을 소개합니다."

조는 그 말과 함께 벽장문을 힘껏 열어젖혔다. 모두 경악했다. 로리가 얼굴을 붉힌 채 웃음을 억지로 참으며 벽장 안 헝겊 자루 위에 앉아 있었던 것이다.

"이 악당! 배신자! 조, 어떻게 이럴 수 있어!" 세 명의 회원이 일제히 야유를 퍼붓는 가운데 조는 자신의 친구를 당당히 회원들 앞으로 데려왔다.

"아, 조를 비난하실 필요는 없습니다. 실은 모두 제가 꾸민 일입니다. 하지만 다시는 이런 몹쓸 짓을 하지 않겠습니다. 우리의 영원한 클럽을 위해 몸과 마음을 다 바치겠습니다."

로리의 아주 짧은 명연설로 사태는 마무리되었고 그는 피크위크 클럽의 신입 회원이 되었다. 그는 신입 회원의 변(辯)을 다음과 같은 말로 대신했다.

"제게 이렇게 큰 영광을 베풀어주신 보답으로 작은 선물을 하나 드릴까 합니다. 제가 정원 울타리 한구석에 우편함을 하나 세웠습니다. 양국 간의 친목을 도모하자는 뜻에서입니다. 누구나 편리하게 사용할 수 있습니다. 그 우체통을 이용해 편지나 원고, 책, 소포 들을 서로 쉽게 전달할 수 있을 것입니다. 열쇠는 양국에 각각 하나씩 마련했습니다. 여러분의 친절에 감사드리며 이만 자리에 앉겠습니다."

이후 로리를 회원으로 받아들인 것을 후회하는 사람은 아무도 없었다. 그는 확실히 모임에 활기를 불어넣었고 신문에도 기품을 더해주었다. 우편함도 이웃 간의 명물로 자리 잡았다. 마치 진짜 우편함이라도 되는 듯 온갖 희한한 물건이 그 사설 우편함을 통해 오갔다. 비극 작품과 넥타이, 시와 피클, 정원의 씨앗과 편지, 악보와 생강과 빵, 덧신, 초대장, 심지어 강아지까지 우편함을 통해 오갔다. 노신사도 재미를 느끼고 이상한 소포, 알쏭달쏭한 메시지, 장난스러운 전보를 보내곤 했다. 해나를 좋아하게 된 이웃집 정원사는 진짜 연애편지를 보내기도 했다. 물론 조가 눈감아주었기에 가능한 일이었다. 그 비밀이 알려졌을 때 모두 배꼽을 잡고 웃었다. 앞으로 이 작은 우편함을 통해 그 얼마나 많은 연애편지와 사랑이 오가게 될 것인지, 꿈에도 생각 못 한 채……

제8장 실험

겨울과 봄이 지나가고 어느새 5월 그믐날이 되었다. 집에 돌아온 메그가 지친 모습으로 소파에 축 늘어져 있는 조를 보더니 탄성을 내질렀다.

"조! 내일이면 6월 1일이야! 킹 씨네 가족이 모두 해변으로 여행을 가고 나는 자유로워져! 세 달간의 휴가라니! 아아, 어떻게 즐겨야 하지?"

"숙모 할머니도 오늘 떠나셨어. 정말 기뻐." 조가 말했다. "할머니가 나도 가자고 하면 어떻게 하나 걱정이 많았어."

"그런데 우리 휴가 동안 뭘 하지?" 에이미가 제법 진지하게 물었다.

"아침 늦게까지 침대에 누워서 빈둥거릴 거야. 겨우내 아침 일찍 침대에서 끌려 나와 매일 남을 위해 일했잖아. 그러니 이제 푹 쉬면서 느긋하게 지낼 거야." 메그가 말했다.

"아니야." 조가 메그에게 반박했다. "빈둥거리는 건 내 체질에 맞지 않아. 읽고 싶은 책이 산더미야. 오래된 사과나무 가지 위에 앉아 책을 읽으면서 나의 빛나는 시간들을 보람 있게 보낼 거야. 아니면 그냥……."

"베스 언니, 우리도 한동안 공부하지 말고 언니들처럼 놀면서 쉬자." 에이미가 베스에게 말했다.

"글쎄, 엄마가 허락하시면 그것도 좋지, 뭐. 새 노래들도 배우고 싶고, 여름내 우리 아기들 옷도 손질해줘야 해. 다들 옷이 끔찍해."

"그래도 돼요, 엄마?" 메그가 '엄마의 자리'라고 불리는 곳에 앉아서 바느질을 하고 있는 마치 부인에게 물었다.

"너희가 그런 생활을 좋아하게 될지 일주일 동안 실험해볼까? 토요일 밤이 되면, 놀기만 하고 일하지 않는 것도 계속 일만 하는 것만큼 힘들다는 걸 알게 될걸."

"오, 그럴 리가요! 너무 좋을 게 틀림없어요!" 메그가 흐뭇해하며 말했다.

"자, 즐거움이여, 영원히! 부지런이여, 잘 가시라!" 조가 일어나서 레모네이드 잔을 높이 들며 말했고 모두 함께 잔을 높이 들었다. 빈둥거리기 실험이 시작된 것이다.

　이튿날 아침 메그는 10시가 될 때까지 침대에서 나오지 않았다. 혼자 먹는 아침은 맛이 없었고 방은 어딘가 쓸쓸하고 어수선해 보였다. 조는 꽃병을 채워놓지 않았고 베스는 청소를 하지 않았으며 에이미의 책이 여기저기 널려 있었던 것이다. 다만 '엄마의 자리'만이 깨끗할 뿐이었다. 메그는 '엄마의 자리'에 앉아 느긋하게 휴식을 취하며 월급으로 어떤 드레스를 살 것인지 상상의 나래를 펼쳤다. 조는 아침나절을 강가에서 로리와 보냈고 오후에는 사과나무 위에 앉아 수전 워너의 『넓고 넓은 세상』을 읽으면서 눈물을 흘렸다. 베스는 인형 가족을 몽땅 끄집어내서 손질을 하더니 반도 못 끝내고 지쳐버렸다. 베스는 설거지를 하지 않아도 된다는 생각에 기분이 좋아져 피아노를 치러 가버렸다. 에이미는 가장 아끼는 드레스를 입고 머리를 곱게 빗은 뒤 인동덩굴 아래 정자에서 그림을 그렸다. 그런 뒤에 산책을 나섰고, 중간에 소나기를 만나는 바람에 온몸이 젖은 채로 돌아왔다.

　차 마시는 시간이 되자 모두 유난히 긴 하루였지만 나름 즐거웠다고 입을 모아 이야기했다. 하지만 메그는 오후에 상점에 가서 사 온 연청색 모슬린이 얼룩이 잘 빠지지 않는 옷감이라는 것을, 그것도 이미 옷감을 재단한 뒤에야 발견하고는 풀이 죽어 있었다. 조는 보트를 타느라 코가 벌겋게 타서 피부가 벗겨졌고 책을 너무 오래 읽는 바람에 머리가 깨질 듯이 아팠다. 베스는 인형들을 넣어두는 옷장이 엉망이 된 데다, 한꺼번에 서너 곡의 노래를 배우려다 욕심대로 되지 않자 수심에 잠겼다. 에이미는 파티가 내일 열리는데 제일 좋은 옷을 망쳐버렸다고 땅을 치며 후회하고 있었다.

하지만 자매는 그런 건 그저 사소한 일일 뿐 모두 이 실험이 잘되어가고 있으며 잘될 것이라고 어머니에게 큰소리쳤다. 그렇지만 시간이 흐를수록 문제가 커질 뿐이었다. 모두 '놀면서 빈둥대기'가 얼마나 어렵고 자신들을 불편하게 하는지 날이 갈수록 뼈저리게 절감했다. 하루가 그렇게 길 수 없었으며 날씨 변화에 따라 기분도 죽 끓듯 하루에도 몇 번씩 변했다. 또한 모두 감정의 기복이 심해졌기에, 게으른 손들이 하는 일마다 악마의 장난이 판을 치기 일쑤였다.

게으름의 호사가 절정에 이르자 메그는 따분함을 견디지 못해 바느질감을 다시 꺼내 들었지만 제 옷을 망쳐버렸을 뿐이다. 조는 눈이 아플 정도로 책을 읽다가 그만 책에도 싫증이 나고 말았으며, 급기야 성질이 까다로워져서 그 착한 로리와도 말다툼을 하고 말았다. 베스는 지금 빈둥거리기 실험을 한다는 것을 가끔 깜빡하고는 이전의 생활 방식으로 되돌아갔기에 비교적 잘 지냈다. 하지만 그녀도 주변 분위기에 전염되어 자신의 평온한 일상이 자주 무너지는 것을 경험했다. 마땅히 시간을 죽일 취미가 없는 에이미는 하루 종일 그림을 그릴 수도 없는 노릇이어서 제일 힘든 하루를 보냈다.

아무도 겉으로는 실험이 실패했다는 것을 인정하지 않았지만 금요일 밤이 되자 한 주가 끝나간다는 사실에 다들 내심 안도의 한숨을 내쉬고 있었다. 유머 감각이 풍부한 마치 부인은 이 실험을 멋지게 끝내기로 마음먹고는 해나에게 주말 휴가를 주었다. 딸들에게 이 실험의 효과를 톡톡히 맛보게 하기 위해서였다.

토요일 아침, 자매들이 자리에서 일어나보니 부엌에 불기가 없었을 뿐 아니라 식당에는 아침 식사가 차려져 있지 않았고 어머니는 어디에도 보이지 않았다.

"맙소사! 대체 무슨 일이 벌어진 거야?" 조가 당황해서 주위를 둘러보며 소리쳤다. 메그가 어느새 2층 어머니 방으로 올라갔다 내려오면서 조에게 말했다.

"엄마가 아프신 건 아니고 조금 피곤해서 쉬시겠대. 그러니 우리끼리 알아서 최선을 다해보래. 엄마가 저러시는 건 좀 이상하긴 하지만 우리끼리 최선을 다해보자."

그러자 조가 자신 있게 말했다.

"좋았어! 식은 죽 먹기지 뭐. 그렇지 않아도 무슨 재미있는 일이나 없는지 근질근질하던 참이었는데."

네 자매 모두 아무 할 일 없이 지낸다는 게 얼마나 힘든지 느끼고 있던 참이어서 뭔가 할 일이 생겼다는 것을 다행으로 여기고 기뻐하는 표정이었다.

하지만 정작 집안일을 시작하다보니 "집안일이 장난이 아니다"라는 해나의 말을 금세 실감할 수 있었다. 베스와 에이미가 식탁을 정리하는 동안 메그와 조가 아침을 준비했다. 하지만 차는 쓰기만 했고, 오믈렛은 타버렸으며 비스킷은 군데군데 소다 뭉치가 엉겨 있었다. 어머니께 갖다드리기 민망할 정도였지만 조는 그래도 어머니께 음식을 갖다드렸다. 조가 나가자 마치 부인은 웃음을 터뜨리며 미리 준비해둔 음식을 먹고 조가 갖다준 엉망인 음식은 몰래 치워버렸다.

제8장 실험

81

조가 아래층으로 내려가니 아침 식사를 하지 못한 자매들 입이 모두 부어 있었다. 수석 요리사인 조가 메그와 동생들에게 말했다.

"걱정 마. 점심을 멋지게 차려줄 테니. 정찬(正餐)이다, 정찬! 너희는 손이나 씻고 친구들도 초대해."

조는 그렇게 큰소리를 친 뒤에 로리를 점심 식사에 초대한다는 쪽지를 우편함에 넣고 왔다. 그사이에 마치 부인은 볼일이 있다며 외출해버렸다.

결론부터 말하자. 조의 위대한 도전은 위대한 실패였다. 조가 온갖 시련을 이겨내면서 가족과 손님들 앞에 내놓은 음식들은 한마디로 두고두고 웃음거리가 될 만한 것들뿐이었다. 아스파라거스는 너무 삶아 머리 부분은 떨어져 나가고 줄기는 딱딱해져버렸다. 샐러드드레싱을 만들면서 아무래도 맛이 나지 않아 다른 것을 다 제쳐두고 거기에 몰두해 있다가 빵은 태워버렸다. 조가 자신 있게 장을 봐온 작은 바닷가재는 요리 방법을 몰라 대강 껍데기를 벗기고 얼마 안 되는 살점을 상추로 가려놓았다.

조는 손님들 얼굴을 보며 한숨을 내쉴 수밖에 없었다. 로리는 온갖 진수성찬에 길든 사람이었고, 메그가 초대한 크로커 양은 동네방네 떠들고 다니며 소문을 낼 사람이었다. 모두가 음식을 맛만 보고는 남기는 것을 보고, 조는 탁자 밑으로 숨어버리고 싶은 심정이었다. 에이미는 킬킬댔고 메그는 실망한 표정이었으며 크로커 양은 입술을 삐죽거리고 있었다. 로리만이 분위기를 띄우려는 듯 명랑하게 웃고 있었다.

마지막으로 조의 야심작이 나왔다. 과일 위에 설탕을 듬뿍 뿌리고 생크림을 얹은 후식으로 누가 보기에도 먹음직스러웠다. 하지만 그 '성공작'마저도 '대실패'였다. 조가 서두르다 설탕 대신 소금을 넣었고, 냉장고 위에 놓은 채 깜빡해버린 우유가 상해버려 생크림이 시큼했던 것이다.

그날 저녁 어머니가 네 자매와 둘러앉은 자리에서 말했다.

"얘들아, 실험은 어땠니? 재미있었으면 한 주일 더 할까?"

"아니요!" 딸들이 한목소리로 외쳤다.

"노는 건 정말 질렸어요. 당장 일을 하고 싶어요." 조가 한마디 덧붙였다. "엄마, 우리가 어떻게 하는지 보려고 볼일이 있는 척 외출했던 거지요?"

그러자 어머니가 차분하게 말했다.

"그래, 각자 맡은 일을 충실히 해내야만 집안이 편해질 수 있다는 걸 보여주고 싶었단다. 모두 자기 생각만 하면 어떤 일이 벌어지는지 보여주려던 거야. 너희도 느꼈지? 서로 도와야만 함께 즐겁게 지낼 수 있다는 걸 말이다. 그리고 매일매일 할 일을 다 해야 휴식이 더 달콤할 수 있다는 걸 말이다."

"그래요, 정말 그래요." 자매가 한목소리로 외쳤다.

"그러니 너희 모두 작은 짐을 즐거운 마음으로 지도록 하려무나. 때로는 버겁게 느껴지기도 하겠지만 그 짐은 우리에게 유익한 거야. 그리고 그 짐에 익숙해져야 가볍게 느껴질 수 있어. 일이란 건 정말 유익한 거고 누구 앞에나 일이 놓여 있게 마련이야. 일은 우리를 권태와 해악에서 벗어나게 해주고 몸과 마음을 건강하게 해줄 수 있어. 일은 우리에게 힘을 주고 자립심도 줄 수 있어. 그게 돈이나 유행보다 훨씬 중요한 거야."

"우리는 일벌처럼 열심히 일하며 살 거예요." 조가 말했다. "주말이면 요리를 배울래요. 두고 보세요. 다음번에는 반드시 성공할 테니까요."

"저는 바느질을 좋아하지 않지만 아빠에게 보낼 셔츠를 직접 만들 거예요. 엄마에게만 맡겨두지 않을 거라고요. 제 옷만 갖고 주물럭거리지도 않을 거예요." 메그의 말이었다.

"저는 매일 공부를 할 거예요. 피아노와 인형에 너무 많은 시간을 빼앗기지 않을 거예요. 저는 바보 같아서 공부를 해야지 놀기만 하면 안 될 것 같아요." 베스가 결심을 밝히자 에이미도 당당하게 말했다.

"앞으로 단춧구멍 내는 걸 배울래요. 말수도 줄이고요."

"그래, 너희 말을 들으니 정말 기쁘다. 이번 실험은 대성공이야. 다시 하지 않아도 되겠구나. 하지만 노예처럼 일만 하면 안 돼. 정해진 시간만큼 일을 하고 놀기도 하면서 매일매일을 유익하면서도 즐겁게 만들려무나. 시간을 잘 쓰게 되면 시간의 가치를 이해하게 될 거야. 그래야 즐거운 젊은 시절을 보낼 수 있고 나이 들어서도 후회를 안 하게 돼. 그렇게만 되면 제아무리 가난하더라도 성공적인 훌륭한 삶을 살 수 있는 거야."

"명심하겠어요, 엄마!" 자매가 입을 모아 말했다.

제9장 로렌스 캠프

우편 담당은 베스였다. 일차적으로는 그녀가 시간이 제일 많아서였지만 그녀 자신이 그 일을 좋아한 때문이기도 했다.

7월 어느 날이었다. 베스는 우편물을 한 아름 갖고 와서 집 안을 돌아다니며 우편배달부처럼 편지와 소포를 나눠주었다. 어머니에게는 로리가 보내는 꽃다발이, 메그에게는 그 집에 깜빡 놓고 온 면장갑이 전달되었다. 그런데 장갑이 한 짝뿐이었다. 메그가 베스에게 오다가 어디 흘린 거 아니냐고 묻자 베스는 우편함에 분명히 한 짝만 들어 있었다고 말했다.

이어서 에이미는 초콜릿 상자와 그림책을 받았고 베스 자신은 오늘 밤 건너와서 피아노를 쳐달라는 로렌스 씨의 쪽지를 받았다.

마지막으로 베스는 서재에서 글을 쓰고 있는 조에게로 갔다.

"조 박사님께는 전할 게 많네요. 편지 두 통과 책 한 권, 우스꽝스러운 구식 모자가 하나 왔어요."

모자는 로리가 보낸 것이었고 편지 중 한 통은 바로 어머니 마치 부인이 보낸 것이었다. 조는 어머니의 편지를 먼저 읽었다. 조가 다혈질 성격을 고치려고 애쓰는 것을 알고 대견해한다는 편지였으며 계속 노력하라는 격려를 덧붙이고 있었다. 조는 예상치 않던 어머니의 편지를 읽고 행복에 겨운 눈물을 흘렸다. 엄마가 이렇게 곁에서 알아주고 격려해주니 힘이 불끈 솟았으며 마음속의 악마를 누르는 일이 훨씬 쉬워질 것 같았다. 조는 자신의 결심이 약해질 때마다 꺼내어 읽으려고 어머니의 편지를 옷 속에 핀으로 고정해놓은 다음, 다른 편지를 뜯어 읽었다. 로리가 쓴 편지였다.

나의 다정한 친구 조에게,

야호! 신난다! 영국 친구들이 내일 나를 만나러 온대! 날씨만 좋다면 롱메도로 가서 천막을 치려고 해. 거기까지 보트를 타고 가서 점심을 먹고 크로케(게이트볼) 경기도 하고 캠프파이어도 하면서 신나게 놀 거야. 다 좋은 애들이고 잘 놀아. 브룩 선생님도 가실 거야. 케이트 본이 너희랑 잘 어울릴 수 있을 거야. 너희 자매가 모두 왔으면 좋겠어. 아무도 베스를 귀찮게 하지 않을 테니 베스도 꼭 데려와. 음식 준비는 내가 다 할 거니까 신경 안 써도 돼.

너의 다정한 친구, 로리

"야호, 만세!" 조가 환호성을 지르며 메그에게로 가서 반가운 소식을 알린 뒤 옆에 있던 어머니에게 말했다. "엄마, 가도 되지요? 로리를 도울 수 있을 거예요. 전 노를 저을 줄 알고 언니는 점심 준비를 함께 할 수 있잖아요. 베스와 에이미도 할 일이 있을 거예요."

어머니가 대답하기 전에 메그가 먼저 입을 열었다.

"영국에서 온 본가(家) 애들이 세련된 척 점잔을 빼지나 않았으면 좋겠어. 조, 그 애들에 대해 뭐 아는 거 있니?"

"걔들이 네 명이라는 것밖에는 몰라. 케이트는 언니보다 나이가 많아. 쌍둥이인 프레드와 프랭크는 나랑 동갑인 것 같고 막내 그레이스는 아홉 살이나 열 살일 거야. 로리가 외국에 갔을 때 만났대. 쌍둥이 남자애들과는 친하대. 그렇지만 케이트 이야기를 할 때마다 입을 삐죽 내미는 걸 보면 별로 좋아하지 않나봐."

어머니는 물론 허락했다. 베스는 남자들이 말을 걸지 않게 해준다는 조건으로 가겠다고 했고 에이미는 자기를 떼어놓고 갈까봐 안달이었다.

이튿날 아침, 해님이 화창한 봄날임을 알리려고 밝은 햇살을 자매의 방 안으로 내리쬐였을 때, 해님은 정말 볼 만한 광경을 보게 되었다. 네 자매가 나름대로 다음 날 캠프 축제 준비를 한 채 잠자리에 든 것이었다.

메그는 곱슬머리를 이마 위로 더 늘어뜨리기 위해 머리카락에 종이를 말고 있었고 조는 벌겋게 탄 얼굴에 콜드크림을 듬뿍 바른 채 잠들어 있었다. 베스는 다가올 이별에 대해 속죄하듯 인형 조안나를 꼭 껴안고 잠들어 있었으며 에이미는 조금이라도 코를 높이고 싶어 코를 빨래집게로 꼭 집은 채 누워 있었다. 이 재미있는 광경에 마치 웃음이라도 터뜨리듯 해님이 더욱 환하게 빛날 때가 되어서야 조가 먼저 잠에서 깨어났다. 조가 에이미의 모습을 보고 폭소를 터뜨리자 모두 눈을 부스스

떴다.

잠시 뒤 로렌스장(莊)의 잔디밭은 환영회장(場)이 되었고 모두 한동안 활발하게 인사를 나누었다. 메그는 케이트가 간소한 차림이라서 마음이 놓였다. 조는 로리가 케이트 이야기만 나오면 왜 입을 삐죽거리는지 알 것 같았다. 그녀는 마치 요조숙녀라도 되는 것처럼 서먹서먹하게 굴었던 것이다. 두 소년 중 한 명은 다리를 절고 있었고 베스는 그 아이에게 친절하게 대해주리라고 마음먹었다. 에이미는 그레이스가 상냥하고 유쾌한 아이라는 것을 금세 알아차렸고, 어느새 좋은 친구가 되었다.

캠프에 필요한 것은 모두 미리 옮겨놓았기에 사람들만 움직이면 되었다. 강가에서 로렌스 씨가 배웅하는 가운데 보트 두 척이 나란히 물에 띄워졌다. 그중 한 척의 배는 조와 로리가 노를 저었고 다른 배는 브룩 씨와 네드가 함께 노를 저었다. 이런, 네드 소개를 깜빡했다. 네드는 길에서 메그를 만나면 자주 인사하던 남자였고 대학교 1학년생이었으며 로렌스의 친구였다. 메그는 그 사람이 특별히 자기를 만나러 온 것이라는 이야기를 듣고 우쭐해졌다. 아, 참, 이날 캠프 손님 중에는 메그의 친구 샐리 가드너도 있었다는 사실도 빼놓을 뻔했다.

롱메도까지는 별로 멀지 않은 거리라서 그들은 금세 도착할 수 있었다. 그곳에는 이미 천막이 쳐져 있었고 부드러운 잔디밭 위에 크로케 기둥이 세워져 있었다.

보트에서 내리자 젊은 주인이 기쁨에 들뜬 환한 목소리로 말했다.

"로렌스 캠프에 오신 걸 환영합니다! 브룩 선생님이 총사령관이시고 저는 병참 대장, 다른 남자분들은 참모입니다. 그리고 숙녀 여러분들은 내빈이십니다. 이 천막은 휴식처이고 저곳 참나무 아래가 응접실입니다. 이곳은 식당이고 세 번째 나무 아래가 부엌이 되겠습니다. 자, 더워지기 전에 크로케 경기를 하고 경기 뒤에 점심을 들도록 하겠습니다."

다리가 불편한 프랭크 본과 베스, 에이미, 그레이스는 여덟 명이 크로케 게임을 하는 것을 지켜보았다. 장난기가 심한 프레드가 게이트에 발로 공을 슬쩍 차 넣는 바람에 항의하는 조와 승강이를 벌이는 불상사가 있었지만 그런대로 즐거운 가운데 크로케 게임이 끝났다.

점심은 정말 즐거웠다. 일행의 웃음소리에 근처에서 한가롭게 풀을 뜯던 말이 깜짝 놀랄 정도였다. 접시가 모자라서 조와 로리는 한 접시에 음식을 담아 나눠 먹었으며 정답게 이야기를 나누었다.

"점심을 먹고 나면 뭘 할까?"로리가 조에게 물었다.

"선선해질 때까지 게임을 하자. 내가 '작가 이름 대기' 카드를 가져왔지만 케이트가 새롭고 재미있는 게임을 많이 알 것 같아. 가서 물어봐. 게다가 손님이니까 네가 좀 더 같이 있어줘야 하잖아."

"너는 손님이 아닌가, 뭐. 나는 케이트가 브룩 선생님과 잘 어울릴 줄 알았는데 선생님은 메그랑만 이야기를 하고 있네. 저기 좀 봐. 케이트는 우스꽝스러운 안경 너머로 두 사람을 넘겨보고 있어. 암튼 내가 가볼게. 하지만 그렇게 예의범절에 대해 설교하지 마. 네게는 안 어울려."

이어서 모두 참나무 아래 응접실에 모여 게임을 시작했다. 실제로 케이트는 새로운 게임을 몇 가지 알고 있었다. 그녀가 제안한 게임은 이야기 이어가기 놀이였다.

"한 사람이 아무 이야기나 시작하는 거예요. 아무리 터무니없는 이야기라도 길게 늘여 이야기하는 거지요. 다만 흥미로운 부분에서 딱 멈춰야 해요. 그러면 다음 사람이 뒷부분을 이어서 이야기를 해나가면 돼요. 정말 재미있어요. 그럼 브룩 씨부터 시작해보세요."

케이트가 명령조로 말하자 브룩 선생을 신사로서 존경하고 있던 메그는 깜짝 놀랐다. 사람들 발치에 한가롭게 드러누워 있던 브룩 씨는 케이트의 명령에 따라 이야기를 시작했다.

"옛날에 어느 기사가 행운을 잡기 위해 세상으로 나갔습니다. 가진 것이라고는 검과 방패뿐이었습니다."

브룩 씨가 길게 이야기를 해나가다가 "그 순간!"이라고 말하자 케이트가 뒤를 이었고 이어서 네드, 메그, 조, 프레드, 샐리, 에이미, 로리 순으로 이어졌다. 그런데 프랭크가 자신의 순서가 되었을 때 "난 못 해!"라며 손을 들었다. 베스는 조 등 뒤에 숨어버렸고 그레이스는 낮잠을 자고 있었다. 놀이는 재미있었지만 그들이 급조해낸 이야기는 엉망진창이었다.

이어서 로리가 '진실 게임'을 제안했다.

"어떻게 하는 거지?" 프레드가 물었다.

"간단해. 제비뽑기를 해서 걸린 사람이 다른 사람들 질문에 솔직하게 답하는 거야. 절대로 거짓말하면 안 된다는 게 규칙이지. 물론 순서대로 다 술래가 되는 거야."

"우리 한번 해봐요!" 언제나 새로운 실험을 좋아하는 조가 큰 소리로 동의를 구했고 원하는 사람들끼리 게임이 시작되었다. 케이트와 브룩 씨, 메그와 네드는 빠졌고 프레드와 샐리, 조와 로리는 게임에 참여했다. 제일 먼저 걸린 사람은 로리였다.

"당신의 영웅은 누구입니까?" 조가 물었다.

"할아버지와 나폴레옹."

"여기 숙녀들 중에 누가 제일 예쁘다고 생각합니까?" 샐리의 물음이었다.

"마거릿."

이번에는 프레드가 물었다.

"누구를 가장 좋아합니까?"

"그야 물론 조." 이어서 로리가 덧붙였다. "무슨 그런 바보 같은 질문을 하고 그래?"

로리가 하도 진지한 어조로 말하자 모두 웃음을 터뜨렸지만 조는 다만 무심한 듯 어깨를 한 번 으쓱할 뿐이었다.

다음은 조의 차례였다. 이번에는 프레드가 제일 먼저 질문을 던졌다. 자신에게는 없는 미덕이 조에게 있는지 알아보기 위해 짐짓 던진 질문이었다.

"당신의 가장 큰 결점은 무엇입니까?"

"급한 성격."

"지금 가장 원하는 게 무엇입니까?" 로리의 질문이었다.

"구두끈."

"솔직한 대답이 아니야. 정말로 원하는 걸 말해야지." 로리가 지적했다.

"대단해. 하지만 내가 원하는 걸 내게 사주고 싶어 한 질문 아니었어?" 조는 로리의 실망한 얼굴을 바라보며 짓궂은 웃음을 지었다.

"남자들에게서 어떤 걸 가장 큰 장점으로 봅니까?" 샐리가 물었다.

"용기와 정직."

이어서 프레드와 샐리의 차례가 되었지만 생각보다 재미가 없었다. 그러자 조가 베스와 그레이스도 함께 할 수 있는 게임을 제안했고, 모두 즐겁게 게임에 임했다. 하지만 연장자에 속하는 메그와 케이트와 브룩 씨는 따로 떨어져 앉아 이야기를 나누었다.

케이트는 이야기가 재미없었는지, 얼마 후 그림을 그리겠다며 자리를 떴고 메그는 브룩 씨와 단둘이 이야기를 나누게 되었다.

"마치 양도 아이들을 가르치시지요? 재미있으세요?" 브룩 씨가 물었다.

"그 일을 좋아하진 않지만 보람은 있어요. 저도 선생님처럼 남들 가르치는 걸 좋아하게 되었으면 해요."

"로리 같은 학생을 만나면 저절로 그렇게 될 겁니다. 저는 내년이면 로리와 헤어지게 되어 아쉬울 뿐입니다."

"로리가 대학에 간다지요?" 메그는 로리 이야기를 하고 있었지만 그녀의 눈은 '그럼 당신은 어떻게 되나요?'라고 묻고 있었다.

"네, 로리는 대학에 들어갈 준비가 다 되어 있습니다. 저는 입대할 생각입니다."

"정말 좋은 생각이에요. 집에 남은 어머니와 누이들은 슬프고 힘들겠지만요."

"제겐 어머니도 누이도 없어요. 제가 죽든 살든 신경 쓸 친구도 거의 없고요." 브룩 씨는 약간 쓸쓸한 어조로 말하면서 그사이 그가 손으로 뚫어놓은 잔디 구멍에 시든 장미꽃을 꽂고 흙으로 덮어주었다.

"로리와 로리 할아버지가 있잖아요. 우리도 있고요. 선생님께 무슨 일이 일어나면 정말 슬퍼할 거예요." 메그가 진심을 담아 말했다.

"고맙습니다. 정말 힘이 나네요."

순간 늙은 말을 탄 네드가 터벅터벅 다가와 승마 기술을 뽐낸다고 요란을 떠는 바람에 둘만의 차분한 대화는 막을 내릴 수밖에 없었다.

　이어서 즉흥 서커스, 여우와 거위 놀이, 다시 크로케 경기를 하면서 즐기다보니 어느새 오후가 다 가버렸다. 해질녘이 되자 천막을 거두고 바구니를 챙기고 크로케 기둥을 뽑고 모두 떠날 준비를 했다. 이윽고 짐을 모두 배에 싣고 노를 저어 오면서 모두 목청껏 노래를 불렀다.

제10장   비밀

10월이 되자 날씨가 선선해지고 해가 짧아지면서 조는 다락방에서 매우 바쁠 수밖에 없었다. 햇살이 겨우 두세 시간밖에 다락방의 높은 창문 안을 밝혀주지 않았기에 조는 여행용 가방 위에 종이를 잔뜩 흩어놓은 채 소파에 앉아 부지런히 글을 써야만 했다.

글쓰기에 푹 빠져 펜을 휘날리던 조는 마지막 장을 다 채우고 서명으로 마무리를 한 다음 펜을 내던지며 외쳤다.

"자, 최선을 다했어!"

조는 원고를 빨간 리본으로 묶은 뒤에 그 원고 뭉치를 한동안 엄숙하고 진지한 표정으로 바라보았다. 표정만 봐도 그녀가 이 원고를 얼마나 공들여 썼는지 알 수 있었다.

잠시 뒤 조는 뒷문 쪽으로 나 있는 창문을 넘어 풀밭 위로 몸을 날리더니 가족 몰래 길거리로 나섰다. 잠시 숨을 고른 조는 지나가는 합승마차에 올라 시내로 향했다. 즐거운 것 같으면서도 뭔가 야릇한 표정이었다.

조는 마차에서 내리자마자 누가 보더라도 이상한 행동을 했다. 그녀는 사람들이 분주히 오가는 어느 거리로 접어들어 번지수를 살피며 빠르게 걷더니 어느 건물 앞에서 발걸음을 멈추었다. 잠시 망설이던 그녀는 문을 열고 안으로 들어갔다. 한동안 계단을 올려다보던 그녀는 갑자기 다시 밖으로 나가더니 올 때와 마찬가지로 빠른 걸음으로 그 건물로부터 멀어졌다. 그녀가 몇 번이고 같은 행동을 반복하는 동안 건너편 건물 창가에서 검은 눈의 어떤 젊은 신사가 흥미롭게 그 모습을 바라보고 있었다.

몇 번이고 오가기를 반복하던 조는 이윽고 결심이라도 한 듯 모자를 눈까지 푹 눌러쓰고 자못 비장한 표정으로 계단을 올라갔다. 마치 이를 다 뽑힐 각오를 하고 치과 병원을 찾아가는 듯한 표정이었다. 실제로 그 건물에 걸린 간판들 중에는 치과 간판도 있었다.

조가 계단을 오른 지 얼마 되지 않아, 그녀를 살펴보던 젊은

신사가 외투와 모자를 걸치고 건너편 건물에서 내려오더니 조가 들어간 건물을 바라보며 중얼거렸다.

"올 때는 혼자 왔더라도 힘든 일을 겪은 뒤에는 데려다줄 사람이 필요한 법이지."

10분 정도 지났을까, 조가 새빨개진 얼굴로 계단을 내려왔다. 뭔가 아주 힘든 시련을 겪고 난 사람의 얼굴이었다. 젊은 신사를 본 조는 결코 반갑다고는 할 수 없는 표정으로 그에게 고개만 까딱하고는 그대로 지나치려 했다. 그런데 그가 따라오며 동정심이 어린 어투로 물었다.

"힘들었어?"

"별로."

"빨리 끝났네."

"응, 다행히도."

"왜 혼자 온 거야?"

"아무에게도 알리고 싶지 않아서."

"너, 정말 이상하다. 그래, 몇 개나 뽑았어?"

조는 잠시 어리둥절한 표정으로 친구를 바라보더니 갑자기 너무 재미있다는 듯 깔깔거리기 시작했다.

"네, 뽑아내려던 게 둘인데, 일주일은 기다려야 한답니다, 호호호!"

"뭐가 그렇게 웃기는 거야? 도대체 무슨 꿍꿍이야?" 로리가 어안이 벙벙해서 말했다.

"댁도 그러시네요. 저 위, 당구장에서 뭘 하시던 걸까요?"

"아가씨, 죄송합니다만 저기는 당구장이 아니라 체육관이올시다. 저는 펜싱 레슨을 받았습니다."

"그래? 잘됐네."

"뭐가?"

"날 가르쳐줄 수 있잖아. 햄릿 연극할 때 우리 둘이 대결하면 멋지겠네."

"잘됐다는 게 그래서만은 아니지? 왜 내가 당구를 치면 안 된다는 거야? 사실 난 당구 좋아하고 가끔 치거든."

"네가 너무 놀이에만 빠져서 돈과 시간을 낭비할까봐 그러는 거야. 난 네가 네드 패와 어울리는 것도 싫어. 엄마도 네드를 별로 안 좋아하셔. 너무 유행을 따르잖아. 그렇다고 너보고 성인군자가 되라는 건 아니야. 하지만 넌 돈이 많아서 그런 유혹에 쉽게 빠질 수도 있잖아."

"내가 걱정되니, 조?"

"아니, 그런 건 아니야. 가끔 네가 우울해 보이거나 불만스런 표정을 지었을 때 조금 염려가 될 뿐이야. 넌 겉보기와 달리 고집이 세잖아. 고집 센 애들은 한번 비뚤어지면 막을 수 없는 법이거든."

"사실은 조금 힘든 게 있기는 해. 할아버지는 내가 인도 무역 일을 물려받길 원하셔. 하지만 나는 할아버지 배에 실려 오는 실크, 향료, 홍차 같은 것들이 너무 싫어. 무역 일은 내게는 정말 맞지 않는 일이거든. 어쨌든 나는 대학에 가서 공부를 열심히 할 거야. 4년 동안 혹시 할아버지 생각이 바뀔지도 모르니까. 하지만 할아버지 생각이 요지부동이라도 할 수 없이 따라야지, 뭐. 난 아버지처럼 집을 뛰쳐나가거나 그러지는 않을 거야. 우리 이제 이런 이야기 그만하자. 자, 너, 저 건물에 왜 들어갔었는지 말해봐."

"몰라도 돼."

"그러지 말고 말해봐. 네가 말해주면 나도 비밀 한 가지 말해줄게."

"무슨 대단한 비밀인가보지?"

"그럼, 네가 아는 사람들 이야기인 데다 너무 재미있어. 네가 꼭 들어야 해. 말하고 싶은 걸 참느라 정말 힘들었어. 자, 우선 너부터 말해봐."

"아무에게도 말 않겠다고 약속해."

"물론이지."

"놀리지도 않을 거지?"

"내가 왜 너를 놀려? 자, 빨리 털어놓기나 해."

조가 로리의 귀에 대고 재빨리 속삭였다.

"실은 신문사에 글 두 편을 투고했어. 다음 주에 결과를 알려 주겠대."

"와, 저명한 미국의 여류 작가, 미스 마치, 만세!" 로리가 모자를 위로 던졌다가 받으며 외쳤다.

"쉿! 별것 아니야. 시도도 안 해보고 가만있을 수 없었을 뿐이야. 실망을 주기 싫어서 아직 아무에게도 이야기 안 했어."

"별것 아니라니! 네 글이 얼마나 좋은데! 셰익스피어 작품 같다니까."

친구의 칭찬을 듣고 조의 눈이 기쁨으로 반짝였다.

"자, 이제 네 차례야."

"내가 언제 약속 안 지킨 적이 있나? 자, 말해줄게. 메그가 장갑 한 짝밖에 못 받았지? 난 나머지 한 짝이 어디 있는지 알고 있어."

"겨우 그거야?" 조가 실망한 표정으로 말했다. 로리가 야릇한 표정과 함께 눈을 빛내며 고개를 끄덕였다.

"정말 대단한 비밀이야. 어디 있는지 알면 너도 인정할걸."

"어서 말해봐."

로리는 허리를 굽히고 조의 귀에 몇 마디 속삭였다. 그러자 조의 표정이 단숨에 바뀌었다. 그녀는 걸음을 멈추고 놀람과 불쾌감이 뒤섞인 표정으로 잠시 그를 바라보더니 다시 걸음을 옮기면서 날카롭게 물었다.

"어떻게 알게 된 거야?"

"봤거든."

"어디서?"

"주머니 속에서."

"계속 거기 있었단 말이야?"

"그래. 낭만적이지 않아?"

"아니, 끔찍해."

"왜, 마음에 안 들어?"

"당연하지. 말도 안 돼. 그래서도 안 되고. 아, 정말! 언니가 알면 뭐라고 할까?"

"아무에게도 말하면 안 돼. 명심해."

"뭐, 어쨌든 당장은 말하지 않을게. 하지만 역겨워. 차라리 듣지나 말걸."

"난 네가 좋아할 줄 알았어."

"누군가 언니를 데려갈 수도 있게 된 걸? 절대 아니올시다."

"누군가 너를 데려가려고 한다면 생각이 다를걸."

"그런 사람이 있는지 얼굴 한번 보고 싶군!" 조가 사납게 외쳤다.

둘은 어느새 집 가까운 곳 언덕에 올라 있었다. 로리가 조에게 제안했다.

"우리 이 언덕을 달려 내려가자. 그러면 네 기분이 좀 좋아질 거야."

조는 로리의 말이 떨어지기 무섭게 언덕길을 질주했고 그 바람에 모자가 벗겨지고 빗이 떨어졌으며 머리핀도 다 빠져버렸다. 그녀의 반짝이는 눈과 붉게 물든 뺨에 더 이상 불쾌한 기색은 사라지고 없었다.

조는 로리에게 땅에 떨어진 것들을 주워달라고 부탁한 뒤 단풍잎들이 주단처럼 깔린 단풍나무 아래에 주저앉았다. 그녀는 머리를 땋아 올리면서 다시 단정해지기 전까지는 아무도 지나가지 않기를 바랐다. 그런데 누군가가 지나갔고 하필이면 멋들어진 외출복을 차려입은 메그였다. 조는 갑자기 언니가 숙녀

같다는 생각을 했다. 조에게 이제까지 그런 생각은 거의 들지 않았었다.

"너, 도대체 여기서 뭐 하고 있는 거니?"

조의 헝클어진 모습을 보고 메그가 놀라서 물었다.

"나뭇잎들을 줍고 있었어."

"머리핀도요." 어느새 다가온 로리가 조의 무릎에 대여섯 개의 머리핀을 던지면 말했다. "이 길에는 머리핀도 자라나봐요. 빗하고 모자도."

"조, 너 또 달리기했구나. 대체 언제쯤 그런 말괄량이 짓 그만할래?" 메그가 조의 머리를 매만져주며 말했다.

"지팡이를 짚은 꼬부랑 할머니가 될 때까지. 언니, 그렇게 급하게 날 어른으로 만들려 하지 마. 갑자기 모든 게 바뀌는 건 힘든 일이거든. 될 수 있는 한 오랫동안 소녀로 있고 싶어."

조는 떨리는 입술을 감추려고 나뭇잎을 줍는 척 고개를 숙였다. 언니가 어른이 되어간다는 것을 실감한 데다, 로리의 입을 통해 들은 비밀 때문에 곧 언니와 헤어질 수도 있으리라는 생각이 들었던 것이다.

"이렇게 멋지게 차려입고 어디 갔다 오는 거예요?" 조의 표정이 어두운 것을 보고 로리가 분위기를 바꾸려는 듯 물었다.

"가드너 씨 댁에. 샐리가 애니 모팻의 결혼식 이야기를 해줬어. 겨울을 파리에서 보낼 거래. 정말 즐거울 거야."

"애니 모팻이 부러워요?" 로리가 물었다.

"솔직히 그런 것 같아."

"잘됐네." 조가 모자를 꾹 눌러 쓰며 말했다.

"뭐가 잘됐다는 거야?" 메그가 놀란 듯 물었다.

"언니가 부자를 좋아하니까 가난뱅이하고 그냥 확 결혼해버리지는 않을 거 아니야."

조는 그 말을 하면서 로리에게 눈을 찡긋했고, 로리는 비밀을 누설하지 말라는 무언의 경고를 했다.

"난 그 누구건 '그냥 확 결혼해버리지' 않아." 메그가 품위 있게 걸음을 내디디며 말했다. 그 뒤에서 조와 로리는 웃고 속삭이며 돌을 깡충깡충 뛰어넘었다. 메그는 "정말 어린애들 짓이야"라고 혼잣말을 했지만 좋은 옷을 차려입지만 않았다면 그들처럼 하고 싶다는 유혹도 동시에 느꼈다.

조가 창문을 통해 집을 빠져나간 지 두 주일이 지난 토요일이었다. 창가에 앉아 바느질을 하고 있던 메그는 조가 로리를 데리고 정원을 지나 에이미의 정자로 가는 모습을 보고 너무

못마땅했다. 하는 짓들이 영 아이들 같았던 것이다.

"도대체 쟤를 어쩌지? 쟤한테는 도무지 숙녀처럼 행동할 날이 오지 않을 거야."

이어서 정자에서 비명에 가까운 웃음소리가 들렸고 뭐라고 웅얼대는 소리, 신문지 펄럭대는 소리가 들려왔다. 잠시 뒤 조가 정원을 나와 집을 향해 달려 나오는 모습이 보였다.

집 안으로 뛰어 들어온 조는 소파에 누워 신문을 펼치고 읽는 척했다.

"뭐 재미있는 거라도 있니?" 메그가 짐짓 상냥하게 물었다.

"그냥 짧은 '이야기'가 실렸는데, 별것 아닌 것 같아."

"크게 읽어봐. 그래야 그 동안만이라도 엉뚱한 짓 안 할 거 아냐." 에이미가 마치 자기가 손윗사람이라도 되는 양 말했다.

"제목이 뭔데?" 조가 왜 계속 신문지로 얼굴을 가리고 있는지 의아해하며 베스가 물었다.

"'라이벌 화가들'이야."

"어디 읽어봐." 메그가 재촉했고 조는 그 '이야기'를 읽었다. 자매는 모두 흥미롭게 들었다. 읽기가 끝나자 자매는 모두 너무 재미있었다고 말했다.

"누가 쓴 거야?" 베스가 조의 얼굴을 흘낏 바라보며 물었다.

조가 갑자기 벌떡 일어나 앉더니 신문을 내던지고 진지하면서도 흥분된 목소리로 말했다.

"네 언니."

"너라고!" 메그가 바느질감을 떨어뜨리며 소리쳤다.

"정말 좋았어." 에이미가 마치 비평가라도 된 것처럼 말했다.

"난 그럴 줄 알았어! 벌써 알고 있었어! 언니, 정말 자랑스러워!" 베스가 조에게 달려가 안기며 환호했다.

이어서 가족 모두가 조에게 질문을 퍼부어댔다.

"어떻게 된 건지 전부 말해봐."

"신문은 언제 나왔어?"

"원고료는 얼마 받았어?"

"아버지는 뭐라고 하실까?"

"로리가 웃지 않을까?"

조가 자매를 제지하며 말했다.

"자, 자, 그만. 내가 다 이야기해줄게." 조는 투고하기로 마음먹었을 때부터 자초지종을 이야기해준 뒤 이렇게 말을 맺었다. "신문사에서는 두 글 다 좋다고 했어. 하지만 첫 등단 작가에게는 원고료가 없대. 실력이 쌓이면 원고료를 받을 수 있다고 했어. 신문은 오늘 받아본 거야. 로리가 어떻게 알고는 보여달라고 떼를 쓰는 바람에 먼저 보여준 거야. 로리가 글이 너무 좋다며 계속 쓰래. 다음 작품에는 원고료를 받을 수 있을 거라고 하대. 아, 난 너무 행복해. 조만간 자립할 수도 있고, 가족을 도울 수도 있을 테니까."

조는 한숨을 내쉬며 신문으로 머리를 덮어버린 채 눈물을 흘렸다. 그녀는 스스로 자립할 수 있기를, 그가 사랑하는 사람들에게 칭찬받기를 간절히 소망하고 있었고, 이제 그 행복한 결말을 위해 첫걸음을 뗀 것 같았던 것이다.

제11장 전보

"11월은 정말이지, 1년 중 제일 마음에 안 들어." 메그가 어느 흐린 날 오후 창가에 서서 서리가 내린 정원을 내다보며 말했다.

"내가 태어난 달이니 당연하지." 조는 코에 잉크 얼룩이 묻은 것도 모르는 채 생각에 잠긴 표정으로 말했다.

"뭔가 즐거운 일이 한 가지만 일어나도 금세 좋아질걸." 매사를 희망적으로 보는 베스가 언니들 말에 조용히 반박했다.

"그렇겠지. 하지만 우리 가족에게 무슨 좋은 일이 있겠어?" 잔뜩 가라앉은 말투로 메그가 말했다. "매일 아무 변화 없이 일만 하고, 재미있는 일이라곤 눈곱만큼도 없고……, 완전히 다람쥐 쳇바퀴야."

"맙소사! 왜 이렇게 우울한 거야." 조가 소리쳤다. "불쌍한 언니, 이해가 돼. 다른 애들은 다들 멋지게 지내는데 언니는 일주일 내내 죽어라 일만 하잖아. 아, 언니를 내 작품 속 여주인공처럼 만들어줄 수 있다면! 언니는 예쁘고 착하니까 어느 부자 친척이 언니에게 기대하지도 않던 유산을 남기게 해줄 수 있을 텐데! 언니를 깔보던 사람들을 비웃으면서 해외로 나갔다가 멋진 숙녀가 돼서 돌아오는 거야!"

"조 언니하고 내가 언니에게 돈을 벌어줄 거야. 10년만 기다려. 두고 보라니까." 에이미가 방구석에서 '진흙 파이'를 만들며 말했다. 해나는 에이미가 진흙으로 만든 새, 과일, 얼굴 들을 '진흙 파이'라고 불렀다.

"못 기다리겠어. 너희 말은 고맙지만 잉크하고 진흙에 기대를 걸 수는 없거든." 메그는 한숨을 내쉬었다. 그러자 창밖을 내다보고 있던 베스가 웃으며 말했다.

"좋은 일이 한꺼번에 두 가지나 벌어질 것 같네. 엄마가 길을 따라 내려오시고 로리가 뭔가 멋진 소식이 있는 것처럼 정원을 걸어오고 있거든."

어머니는 늘 그렇듯 "아버지에게서 편지 왔니?"라고 물으며 집 안으로 들어섰다. 이어서 뒤따라 들어온 로리가 매혹적인 제안을 했다.

"누구 나랑 마차 타러 가지 않을래? 수학 공부를 하도 열심히 했더니 머리에 쥐가 날 지경이야. 머리 좀 식힐 겸 간단히 한 바퀴 돌고 오려고. 브룩 선생님을 댁까지 모셔다드릴 거니까, 심심하지도 않을 거야. 자, 다들 가자."

그때였다. 초인종 소리를 듣고 대문으로 나갔던 해나가 편지를 들고 나타났다.

"이게 그 무서운 전보라는 것 같아요." 해나가 마치 폭발물이라도 손에 들고 있는 것처럼 두려운 표정으로 말했다. 전보라는 말에 마치 부인은 재빨리 쪽지를 받아 들었다. 그런데 부인은 전보를 읽자마자 얼굴이 하얗게 질려 그대로 소파로 무너져 내렸다. 로리가 재빨리 물을 가지러 갔고 메그와 해나는 부인을 부축했다. 조는 겁에 질린 채 전보를 큰 목소리로 읽었다.

마치 부인,
남편분이 매우 위중하니 속히 와주시기 바랍니다.

S. 헤일,
블랭크 종합병원, 워싱턴

방 안은 무거운 정적에 휩싸였다. 이상하게도 바깥 날씨가 갑자기 어두워졌으며, 온 세상이 뒤집혀버린 것 같았다. 네 자매는 삶의 행복, 버팀목이 한꺼번에 무너져 내리는 것 같은 느낌에 사로잡혀 어머니 곁으로 모여들었다. 마치 부인은 겨우 몸을 일으키더니 전보를 다시 읽었다. 어머니는 딸들을 감싸 안고 말했다. 아이들이 평생 결코 잊을 수 없는 목소리였다.

"당장 가봐야겠다. 아아, 이미 늦었는지도 몰라. 오, 애들아, 내게 견딜힘을 다오!"

모두 한동안 어쩔 줄 모르고 눈물만 흘렸다. 제일 먼저 몸을 추스르고 일어난 것은 해나였다.

"하나님께서 지켜주실 거예요. 이렇게 울고만 있을 시간이 없어요. 마님, 어서 가실 준비하셔야지요."

해나는 앞치마로 눈물을 훔치며 안주인의 손을 잡아주고는 할 일을 하러 밖으로 나갔다. 마치 1인 3역을 해내는 것 같았다.

"맞아, 이렇게 울고만 있을 시간이 없어. 애들아, 진정하고 차분히 생각 좀 해보자." 어머니의 말에 네 자매도 어느 정도 정신을 차렸다. 어머니는 이미 차분하게 일을 처리하기 시작했다. 어머니가 제일 먼저 찾은 것은 로리였다.

"로리, 어디 있니?"

"저, 여기 있어요. 무슨 일이든 시켜주세요." 로리가 옆방에서 뛰어 들어오며 외쳤다. 가족의 슬픔이 너무 커서 함께 나누기 어려울 정도였기에 슬그머니 물러나 있었던 것이다.

"내가 곧 갈 거라고 전보를 쳐줄래? 내일 새벽에 떠나는 기차를 타야겠다."

"다른 건 없나요? 말은 이미 준비되어 있어요."

"마치 숙모 할머니께 쪽지를 좀 전해주렴. 조, 펜하고 종이 좀 가져와라."

어머니는 조가 갖다준 종이에 몇 자 적어서 로리에게 주었고 로리는 바람처럼 달려 나갔다. 조는 어머니가 무슨 내용을 적었는지 충분히 짐작할 수 있었다. 워싱턴까지 먼 길을 가려면 돈이 필요해서 빌리려는 것이 분명했다. 조는 자신이 조금이나마 보탤 수만 있다면 무슨 일이라도 하고 싶은 심정이었다.

마치 부인은 다른 쪽지에 뭔가 적은 뒤 아이들에게 각자 할 일들을 지시했다.

"조, 모임방으로 달려가서 킹 부인에게 내가 못 가게 되었다고 전해주렴. 오는 길에 여기 적힌 것들 좀 사다 주고. 아버지 간호하는 데 필요한 것들이야. 베스, 너는 로렌스 씨에게 가서 오래된 와인 두 병만 주실 수 없느냐고 말씀 좀 드려줄래? 아버지 생각을 하니 염치고 뭐고 없어지는구나. 에이미, 넌 해나에게 가서 검은색 여행 가방을 내려달라고 해라. 그리고 메그, 너는 내가 짐 꾸리는 걸 좀 도와주렴."

모두 각자 할 일을 하러 뿔뿔이 흩어졌다. 조용하고 행복하던 가정이 악마의 주문에 한순간에 무너져 내린 것 같았다.

얼마 뒤 로렌스 씨가 달려왔다. 노신사는 환자에게 필요하리라 생각되는 물건은 모두 가져왔고, 엄마가 없는 동안 자매를 잘 돌봐주겠다고 약속했다. 그런데 로렌스 씨가 들어온 지 얼마 되지 않아 놀랍게도 브룩 씨가 나타났다.

"부인께 제가 워싱턴까지 모시고 가겠다는 말씀을 전하러 왔습니다. 로렌스 씨 부탁으로 그곳에 갈 일이 생겼습니다."

어머니가 감사하다는 말을 꺼내기도 전에 먼저 고맙다고 말한 것은 바로 메그였다.

얼마 뒤 로리가 숙모 할머니의 편지를 가지고 돌아왔다. 부탁한 돈이 동봉된 편지에는 "그러니까, 군대에 가는 걸 내가 그렇게 반대하지 않았느냐. 다음번부터는 제발 말을 잘 들어라"라는 잔소리가 적혀 있었다. 마치 부인은 편지를 난로 속에 던져 넣고 돈을 지갑에 넣은 뒤, 입술을 다문 채 짐을 챙기기 시작했다.

어느덧 짧은 오후가 지나갔다. 그럭저럭 모든 준비가 다 되었건만 조는 감감무소식이었다. 평소에 종잡을 수 없는 행동을 자주 했기에 모두 걱정이 되었고, 급기야 로리가 찾아보겠다며 밖으로 나갔다.

로리와 조의 길이 엇갈렸는지 얼마 뒤 조만 혼자 희한한 표정으로 집으로 돌아왔다. 즐거움과 두려움, 만족과 후회가 뒤섞여 있는 조의 표정을 보고 모두 당황했다. 설상가상으로 조가 어머니 앞에 지폐 다발을 내려놓자 모두 아연해버렸다.

"아버지를 편안하게 해드리고, 집으로 모셔 오기 위해 마련한 돈이에요."

"얘야, 이 돈 어디서 난 거니? 25달러나! 무슨 경솔한 짓을 한 건 아니겠지?"

"아니에요. 정직한 내 돈이에요. 구걸하지도 않았고, 빌리지도 않았어요. 훔친 건 더더욱 아니고요. 내가 가진 걸 판 것뿐이니 절 나무라지 마세요."

그 말과 함께 조가 보닛을 벗자 모두 놀라서 비명을 질렀다. 조의 풍성한 머리카락이 잘려 나가고 없었던 것이다.

자매는 모두 한마디씩 했고 베스는 눈물을 흘렸다. 조는 하늘이 무너질 일도 아니고, 머리카락은 금방 자랄 테니 괜찮다고 베스를 위로했다.

조는 어머니 심부름을 가면서 내내 어떻게 하면 아버지를 도울 수 있을까 하는 생각만 했다. 그런데 문득 이발소 창문에서 가격표가 붙여진 가발들을 보게 되자 머리카락을 팔 생각을 했던 것이다. 자초지종을 이야기해준 뒤 조는 머리 타래 한 가닥을 마치 부인에게 주면서 말했다.

"엄마, 이걸 엄마에게 드릴게요. 제가 잘려 나간 내 머리카락을 하도 이상한 눈으로 보고 있으니까 이발사 아내가 제게 기념으로 준 거예요. 전 이렇게 짧은 머리가 편해요. 아마 다시는 머리를 기르지 않을 것 같아요. 엄마 딸 조의 과거의 영광 정도로 기억해주세요."

어머니는 머리 타래를 받아 서랍에 넣으면서 목멘 목소리로 "고맙구나"라는 말 한 마디밖에 하지 못했다.

그날 밤, 베스와 에이미가 잠들었을 때 아직 잠을 자지 않고 있던 메그는 조가 흐느끼는 소리를 듣고 깜짝 놀랐다.

"조, 왜 그래? 아버지가 걱정돼서 우는 거니?"

"아니, 지금은 아니야."

"그럼 왜 울어?"

"내 머리 때문에."

조는 울음을 터뜨렸다. 메그는 조를 품에 보듬고 쓰다듬어주었다. 그러자 조가 말했다.

"후회하는 게 아니야. 할 수만 있다면 내일도 똑같이 할 거야. 내 속에 뭔가 이상한 게 들어 있어서 이렇게 바보처럼 울게 만드는가봐. 아무한테도 말하지 마. 다 끝난 일이니까."

둘은 잠이 오지 않아 도란도란 이야기를 나누다 자신들도 모르게 잠에 빠져들었다.

자정 무렵, 누군가 살그머니 방으로 들어와 침대와 침대 사이를 돌아다니며 이불깃을 여며주었다. 그리고 한 명, 한 명에게 어머니의 사랑이 깃든 입맞춤을 하면서 정성스레 기도를 올렸다. 마침 달이 구름을 헤치고 나와 어머니를 밝게 비춰주었다. 마치 달이 밝고 다정한 얼굴로 이렇게 속삭이는 것 같았다.

"순결한 영혼이여, 걱정 말아요. 구름 뒤에는 언제나 빛이 있답니다."

제12장 약속을 지킨 작은 천사

어머니가 브룩 씨와 함께 워싱턴으로 떠난 뒤 브룩 씨는 매일 소식을 전해왔다. 그리고 그의 편지는 자녀들에게 큰 위안이 되었다. 아버지의 병세가 처음에는 위중했지만 어머니의 간호를 받아 많이 좋아졌다는 소식을 전해준 것이다. 자매는 어머니에게 열심히 편지를 썼음은 물론이고 해나도 함께 편지를 써서 동봉했다.

어머니가 떠난 지 일주일 동안, 온 집안에 미덕이 흘러 이웃에까지 넘칠 정도였다. 정말로 놀라울 정도로 모두 천사 같은 마음씨를 지닌 것 같았고 극기(克己)의 자세가 마치 유행처럼 번졌다. 하지만 아버지에 대한 걱정이 줄어들면서 그런 갸륵

한 노력이 점차 시들해지고 그 힘을 잃더니 급기야 모두 예전의 생활로 돌아가고 말았다.

조는 짧은 머리에 아무것도 쓰지 않고 돌아다니다가 된통 감기에 걸려버렸다. 숙모 할머니는 감기에 걸린 목소리를 싫어했기에 감기가 나을 때까지 쉬라고 조에게 말했고, 조는 잘 되었다는 듯 책을 옆에 쌓아두고 소파에 드러누워 몸조리(?)를 했다. 에이미는 집안일과 예술을 동시에 병행할 수 없다는 사실을 깨달은 듯 진흙 파이에만 매진했으며 메그는 매일 출근 뒤 집에 돌아오면 주로 엄마에게 편지를 쓰거나 워싱턴에서 날아온 브룩 씨의 장문의 편지를 읽으며 보냈다.

베스만은 잠시 게으름을 피우다가도 자신의 본분을 잊지 않고 다른 자매들이 잊어버린 집안일들을 도맡아 했다.

마치 부인이 떠난 지 열흘 째 되는 날이 되자 베스가 메그에게 말했다.

"언니, 언니가 허멜 부인 집에 가서 한번 살펴봤으면 해. 엄마가 잊지 말라고 하셨잖아."

"너무 피곤해서 오늘은 못 가겠어." 메그가 흔들의자에 앉아 바느질을 하며 대답했다.

"조 언니는 어때?"

"감기에 걸렸는데 날씨가 너무 사나워."

"네가 가지 그러니?" 메그가 물었다.

"난 매일 갔었어. 그런데 아기가 아파. 허멜 아줌마는 매일 일을 하러 나가고 큰애 로티가 아기를 돌보고 있는데 점점 더 병이 심해지나봐. 그래서 언니나 해나가 가봤으면 하는 거야. 나는 오늘 이상하게 머리가 아프고 피곤하네."

베스가 하도 열심히 말하는 바람에 메그는 내일 들러보겠다고 약속했다. 조가 미안한 듯 말했다.

"나도 지금 가보고 싶지만 이 이야기를 마저 써야 해. 에이미가 오면 함께 가보렴."

하지만 한 시간이 지났어도 에이미는 오지 않았다. 베스는 살그머니 일어나 아이들에게 줄 음식을 바구니에 채운 뒤 머리가 무거운데도 불구하고 추운 거리로 나섰다.

그날 저녁 늦게야 돌아온 베스는 눈이 충혈되어 있었다. 조가 무슨 일이 있었느냐고 묻자 베스가 말했다.

"언니, 아기가 죽었어. 가보니까 허멜 아줌마는 의사를 부르러 가고 없고 로티가 아기를 안고 있었어. 로티를 쉬게 해주려고 내가 아기를 안았는데, 몸을 부르르 떨더니 가만히 있는 거

야. 발을 문지르고 로티가 우유를 먹이려 했지만 꼼짝도 안 했
어. 정말 슬펐어. 허멜 아줌마랑 오신 의사 선생님이 성홍열이
라고 말씀하셨어. 너무 슬퍼서 울고 있는데 나보고 빨리 집으
로 가서 벨라도나를 먹으래. 안 그러면 나도 열이 날 거래."

"오, 베스! 너, 아프면 안 돼! 나를 용서하지 못할 거야. 그래
어떻게 하지?"

"엄마 옷장에서 벨라도나를 꺼내 먹이면 될 거야."

조는 벨라도나를 꺼내 와서 베스에게 먹이고 베스의 이마를
손으로 짚어보았다.

"너, 일주일 동안 매일 아픈 아기를 돌보러 다녔잖아. 다른
애들도 이미 병에 걸렸는지 모르는데 함께 있었고. 베스, 해나
를 불러올게. 병에 대해 모르는 게 없으니까."

이런 일이 생기니까 해나는 톡톡히 엄마 대역을 했다. 해나
가 말했다.

"성홍열은 누구나 걸릴 수 있는 거야. 잘만 치료하면 죽지
않는 병이니 걱정할 거 없어요. 다만 에이미는 면역이 안 되어
있을 테니 병이 옮지 않도록 마치 숙모 할머니 댁으로 보내야
겠네. 그리고 뱅스 박사님을 불러야 해. 어머니께는 아직 알리
지 않는 게 좋겠어."

바로 전에 브룩 씨가 아버지의 병이 다시 심해졌다는 편지를 보냈고 해나는 그 때문에 이렇게 말한 것이었다.

메그가 에이미에게 숙모 할머니 댁에 가 있으라고 말하자 에이미는 차라리 병에 걸려 죽었으면 죽었지 안 간다고 뻗대었다. 그때 마침 로리가 찾아왔다가 사정을 알게 되었다. 로리는 울고 있는 에이미를 다른 방으로 데리고 가서 단둘이 있는 데서 달랬다.

"자, 똑똑한 아가씨. 언니 말을 따르도록 해요. 네가 숙모 할머니 댁에 가 있으면 내가 매일 찾아가서 마차도 태워주고 산책도 시켜줄게."

"정말 매일 올 거야?"

"두고 보면 알걸?"

"베스 언니가 낫자마자 나를 다시 데려올 거야?"

"물론이지. 당장 데리러 갈게."

"알았어. 그럼…… 갈게." 에이미가 마지못하는 듯 천천히 말했다.

"착하지! 자, 메그를 불러. 네가 항복했다고 말해줘야지."

로리는 에이미의 등을 토닥거려주었다. 에이미는 '항복했다'는 말보다, 마치 아기를 대하듯 로리가 등을 토닥거리는 게 기분 나빴다.

이어서 로리는 밖으로 나가더니 뱅스 박사님을 모시고 왔다. 베스를 진찰한 박사님은 베스가 성홍열 증상을 보이고 있지만 가볍게 지나갈 것이라고 말했다. 하지만 허멜 부인 집에서 벌어진 일과 베스가 그 집에 매일 드나들었다는 말을 듣더니 에이미를 당장 다른 곳으로 보내라고 지시한 후 약을 처방해주었다. 에이미는 조와 로리의 호위를 받으며 집을 나섰다.

뱅스 박사님의 예상과는 달리 베스의 병세는 나날이 악화되었다. 메그와 조는 병에 대해 아무것도 몰랐기에 해나가 모든 것을 도맡았다. 하지만 조는 낮이고 밤이고 한시도 베스 곁을 떠나지 않았다. 베스가 그렇게 아프면서도 불평 한 마디 않고 누워 있는 마당에 그깟 일은 아무것도 아니었다.

정말 우울한 나날들이었다. 한때 행복했던 집에 죽음의 그림자가 덮였으니 온 집안이 외롭고 쓸쓸해 보였으며 메그와 조의 마음은 한없이 무거웠다. 메그는 바느질감에 눈물을 떨어뜨리며 이제까지 자신이 이 세상 그 어느 것보다 소중한 사랑과 보살핌, 평화와 건강이라는 축복 속에 살아왔음을 깨달았다. 조는 어두침침한 방에서 고통스러워하는 동생의 모습을 바라보며 베스의 아름답고 착한 마음씨를 새삼 느끼고 있었다. 베스가 얼마나 큰 사랑을 골고루 주었는지, 얼마나 남을 위해 희생했는지, 가족들을 위해 얼마나 노력했는지 뼈저리게 느낀 것이다. 마치 숙모 할머니 댁으로 유배를 가 있는 에이미조차도 얼마나 많은 일들을 언니에게 미루었는지 생각하며 후회의 눈물을 자주 흘렸다. 로리는 집 안에서 한시도 가만히 있지 못하고 서성거렸으며 로렌스 씨는 저녁마다 자신을 즐겁게 해주던 어린 친구가 생각나 그랜드피아노를 아예 잠가버렸다.

그들뿐 아니라 모두 베스를 그리워했다. 우유 배달부, 빵 가게, 야채 가게, 정육점 주인 들이 베스의 안부를 물었고 허멜 부인도 찾아와서 자신이 경솔했다며 미안해했으며 이웃들도 모두 위로의 말과 기도의 말을 전해왔다. 베스를 가장 잘 알고 있던 사람들도 그 수줍고 어린 베스에게 이렇게 친구가 많은 것을 보고 깜짝 놀랐다.

12월의 첫날은 정말 추운 날이었다. 그날 아침 뱅스 박사님이 베스의 뜨거운 이마에 손을 대보더니 해나에게 나지막이 말했다.

"마치 부인이 부군 곁을 떠날 수 있다면 오시라고 전하는 게 좋겠군."

의사의 말에 해나는 입술을 바르르 떨면서 아무 말도 못 하고 고개만 끄덕였고 메그는 사지에 맥이 풀려 의자에 털썩 주저앉고 말았다. 조는 전보를 치려고 외투를 걸쳐 입고 밖으로 뛰어나갔다.

밖으로 나가려던 조는 현관에서 로리와 마주쳤다. 로리의 손에는 편지가 들려 있었다. 다행히 마치 씨의 병이 호전되었다는 소식이 적힌 편지였다.

"어디 가려는 거야?"

"엄마 빨리 오시라는 전보를 치려고."

"왜? 네 생각이야?"

"아니 의사 선생님이 그러셨어."

"설마 베스의 상태가 더 나빠진 건 아니겠지?"

"아니, 정말 나빠졌어. 우리도 못 알아보고……. 오, 테디, 부모님도 안 계신데 어떻게 해!"

조는 로리를 자주 테디라고 불렀다. 그녀가 지어준 이름이었다.

조의 뺨 위로 눈물이 줄줄 흘러내렸고 어둠 속에서 구원을 찾아 헤매듯 손을 뻗었다. 그러자 로리가 그 손을 잡으며 잠긴 목소리로 말했다.

"조, 내가 있잖아. 내게 기대."

조는 말을 할 수 없었지만 로리의 말대로 그에게 기대었다. 로리의 따뜻한 손길이 그녀의 마음을 달래주었다. 로리도 무슨 말을 해야 할지 알 수 없어서 가만히 조의 머리를 쓰다듬고 있었다. 하지만 그 손길은 그 어떠한 말보다도 조를 크게 위로해주었다.

"고마워, 마음이 한결 편해졌어."

"희망을 버리지 마. 베스는 절대로 죽지 않아. 그토록 착하고 우리 모두 그 애를 사랑하는데⋯⋯, 하나님도 그렇게 빨리 데려가시지는 않을 거야. 그리고 곧 어머니가 오실 거야. 그러면 다 좋아질 거고."

"하지만 어머니가 전보를 받고 준비하시려면 곧바로 오실 수는 없잖아."

"아냐, 벌써 출발하셨고, 오늘 밤 도착하실 거야."

조는 어리둥절한 눈길로 로리를 바라보았다.

"실은 내가 어제 어머니께 전보를 쳤어. 어머니께서 곧바로 출발하셨다고 브룩 선생님이 답신을 보내셨어. 아버지는 많이 좋아지셨대."

조는 자신도 모르게 로리의 품으로 뛰어들면서 외쳤다.

"오, 테디! 오, 엄마! 정말 너무 기뻐!"

로리는 너무 황홀했지만 아주 침착하게 행동했다. 그는 그녀의 등을 가볍게 토닥거리면서 한두 번 수줍게 입을 맞추어 주었다. 그 입맞춤에 조는 정신이 들었다. 조는 난간을 잡은 채 로리를 가볍게 밀어내며 말했다.

"아니, 이러려던 건 아니야. 해나가 엄마에게 전보 보내지 말라고 했는데도 네가 보냈다니 너무 고마워서 나도 모르게 그런 거야. 말해봐. 어떻게 된 거야?"

"나랑 할아버지가 안절부절못한 건 알지? 우리는 해나가 지나치다고 생각했어. 어머니가 아셔야 할 일이잖아. 어머니가 나중에 우리를 야단치실 거라고 생각했어. 그리고 만약에……, 만약에……, 아냐, 그런 일은 없을 테지만. 나는 할아버지께만 말씀드리고 어제 우체국으로 달려갔어. 너희 어머니는 이제 곧 오실 거야. 새벽 2시에 도착하실 테니까 내가 마중 나갈게."

"테디, 넌 정말 천사야."

"다시 한번 뛰어들어봐. 너무 좋던데."

"그만 놀리고 어서 가서 쉬어. 새벽에 어머니 마중 나가야 되잖아."

조가 소식을 전하자 메그도 해나도 기뻐했다. 햇살보다 더 따사로운 그 무언가가 집 안을 비추는 것 같았다. 모든 것에서 희망의 기운이 움트는 것 같았다. 메그와 조는 눈길이 마주칠 때마다 서로 껴안으며 힘차게 속삭였다.

"엄마가 오셔! 엄마가 오신다고!"

두 자매는 그날 밤을 결코 잊을 수 없었다. 도무지 잠을 이루지 못한 채, 그럴 때면 으레 찾아오기 마련인 무력감에 젖어 두 자매는 시계만 연신 들여다보았다.

"하나님이 베스를 살려주신다면 나는 두 번 다시 불평 따위는 안 할 거야." 메그가 말했다.

"하나님이 베스를 살려주신다면 평생 하나님을 사랑하고 섬길 거야." 조도 똑같은 심정으로 말했다.

"아, 마음이란 게 없으면 좋겠어. 너무 아파." 메그가 침묵을 깨고 말했다.

"삶이 이토록 힘든 거라면 어떻게 살아가야 할지 모르겠어." 조가 기운 없는 목소리로 화답했다.

새벽 2시가 되었다. 해나가 베스의 이마에 손을 얹어보더니 기쁜 목소리로 말했다.

"열이 내렸어. 편안하게 잠이 들었어. 피부도 촉촉하고 숨도 고르게 쉬고 있어. 오, 감사합니다! 오, 하나님!"

자매는 뱅스 박사님이 오셔서 확인해줄 때까지 그 사실을 믿을 수 없었다. 수수한 외모의 뱅스 박사님은 아버지처럼 자상한 표정으로 자매에게 말했다.

"그래, 이 소녀가 이번에는 병을 이겨낼 것 같아. 조용히들 하고 잠을 푹 재워요. 깨어나면……."

하지만 두 자매는 박사님의 다음 말이 채 끝나기도 전에 복도로 나가 계단에 앉아 서로 껴안고 벅찬 기쁨을 나누었다.

"이제 엄마만 도착하시면 돼!"

곧이어 아래층 현관에서 종소리가 울렸고 해나의 울음소리가 들렸으며, 로리의 기쁨에 찬 목소리가 들렸다.

"어머니가 오셨어요! 어머니가!"

제13장 속내 이야기

　엄마와 딸들이 만나던 그 순간을 도무지 어떻게 표현해야 할지 모르겠다. 너무나 아름다운 광경이었지만 묘사하기가 너무 힘들어서 독자 여러분의 상상에 맡기는 수밖에 없다. 다만 온 집안에 진정한 행복이 흘러넘쳤다는 사실과 오랜 잠에서 깨어난 베스의 눈동자에 처음으로 비친 것은 작은 장미꽃과 엄마의 얼굴이었다는 사실만은 말해두고 싶다. 기력이 약해질 대로 약해진 베스는 그저 미소만 지을 뿐이었고 곧바로 행복한 잠에 빠져들었다. 어머니는 사랑하는 딸 베스의 곁을 떠나지 않은 채 마치 다시 찾은 보물을 어루만지듯 아이를 바라보고 쓰다듬고 보듬었다.

　모두 기뻐하며 행복해하는 모습을 보며 로리는 에이미에게로 달려갔다. 반가운 소식을 전하기 위해서였다. 로리가 에이미에게 소식을 전하는 동안 숙모 할머니는 코만 킁킁거렸을 뿐 "글쎄 내가 뭐라고 했니?"라는 등의 토를 달지 않았다. 분명 로리가 하도 말을 잘해서 빈틈을 찾을 수 없던 때문이었을 것이다. 에이미도 아주 의연했다. 숙모 할머니와 지내는 동안 기도를 열심히 한 덕분인 것 같았다. 에이미가 처음 숙모 할머니 댁에 도착했을 때 "꺼지지 못해, 이 도깨비야!"라고 소리쳤던 앵무새 폴리도 "이리 와요, 착한 아가씨! 나랑 산책해요"라고 말할 정도였다.

에이미는 정말로 산책하면서 겨울 공기를 흠뻑 마시고 싶은 기분이었다. 하지만 로리가 졸음을 억지로 참는 것 같아서 그를 설득해 소파에 눕게 했다. 새벽에 마치 부인을 맞으러 나갔으니 잠이 부족했던 것이다. 그동안 에이미는 어머니에게 편지를 썼다. 변한 자신의 모습을 글로 보여주고 싶어서였다.

꽤 오랜 시간을 들여 편지를 쓰고 돌아와보니 로리는 여전히 잠들어 있었다. 숙모 할머니와 에이미는 로리가 밤이 될 때까지 깨지 않을 것 같다는 생각을 했다. 에이미가 숙모 할머니 집으로 들어서는 엄마의 모습을 보고 기뻐서 고함을 지르지 않았다면 정말로 그랬을 것이다.

엄마의 무릎에 앉아 그간 있었던 일을 이야기하면서 에이미는 이 세상 그 어떤 소녀보다도 행복했다. 에이미는 엄마를 자신이 늘 기도를 하던 작은 기도실로 데려갔다. 에이미가 직접 꾸민 방이었다.

"어떻게 이런 방을 꾸밀 생각을 했니? 정말 장하구나."

"엄마, 집에 가면 옷 방 한구석에 이런 기도실을 만들 거예요. 내 그림들도 걸어놓고요."

에이미의 손가락에는 엄마가 그동안 보지 못했던 반지가 반짝이고 있었다. 엄마가 말했다.

"아주 예쁜 반지로구나."

"아, 깜빡하고 엄마에게 말씀드리지 못했네요. 오늘 숙모 할머니께서 주셨어요. 제게 입을 맞춰주시면서 직접 끼워주셨어요. 제가 숙모 할머니께 소중하다며 늘 곁에 두고 싶다고 말씀하시면서요. 제가 끼고 있어도 되지요?"

"하지만 그런 반지를 끼기에는 넌 너무 어리지 않니?"

"반지가 예뻐서 끼는 건 아니에요. 이야기책 속에서는 여주인공이 무언가 잊지 않으려고 팔찌를 차잖아요? 저도 그래서 이 반지를 끼는 거예요."

"숙모 할머니를 잊지 않으려고?"

"아뇨. 이기적인 사람이 되지 말라는 다짐을 잊지 않으려고요. 기도하면서 많이 생각했는데, 제게 가장 못된 점은 바로 이기적인 성격이라는 걸 깨달았어요. 저는 무슨 수를 쓰건 그걸 고칠 거예요. 베스 언니는 절대로 이기적이지 않아요. 그래서 그렇게 많은 사람들이 언니를 걱정하고 아껴주는 거잖아요. 만일 내가 아팠다면 나를 걱정해주는 사람은 그 절반도 안 되었을 거예요. 나도 베스 언니처럼 되려고 노력할 거예요. 그래서 이 반지를 끼고 싶은 거예요."

"그렇다면 끼도록 하려무나. 너무 대견해. 착해지려고 마음먹은 것으로 이미 반은 성공한 셈이란다. 자, 엄마는 이제 베스에게 가봐야겠다. 곧 집으로 데려갈 테니까, 조금만 기다리고 있어."

그날 저녁 마치 부인이 베스 곁에 앉아 있을 때 조가 살그머니 그 방으로 들어왔다. 메그는 어머니가 잘 도착했다는 소식을 전하려고 서재에서 아버지에게 편지를 쓰고 있었다.

방으로 들어온 조는 손가락으로 머리카락을 배배 꼬면서 아무 말도 않고 가만히 서 있었다. 뭔가 걱정스러운 표정이었다.

"얘야, 무슨 일이니?" 어머니가 인자한 미소를 지으며 손을 내밀었다.

"엄마, 드릴 말씀이 있어요."

"메그 이야기니?"

"어떻게 아셨어요? 맞아요! 언니 이야기예요. 별거 아닌 것 같지만 전 안절부절못하겠어요."

"베스가 잠들었으니 어서 조용히 말해보려무나."

"지난여름 언니가 로렌스 씨 댁에 장갑을 놓고 온 적이 있었어요. 그런데 한 짝만 돌아온 거예요. 어느 날 로리가 그 장갑을 브룩 선생님이 갖고 있다고 제게 말해주었어요. 조끼 주머니 속에 항상 넣고 다니다가 흘리는 바람에 로리에게 들킨 거지요. 로리가 놀려대니까 선생님이 언니를 좋아한다고 인정했대요. 아직 언니가 어리고 자기가 가난해서 언니에게 고백하지 않았다는 거예요. 정말 너무 끔찍하지 않아요?"

"메그도 그 사람을 좋아하는 것 같니?" 어머니가 걱정스러운 표정으로 물었다.

"엄마! 난 사랑이니 뭐니 그런 말도 안 되는 거에 대해서는 아무것도 몰라요." 조가 흥미와 조소가 뒤섞인 묘한 표정으로 말했다. "소설을 보면 사랑에 빠진 여자는 깜짝 놀라거나 얼굴이 붉어지고, 기절하거나 빼빼 말라가고 바보 같은 짓을 저지르잖아요. 하지만 언니는 잘 먹고 잠만 잘 자요. 제가 브룩 선생님 이야기를 해도 저를 똑바로 쳐다보고요."

"그렇다면 메그가 존에게 전혀 관심이 없다는 거니?"

"누구요? 존이라니요?"

"아, 브룩 씨 말이야. 아빠랑 나는 이제 그 사람을 존이라고 부른단다. 병원에서 함께 지내다보니 그렇게 되었어."

"야, 정말 치사해!" 조가 화가 나서 다시 머리카락을 잡아당기며 말했다. "다, 아빠랑 엄마에게 잘 보이려고 작전 쓴 거네!"

"얘야, 그렇게 화낼 것 없다. 아주 좋은 청년이야. 우리에게도 메그를 좋아한다고 털어놓았어. 하지만 열심히 일해서 편안한 집을 마련할 때까지는 청혼하지 않겠다고 했어. 다만 우리에게 메그를 사랑해도 되는지, 메그를 위해 열심히 일해도 되는지, 메그로부터 사랑을 받아도 되는지 허락을 받고 싶을 뿐이라고 했어. 정말 좋은 청년이라서 묵묵히 다 들을 수밖에 없었단다. 하지만 메그가 아직 어려서 약혼을 시키고 싶지는 않아. 메그의 마음도 모르고. 조, 아직은 메그에게 아무 말도 말아라. 존이 돌아왔을 때 메그의 행동을 보면 그 애 맘을 알 수 있겠지."

"언니는 그 사람의 잘생긴 눈을 보면 그 뜨거운 눈길에 녹아버릴 거예요. 마치 햇빛에 버터가 녹듯이 말이에요. 그 사람이 보낸 편지를 엄마 편지보다 더 자주 읽는다니까요. 아! 언니는 사랑에 빠질 거예요. 우리 집은 콩가루가 되는 거지요. 아무 데서나 사랑을 속삭일 거고 우리는 피해 다녀야 할 거예요. 우리 집안에 구멍을 낼 테고, 아, 난 얼마나 가슴이 아플까?"

"애야. 너희 모두 때가 되면 집을 떠나 가정을 꾸리게 되어 있단다. 하지만 메그가 아직 어린데 이런 일이 벌어진 게 아쉬울 뿐이지. 존에게 메그가 스무 살이 되기 전까지 결혼은 안 된다고 못을 박긴 했다만."

"언니를 부자와 결혼시키겠다는 생각은 안 해보셨어요?"

"조, 돈은 좋고도 유용해. 나는 내 딸들이 돈에 너무 쪼들리지도, 돈에 너무 집착하지도 않기를 바란단다. 엄청난 재산이나 명성을 지닌 사위를 얻겠다는 욕심은 없어. 물론 지위도 높고 재산도 있으면서 성품도 훌륭한 사람을 마다할 이유는 없어. 너희의 행운을 함께 기뻐할 거야. 하지만 그날그날 열심히 일해서 평범하게 사는 집도 얼마든지 행복할 수 있다는 걸 나는 경험으로 잘 알고 있어. 조금 모자란 듯해야 작은 즐거움에서도 행복을 느낄 수 있는 법이니까. 나는 메그가 소박하게 시작하는 게 더 낫다고 생각해. 내가 잘못 본 게 아니라면 그 애는 이미 훌륭한 남자의 마음을 가진 부자가 된 거야. 그게 재산보다 더 낫단다."

"암튼, 엄마, 나는 다들 어른이 되지 못하게 절구를 머리에 이고 다니면 좋겠어요. 하지만 꽃봉오리는 이내 장미가 되고 새끼 고양이는 고양이로 크겠지요. 정말 속상해요."

"절구는 뭐고 고양이는 뭐야?" 메그가 편지를 손에 든 채 방으로 들어서면서 물었다.

"뭐, 그냥 내가 쓴 이야기 중 한 구절이야. 언니, 이제 자러 가자."

그러자 어머니가 편지에 눈길을 주며 말했다.

"글씨를 아주 예쁘게 잘 썼구나. 내가 존에게 안부 전한다는 말도 덧붙여주렴."

"그 사람을 존이라고 부르세요?" 메그가 순진한 표정으로 미소 지으며 말했다.

"응. 우리에게 아들 같아서. 아빠랑 엄마 모두 그 사람을 좋아해." 마치 부인이 메그를 약간 날카로운 눈으로 유심히 바라보며 말했다.

"정말 잘됐어요. 외로운 사람이니까요. 안녕히 주무세요, 엄마. 엄마가 계시니까 정말 너무 안심이 돼요."

제13장 속내 이야기
139

부인이 조와 메그에게 다정하게 입맞춤을 해주자 둘은 방을 나갔다.

둘이 방을 나가자 부인이 흡족함과 아쉬움이 뒤섞인 말투로 중얼거렸다.

"아직 존을 사랑하지는 않는구나. 하지만 곧 그렇게 되겠지."

'하지만 곧 그렇게 되겠지'라는 마치 부인의 생각은 옳기도 하고 틀리기도 했다. 그 '곧'이 부인의 예상보다는 훨씬 빨리 와 있었던 것이다. 메그는 그 누구에게도 전혀 내색을 하지 않았지만 자주 브룩 선생 생각에 잠겼으며 그에 대한 꿈을 꾸고 있었던 것이다. 하지만 그것이 사랑인지 아닌지는 메그 자신도 몰랐다.

어느 날이었다. 조가 우표를 찾으려고 언니의 서랍을 뒤지다가 쪽지를 한 장 발견했다. 쪽지 위에는 휘갈겨 쓴 글자가 적혀 있었다. '존 브룩 부인'이라는 글자였다. 조는 신음 소리와 함께 그 종이를 난로 속에 던져버렸다.

제14장 푸른 초원

폭풍우가 지나간 뒤에 햇살이 비치듯 평화로운 한 주가 흘러 갔다. 두 환자는 빠르게 회복되어갔으며 마치 씨가 새해 초에 돌아올 수 있을 것이라는 말이 들리기 시작했다. 베스도 이제 서재 소파에 누워 있을 정도가 되었다.

크리스마스가 다가오자 늘 그렇듯이 집안에 묘하게 신비스 러운 분위기가 감돌기 시작했으며 조는 올해만의 특별한 크리 스마스를 기념하자며 실현 불가능하거나 엉뚱하기 그지없는 제안을 해서 온 집안 식구를 뒤집어지게 만들었다. 로리도 마 찬가지여서 그냥 내버려두었다면 모닥불과 폭죽에 개선문까지 등장했을 것이다.

너무나 행복에 겨워했던 가족에게 남은 소원이라고는 단 한 가지밖에 없었다. 자매는 모두 마음속으로 '아버지만 돌아오시면 더 이상 바랄 게 없겠어'라는 생각을 하고 있었다.

이 무미건조한 세상에는 가끔 동화책에서나 있음 직한 일이 일어나 사람들에게 위안을 주기도 하는 법이다. 마치네 집안에 그런 일이 벌어졌다. 가족이 모두 한마음으로 한 가지 소원을 빌고 있는 가운데 그 소원이 이루어진 것이다.

가족이 응접실에 모여 있는 가운데 로리가 응접실 문을 열더니 살그머니 고개를 들이밀었다. 흥분을 억누르는 기색이 역력했다. 로리가 기쁨을 억지로 감추는 듯한 숨 가쁜 목소리로 말했다.

"마치네 가족을 위한 또 다른 크리스마스 선물입니다."

다들 자리에서 벌떡 일어났다. 로리의 말이 끝나기도 전에 누군가가 로리를 제치고 등장한 때문이었다. 눈까지 가릴 정도로 목도리로 얼굴을 칭칭 감은 키 큰 남자가 또 다른 큰 키의 남자에게 팔을 기댄 채 서 있었다. 너무나 뜻밖의 상황이어서 모두 잠시 넋을 잃고 말았다.

곧 마치 씨는 가족에게 둘러싸여 얼굴이 보이지 않을 지경이 되었다. 조는 창피하게도 거의 기절하다시피 해서 로리의 부축을 받아야만 했다. 브룩 씨는 자신도 모르게 메그에게 입맞춤을 하고는 횡설수설 변명을 늘어놓았다. 에이미는 의자에서 일어나다가 넘어져서는 다시 일어날 생각도 못하고 아버지 구두를 붙잡고 감동적으로 흐느꼈다. 제일 먼저 정신을 차린 마치 부인이 손가락을 입술에 대고 "쉿, 베스가 자고 있잖아"라고 주의를 주었다.

하지만 이미 늦었다. 서재 문이 열리며 베스가 나타난 것이다. 베스는 기쁨 덕분에 힘을 얻었는지 곧장 아버지의 품으로 뛰어들었다. 그다지 낭만적이라고 할 수는 없지만 다들 정신 차릴 수 없을 만큼 웃기는 광경도 있었다. 해나가 부엌에서 하도 허둥대다 미처 내려놓을 생각도 못 한 듯 칠면조를 손에 든 채 문 뒤에서 훌쩍이고 있었던 것이다.

마치 부인이 브룩 씨에게 감사의 말을 전했고, 마치 씨에게 휴식이 필요하다고 생각한 브룩 씨는 로리를 데리고 돌아갔다.

그날처럼 멋진 크리스마스 만찬은 없었다. 해나가 속을 꽉 채워 노릇노릇하게 구운 뒤 장식까지 한 칠면조 요리는 보기만 해도 군침이 돌았다. 건포도 푸딩은 입에서 살살 녹았고 젤리도 마찬가지여서 에이미는 마치 꿀단지에 빠진 파리처럼 젤리에 파묻혔다.

로렌스 씨와 로리, 브룩 씨도 만찬에 함께 했다. 조는 브룩 씨를 사나운 눈으로 노려보았고 로리는 그 모습을 재미있다는 듯 지켜보았다. 마치 씨와 베스는 식탁 상석에 마련된 편안한 자리에 앉아 음식들을 맛보고 있었다.

마치 씨가 딸들을 둘러보며 대견한 듯 말했다.

"우리 작은 순례자들, 정말 힘든 길을 걸어왔구나. 특히 마지막이 험난했지? 하지만 모두 용감하게 헤쳐 나왔고 이제 곧 그 무거운 짐도 벗어버릴 수 있을 것 같구나."

"어떻게 아세요? 엄마가 말씀해주셨어요?" 조가 물었다.

"별로 들은 건 없어. 하지만 지푸라기만 봐도 바람의 방향을 알 수 있는 법이지. 오늘 오자마자 몇 가지를 발견했거든."

"아빠, 그게 뭔지 말씀해주세요!" 옆에 앉아 있던 메그가 아버지에게 소리쳤다.

그러자 마치 씨가 의자 팔걸이에 놓여 있던 메그의 손을 잡더니 거칠어진 집게손가락, 손등의 덴 자국, 손바닥의 굳은살을 가리키며 말했다.

"바로 이런 거야. 나는 이 손이 희고 부드러웠던 때를 기억한단다. 아주 예뻤지. 하지만 아빠는 지금 이 손이 더 예쁘다. 여기 흠집들이 모든 걸 다 이야기해주고 있거든. 덴 자국은 허영심 대신에 자리 잡은 것이고 굳은살이 박인 손바닥은 물집보다 훨씬 좋은 그 무언가를 얻었다는 증거지. 메그, 네가 손가락을 찔려가며 바느질한 옷들은 아주아주 오래갈 거란다. 한 땀 한 땀마다 네 정성이 깃들어 있으니까. 메그야, 나는 깨끗한 손이나 뭔가 화려한 재주보다 가정을 행복하게 만들 수 있는 여자로서의 솜씨가 훨씬 더 소중하다고 생각한단다."

메그는 그동안의 고생이 모두 보상받는 것 같아 더없이 행복한 미소를 지었다.

"아버지, 조 언니도 칭찬해주세요. 언니도 정말 열심히 노력했고 제게도 잘해줬어요." 베스가 아버지 귀에 대고 속삭였다.

아버지는 건너편에 앉은 키 큰 소녀를 온화한 눈빛으로 쳐다보았다.

"머리가 짧아졌는데도 1년 전에 보았던 '아들 조'의 모습은 온데간데없구나. 이제 쿵쾅거리며 뛰어다니지 않겠지? 어린 동생을 엄마처럼 돌보았다니 정말 대견하다. 뭐, 말괄량이 딸도 그립다만 그 자리를 남을 잘 돕는 마음씨 고운 여자가 대신해도 괜찮겠지. 머리카락이 깎여서 저렇게 얌전해졌는지 모르겠지만, 워싱턴을 다 뒤져도 우리 딸이 보낸 25달러에 걸맞은 물건은 도무지 살 수가 없다는 걸 잘 알고 있단다."

조의 초롱초롱한 눈이 흐릿해지면서 얼굴이 장밋빛으로 달아올랐다. 마치 아버지의 칭찬을 조금은 받을 자격이 있다고 느끼는 것 같았다.

"아빠, 이제 베스 언니 차례예요." 에이미가 어서 자기 칭찬을 듣고 싶은 것을 꾹 참으며 아버지에게 말했다.

"베스에게는 조금만 말해야지. 너무 많은 말을 하면 얘가 부끄러워서 도망갈 것 같으니까." 마치 씨는 베스를 꼭 껴안고 뺨을 부비면서 말했다. "내 딸, 네가 무사해서 얼마나 다행인지 모르겠다. 이제 내가 너를 지켜주마. 오, 주여!"

잠시 침묵이 흐른 뒤 아버지는 발치 삼각의자에 앉아 있는 에이미를 보고 말했다.

"에이미가 음식을 나르고 사람들 시중을 드는 걸 봤단다. 그리고 자리를 남들에게 양보하고 그렇게 삼각의자에 앉아 있는 것도 대견해. 우리 에이미가 남들 생각을 그렇게 해줄 줄 알게 되어서 아빠는 정말 기쁘단다. 진흙 작품을 만들 때처럼 열심히 성격을 고치려 한다는 것도 아빠는 알게 되었지. 에이미가 만든 작품도 자랑스럽지만 자신과 다른 사람의 생활을 아름답게 만들 줄 아는 사랑스런 딸이라서 정말 자랑스럽단다."

잠시 뒤 이제 노래를 부를 시간이라며 베스가 피아노 앞으로

갔다. 베스는 피아노 앞에 앉아 부드럽게 건반을 누르며 다시
는 들을 수 없다는 생각이 들 만큼 달콤한 목소리로 노래를 부
르기 시작했다. 베스에게 딱 어울리는 순례의 길 찬양 찬송가
였다.

제15장 마치 숙모 할머니, 문제를 해결하다

이튿날 오전 내내 어머니와 딸들은 마치 씨 곁을 떠나지 않았다. 그의 병을 돌볼 겸, 궁금한 이야기들을 나누기 위해서였다.

오후가 되자 조는 메그와 함께 창가에 앉아 이런저런 이야기를 나누고 있었다. 조는 뭔가 머뭇거리는 듯하더니 아주 조심스럽게 이야기를 꺼냈다. 조가 언니 앞에서 그렇게 정식으로 브룩 씨 이야기를 꺼낸 것은 처음이었다.

"언니, 이제 일은 벌어진 거나 마찬가지인데 언제까지나 모른 척할 수 없어서 말하는 거야. 언니도 흔들리고 있다는 걸 잘 알고 있어. 난 어물어물하는 건 질색이니까, 결정을 내릴 거면 빨리 끝장을 내."

메그는 무슨 말인지 금세 알아듣고 대답했다.

"그 사람이 뭐라고 말하기 전에는 아무 말도 할 수 없어. 그리고 그 사람은 아무 말도 안 할 거야. 아빠가 나는 아직 어리다고 말씀하셨거든. 설령 그 사람이 뭐라고 하더라도 난 아직 어리다고 당당하게 말할 거야."

"그래도 딱 부러지게 거절은 못 할걸. 설령 그런 말을 하더라도 그 사람이 책에 나오는 실연당한 남자처럼 굴면 언니는 상처를 주기 싫어서 그냥 받아들일걸."

"아냐, 안 그럴 거야! 이미 마음을 정했다고 말하고 당당하게 걸어 나갈 거야."

그때였다. 복도에서 발소리가 들렸다. 메그는 얼른 자리로 돌아가더니 마치 목숨이 걸린 일이라는 듯 맹렬히 바느질에 몰두했다. 조가 언니의 갑작스러운 행동이 너무 우스워서 터지는 웃음을 가까스로 참고 있는데 누군가 조심스럽게 문을 두드렸다. 그리고 반가운 표정이기는커녕 험악하다고 할 수밖에 없는 표정으로 손님을 맞았다. 바로 브룩 씨였다.

"안녕하세요. 우산을 찾으러 왔습니다. 어제 두고 간 모양입니다. 아버님 건강이 어떠하신지 궁금하기도 하고요." 브룩 씨는 당황한 표정이 역력한 두 자매의 모습을 번갈아 보면서 말했다.

"우산은 건강해요. 아버지는 선반에 잘 있고요. 아버지를 가져올게요. 우산에게는 선생님이 오셨다고 전하고요." 조가 일부러 아버지와 우산을 뒤섞어 말하면서 슬그머니 방을 빠져나갔다. 언니가 당당하게 속마음을 말하고 역시 당당하게 방에서 걸어 나갈 기회를 주기 위해서였다.

조가 밖으로 나가자 메그도 슬금슬금 문 쪽으로 게걸음을 치며 방에서 나가려 했다.

"엄마가 선생님을 뵈면 좋아하실 거예요. 제가 엄마를 불러올게요."

"가지 말아요, 마거릿. 제가 무서운가요?"

그가 전에는 한 번도 자신을 마거릿이라고 불러본 적이 없었기에 메그의 뺨이 새빨개졌다. 그리고 그 말이 그토록 달콤하게 들리는 데에 메그 자신도 놀랐다.

"아버지께 그토록 친절하신 분인데 무서울 리가 있어요? 감사할 뿐이지요."

순간 브룩 씨가 메그의 두 손을 덥석 잡았다. 메그는 도망치고 싶은 마음과 계속 있으면서 그의 말을 듣고 싶은 마음 사이에서 갈등을 느끼며 어쩔 줄 모르고 있었다.

"저는 당신을 괴롭히고 싶지 않습니다. 다만 당신의 마음을 알고 싶을 뿐입니다. 마거릿, 당신을 정말 사랑합니다."

"하지만 저는 너무……, 너무 어려요."

메그는 자신의 가슴이 왜 이렇게 뛰는지, 게다가 왜 이렇게 기분이 좋은지 도무지 알 수 없을 지경이었다.

"기다리겠습니다. 그사이 당신은 저를 좋아하는 법을 배울 수 있을 것입니다. 그게 그렇게 어려운 일일까요?"

"제가 배우려고만 든다면……, 하지만……."

"제발 한번 배워봐요. 나는 가르치는 걸 좋아하니까. 이건 독일어보다 쉬워요."

메그는 그의 얼굴을 바라보았다. 목소리는 간청을 하고 있었지만 얼굴에는 성공을 확신하는 듯한 미소가 떠올라 있었다. 순간 메그는 기분이 상했다. 시집 간 애니 모펏이 여자의 자존심에 대해 충고랍시고 들려준 말이 떠오른 것이었다. 그녀는 뭔가를 보여줘야만 한다는 생각에 발끈하며 두 손을 잡아 뺐다.

"배우지 않을래요. 혼자 있고 싶으니 제발 나가주세요! 제 마음은 바뀔 리 없으니 기다리실 필요도 없어요."

순간 브룩 씨의 얼굴이 창백해졌다. 메그가 찬탄해 마지않는, 소설 속의 남자 주인공처럼 심각한 표정이었다. 그러나 그는 소설에서처럼 이마를 손바닥으로 치거나 방 안을 서성이지도 않았다. 다만 갈망하는 듯한 부드러운 눈길로 메그를 바라볼 뿐이었고 메그는 자신도 모르게 마음이 풀어질 뻔했다. 이 흥미진진한 순간, 그 마무리가 어떻게 지어질지는 아무도 알 수 없었을 것이다. 그런데 그 일을 마무리 지어준 것은 바로 그 순간 다리를 절룩거리며 나타난 숙모 할머니였다.

노부인은 산책을 나갔다가 로리를 만나 마치 씨가 돌아왔다는 말을 듣고는 조카를 보고 싶은 마음에 곧바로 마차를 타고 달려온 참이었다. 숙모 할머니는 식구들을 놀래주려고 집 안으로 살그머니 들어왔다가 브룩 씨와 메그가 함께 있는 모습을 보게 된 것이다. 마침 다른 가족은 모두 집 뒤에서 일을 하느라 바빴다.

숙모 할머니 모습을 보자 브룩 씨는 깜짝 놀라 서재로 사라져버렸고 메그는 귀신이라도 본 것처럼 깜짝 놀랐다.

"아니, 이게 대체 무슨 짓이냐!" 숙모 할머니는 하얗게 질린 얼굴로 도망가는 브룩 씨의 뒷모습과 새빨개진 메그의 얼굴을 보더니 지팡이로 바닥을 탕탕 내리치며 외쳤다.

"아버지 친구분이세요. 이렇게 갑자기 찾아오시다니 정말 놀랐어요."

"아버지 친구? 근데 그 사람이 뭐라고 했기에 네 얼굴이 그렇게 빨개진 거냐?"

"그냥 이야기를 좀 나누고 있었어요. 브룩 씨는 우산을 찾으러 왔던 거예요."

"브룩? 그 소년의 가정교사 말이로구나. 나도 다 알고 있다. 조가 네 아버지 편지를 읽어주다가 실수로 그 사람 이야기도 읽은 적이 있었다. 내가 꼬치꼬치 물어서 다 알아냈지. 그래, 청혼을 받아들인 건 아니겠지?"

"쉿, 할머니, 그 사람이 듣겠어요. 엄마를 불러올까요?"

"그럴 필요 없다. 그렇지 않아도 네게 할 말이 있었는데 이렇게 된 김에 속 시원히 말해버려야겠다. 말해봐라. 정말 그 쿡인가 뭔가 하는 남자하고 결혼하겠다는 거냐? 만일 그런다면 너한테는 단 한 푼도 물려주지 않을 거다. 명심하고 똑바로 처신해라." 노부인의 대단히 뜻깊은 연설이었다.

숙모 할머니는 말 몇 마디로 사람들의 반감을 불러일으키는 데 특별한 재능을 지닌 분이었다. 아무리 마음이 넓은 사람이라도 그럴 정도였으니 사랑에 빠진 젊은이에게는 두말할 필요가 없었다. 만일 숙모 할머니가 메그에게 존 브룩을 받아들이라고 애원했다면 그럴 생각 없다고 고집을 부렸을지도 모른다. 그런데 강압적으로 그를 받아들이지 말라고 나오니 메그는 곧장 결심을 해버렸다. 원래 그 사람에게 끌리고 있던 차에 반발심까지 더해지니 결정을 내리기가 너무 쉬웠다.

흥분할 대로 흥분해 있던 메그는 숙모 할머니에게 사정없이 쏘아붙였다.

"저는 제가 좋아하는 사람과 결혼할 테니 할머니는 할머니가 좋아하는 사람에게나 돈을 주세요." 메그는 결연하게 고개를 끄덕이며 말했다.

메그의 당당한 모습에 숙모 할머니는 조금 기가 꺾였는지 온화한 목소리로 달래듯 다시 말했다.

"얘야, 정신 차리고 내 말 좀 들어보렴. 다 너 잘되라는 마음에서 하는 말이야. 작은 실수로 인생을 망쳐서야 되겠니? 너는 좋은 데로 시집을 잘 가야해. 부자랑 결혼하는 건 네 의무이기도 해. 그래야 가족에게 보탬이 되지."

"아버지 어머니는 그렇게 생각 안 하세요. 두 분은 존이 가난한데도 그 사람을 좋아하세요."

"아니, 너는 돈도 없는 데다 지위도, 일자리도 없는 사람하고 결혼해서 생고생을 하겠다는 거냐? 메그야, 난 네가 똑똑한 줄 알았는데."

"반평생을 기다려도 그렇게 좋은 남자는 못 만날 거예요. 그 사람은 착하고 현명해요. 재주도 많고요. 열정적이고 용감해서 반드시 성공할 거예요. 모두 그 사람을 사랑하고 존경해요. 그런 사람이 가난뱅이에 나이도 어리고 어리석기까지 한 저를 좋아하니 오히려 영광이지요."

"네게 부자 친척이 있다는 걸 알고 너를 좋아하는 거야. 척 보면 알지."

숙모 할머니의 말에 메그는 그만 폭발하고 말았다.

"할머니! 어떻게 그런 말씀을 하실 수 있어요! 그 사람은 돈 때문에 결혼할 사람이 아니에요! 저랑 마찬가지예요! 우리는 열심히 일할 거고, 또 기다릴 거예요! 가난 따윈 두렵지 않아요. 이제까지 가난해도 행복하게 살아왔거든요. 그 사람과 함께 할 거예요. 그 사람은 저를 사랑하고 저도……."

거기서 메그의 말문이 막히고 말았다. 브룩 씨가 자신의 말을 듣고 있을지도 모른다는 생각이 문득 들었던 것이다.

화가 머리끝까지 난 숙모 할머니는 "이제 이 집 식구들 전부 보기 싫다! 너하고는 이제 완전히 끝이다!"라고 말하며 문을 쾅 닫고 나가버렸다. 메그는 웃어야 할지 울어야 할지 모르는 채 멍하니 그 자리에 서 있었다. 그런데 그녀가 마음을 추스르기도 전에 브룩 씨가 들어와서 메그를 가만히 돌려 세우며 단숨에 말했다.

"듣고 있을 수밖에 없었어요. 나를 옹호해줘서 고마워요. 그러면 나는 이제 돌아갈 필요 없이 당신 곁에 머물러도 되는 건가요?"

거절하고 당당히 문을 나설 기회가 다시 한번 찾아온 셈이었지만 메그는 아무 생각도 할 수 없었다. 메그는 만일 조가 봤다면 평생 망신스럽게 생각할 정도로 다소곳이 말했다.

"네, 존."

15분 뒤, 이제 언니가 시원하게 브룩 씨를 쫓아냈으리라 기대하고 응접실로 들어온 조가, 바로 그 적(敵)이 당당하게 소파에 앉아 있는 모습, 게다가 그 무릎 위에 살포시 앉아 있는 언니의 모습을 보고 그 얼마나 큰 충격을 받았는지는 독자 여러분의 상상에 맡기겠다.

메그에게 승낙을 받은 브룩 씨는 당장에 태도가 돌변했다. 그날 저녁 그는 당당하게 자매들을 '우리 누이들'이라고 불렀으며 가족 앞에서 유려한 말솜씨와 기백 있는 태도로 자신의 인생 설계에 대해 설명했다. 저녁 식사 자리에서 브룩 씨와 메그의 모습이 너무나 행복해 보여 조는 질투를 느끼지도 못했고 비참한 기분이 들지도 않았다. 하지만 인생에서 가장 소중한 친구를 잃는다는 기분은 좀처럼 사라지지 않았다. 결혼은 3년 뒤에 할 것이라고 브룩 씨는 말했지만 이미 메그 언니는 이전의 언니가 아니라고 그녀는 생각했다. 그렇게 생각이 복잡했던 조와 달리 에이미는 기품 있는 미래 형부에게 깊은 감명을 받았으며 베스는 멀리서 두 사람에게 환한 미소를 보냈고, 마치 부부도 흡족한 눈길로 두 사람을 바라보았다.

아버지와 어머니는 함께 앉아서 20년 전 둘 사이의 로맨스가 시작되던 첫 장면을 조용히 회상하고 있다. 에이미는 자신들만의 아름다운 세계에 빠져 있는 연인을 그림으로 상상하고 있다. 하지만 그들의 얼굴에 떠오른 그들만의 빛을 표현해내기는 정말 어려울 것이라는 생각을 했다. 베스는 소파에 누운 채 오랜만에 만난 벗과 기분 좋은 대화를 나누고 있다. 로렌스 노인이 마치 소녀의 작은 손에 자신을 평화로운 길로 인도하는 힘이 들어 있는 양, 베스의 손을 꼭 잡고 있는 것이다. 조는 자신이 제일 좋아하는 낮은 의자에 앉아 자신에게 가장 잘 어울리는 심각하면서도 평온한 표정을 짓고 있고, 로리는 의자에 등을 기댄 채 턱을 그녀의 곱슬머리 근처에 가까이 하고는, 너무나 다정한 표정을 한 채, 두 사람을 비추고 있는 긴 거울 속의 조를 향해 가끔 고개를 끄덕였다.

이 평화로운 그림으로 메그, 조, 베스, 에이미에 대한 이야기의 제1부는 막을 내린다. 여러분의 반응이 괜찮다면 아마 제2부도 곧 막이 오를 것이다.

제
2
부

제16장 근황들

3년이 흘렀다. 그사이 이 조용한 집안에 그다지 큰 변화는 없었다. 그동안 전쟁이 끝났고 마치 씨는 책에 파묻혀 지내면서 작은 교구의 목사직을 맡고 있었다. 그는 훌륭한 성품과 경건한 신앙으로 누구에게나 존경을 받았다. 그는 가난했으며 워낙 대쪽같이 청렴해서 세속적 성공과는 담을 쌓고 살았지만 마치 꿀벌이 꽃을 찾아오듯 수많은 사람들이 그의 주변으로 몰려들었다. 노목사는 지난 50년간 힘든 인생 경험으로 빚어낸 꿀을 자연스럽게 그들에게 나누어주었다.

그를 찾아온 젊은이들은 백발의 이 노목사가 자기들만큼 열정적이며 생각도 젊다는 것을 알게 되었으며 괴로움을 겪고 있는 여인들은 그를 찾아와 자신들의 슬픔을 털어놓은 뒤 위로와 조언을 듣고 한결 가벼워진 마음으로 돌아갔다. 죄를 지은 사람들은 노목사에게 죄를 털어놓은 뒤 꾸지람과 용서를 동시에 받았으며 야망이 큰 사람들은 자신들의 야망보다 더 큰, 진정한 야망이 노목사에게 있음을 알게 되었다.

마치 부인은 우리가 마지막으로 보았을 때보다 흰머리만 조금 늘었을 뿐 활발하고 명랑한 모습은 그대로였다. 다만 메그의 결혼 준비로 바빠서, 전쟁에서 돌아온 부상자들이 넘치는 병원 봉사나 다른 가정을 돕는 일에는 별로 신경을 쓰지 못하고 있었다.

존 브룩은 1년 동안 성실하게 군 복무를 마치고 제대했다. 그는 전쟁에서 가벼운 부상을 입었지만 곧 회복하고 일자리를 얻었다. 그는 독립적인 젊은이였기에 로렌스 씨의 후한 제의를 거절하고 말단 회계 관리 사원으로 취직했다. 그는 빌린 돈으로 모험적인 사업을 하는 것보다는 정직하게 벌어들인 봉급으로 인생을 시작하는 것이 더 낫다고 생각했다.

메그는 여전히 일을 하면서 신부 수업을 받았다. 그녀는 좀 더 여성다워지려고 애썼으며, 주부로서 해야 할 일들을 열심히 익혔다. 사랑을 하면 예뻐진다는 말을 증명이라도 하듯 그녀는 나날이 아름다워졌다. 그녀에게는 소녀다운 야망과 희망이 있었기에 소박하게 새로운 삶을 시작해야 한다는 사실에 적잖이 실망하기도 했다. 갓 결혼한 네드 모펏과 샐리 가드너의 멋진 집과 많은 선물, 화려한 의상들을 자신의 것과 비교하지 않을 수 없었고 은근히 부러워하기도 했으며 그것은 어찌 보면 당연한 일이었다. 하지만 존이 자신을 얼마나 사랑하는지, 자신들의 보금자리 마련을 위해 그가 얼마나 애를 쓰고 있는가에 생각이 미치자 질투와 불만은 씻은 듯 사라졌다. 황혼 녘에 단둘이 앉아 둘만의 소박한 계획에 대해 이야기를 나누다보면 앞날이 너무나 아름답고 밝아 보여 메그는 샐리의 화려함은 금세 잊고 자신이 이 세상에서 가장 부자이며 가장 행복하다고 느꼈다.

조는 이제 더 이상 숙모 할머니 댁에 일하러 가지 않았다. 에이미가 마음에 쏙 든 숙모 할머니는 최고의 그림 선생님에게 미술 레슨을 시켜주겠다며 에이미를 유혹했다. 이런 절호의 기회를 놓치지 않기 위해서라면 에이미는 훨씬 더 고약한 할머니의 시중도 마다하지 않았을 것이다. 이제 조 대신 에이미가 숙모 할머니 댁에 드나들며 오전에는 일을 하고 오후에는 즐겁게 그림 공부를 했다.

자유로워진 조는 열심히 글을 쓰는 한편 다른 한편으로는 베스를 정성을 다해 보살폈다. 베스는 성홍열에서는 완전히 벗어났지만 몸은 이전보다 훨씬 허약해져 다시는 장밋빛 뺨의 건강한 소녀로 돌아오지 못했다. 하지만 그녀의 천사 같은 마음씨만은 조금도 변하지 않아 늘 행복한 표정이었으며 누구에게나 먼저 따뜻한 사랑의 손길을 내밀었다.

조는 스스로 '쓰레기'라고 부르는 자신의 글에 「독수리 날개」 잡지사에서 단 1달러만이라도 지불하는 한 자신이 '자립한 여성'이라 느끼며 부지런히 작은 '로망스'들을 지어냈다. 하지만 복잡하게 돌아가는 그녀의 머리와 야망에 가득 찬 마음속에는 거대한 계획이 익어가고 있었으며, 다락방 낡은 양철 조리대 위에는 장차 '마치'라는 이름을 명예의 전당에 올려줄 원고들이 차곡차곡 쌓여가고 있었다.

로리는 할아버지의 소망대로 마지못해 대학에 들어갔다. 선천적으로 명랑한 로리는 혈기왕성한 젊은이들이 으레 그렇듯 위험한 장난도 자주 쳤고, 여러 번 정학의 위기에 몰리기도 했다. 하지만 할아버지에 대한 사랑, 특히 네 명의 자매가 항상 자기를 사랑하고 믿어준다는 확신이 그를 아슬아슬한 위기에서 벗어나게 해주는 버팀목이었다.

근황을 이야기하는 김에 '도브코트' 이야기를 해야겠다. 도브코트는 브룩 씨가 신혼 생활을 위해 마련한 작은 갈색 집의 이름이었다. 부부가 언제나 비둘기 한 쌍처럼 달콤한 속삭임을 주고받으며 지내라는 뜻에서 로리가 그런 이름을 지어준 것이다. 뒤쪽으로는 작은 정원이 있고 앞에는 손수건만 한 잔디밭이 있는 아담한 집이었다.

피아노를 들여놓을 수 없을 정도로 복도도 비좁았고 식당도 너무 좁아서 여섯 명이 앉으면 꽉 들어찼으며, 계단도 너무 가팔라서 자칫하면 굴러떨어질 정도였다. 하지만 그런 결점들이 모두 사소하다고 여겨질 정도로 집 안은 완벽하게 아늑했다. 작은 응접실에 화려한 가구나 레이스 달린 커튼은 없었지만 간소한 가구에 책들이 즐비했고 좋은 그림들이 걸려 있었으며 창가에는 꽃병들이 놓여 있었다. 게다가 친구들이 정성껏 마련한 선물들이 집 안 구석구석을 채우고 있어 그들의 사랑만으로도 집 전체가 아름답게 빛을 발했다.

로리가 선물한 에로스 조각상은 브룩 씨가 받침대를 만들어 세워놓아 그 아름다움을 한껏 과시하고 있었다. 에이미는 전문 실내 장식업자 뺨치는 예술적 손길로 평범한 모슬린 커튼에 우아한 주름을 잡아주었고 조와 어머니는 정성껏 메그의 짐들을 정리해주었으며 해나는 마치 요술 방망이를 휘두른 듯 부엌을 당장 사용할 수 있는 편리하고 안락한 공간으로 만들어주었다.

나는 이 세상 그 어떤 신부도 메그만큼 많은 양의 걸레와 받침판들, 헝겊 주머니들을 갖추고 신혼살림을 시작하지는 않았으리라고 단언한다. 베스가 은혼식까지 쓰고도 남을 만큼 넉넉하게 그것들을 만들어준 것이다. 베스는 도자기 그릇을 닦는 행주도 세 종류나 개발해서 언니에게 선물했다.

　이런 모든 것을 돈으로 장만한 사람들은 그렇게 함으로써 자신들이 무엇을 잃었는지 전혀 알지 못한다. 가정 내 모든 일이란 사랑의 손길을 거쳐야 아름다워지는 법이다. 메그는 직접 그것을 증명해준 셈이니, 부엌 커튼부터 응접실 탁자 위의 은색 꽃병에 이르기까지 그녀의 작은 둥지 속 모든 것이 이 가정이 사랑에 충만해 있음을, 이 가정에 행복한 앞날이 놓여 있음을 웅변으로 보여주고 있었다.

제17장 첫 결혼식

　구름 한 점 없는 화창한 6월의 이른 아침, 현관 위의 장미꽃들이 화사하게 피어나 마치 다정한 작은 이웃들처럼 마음껏 기뻐하고 있었다. 그들은 붉은 얼굴을 기쁨으로 환하게 빛내면서 바람에 몸을 맡긴 채 그들이 방금 본 것들을 서로에게 속삭이고 있었다. 어떤 꽃들은 창문을 통해 맛있는 음식이 차려진 식탁을 들여다보았고, 어떤 꽃들은 신부에게 옷을 입히는 자매에게 고개를 끄덕이며 미소를 보냈으며 어떤 꽃들은 정원과 현관, 복도를 분주히 오가는 사람들에게 반갑다는 인사를 보냈다. 만개한 장미꽃들로부터 파리한 어린 봉오리까지 자신들을 그토록 오랫동안 사랑으로 돌봐주었던 상냥한 젊은 여주인에게 그들의 아름다움과 향기를 듬뿍 선사하고 있었다.

메그는 마치 한 송이 장미꽃 같았다. 그날 그녀의 마음과 영혼 속 가장 아름답고 가장 달콤한 것이 그녀의 얼굴에 환하게 피어올라 그녀의 얼굴을 더욱 아름답고 부드럽게 해주었으며, 아름다움보다 더 아름다운 매력을 뿜어내게 해주었다. 메그는 실크도, 레이스도, 오렌지꽃도 원치 않았다.

"난 화려하게 차려입고 싶지 않아. 다만 내가 사랑하는 사람들과 함께 있으면서 친숙한 내 모습을 보여주고, 그런 모습으로 있고 싶어."

그래서 메그는 자신의 소박한 기대를 담아 웨딩드레스를 직접 만들었으며 동생들이 정성껏 땋아 올린 머리에는 계곡에서 따온 백합꽃 한 송이만 장식으로 꽂을 뿐이었다.

메그의 결혼식에서의 세 자매 모습을 소개해주지 않으면 세 자매가 좀 섭섭할지 모르겠으니 잠깐 묘사를 해야겠다.

조는 전체적으로 전보다 부드러워져 있었다. 우아하게까지는 아니더라도 편하게 몸을 움직이는 법을 배운 것이다. 머리칼도 이제 굵직하게 틀어 올릴 정도로 자라 있어 키에 비해 머리가 작은 조에게는 잘 어울렸다. 여전히 볕에 그을려 있는 뺨에는 생기가 넘쳤고 눈길도 한결 부드러워졌으며 날카로운 말만 나오던 입에서도 부드러운 말들이 쏟아져 나왔다.

베스는 더욱 가냘프고 창백해졌으며 전보다 더 조용해졌다. 아름답고 다정한 눈은 더욱 커졌으며 단순히 슬픔이라고 단정 짓기 어려운 표정을 짓고 있었다. 그토록 애처로운 인고로 이겨낸 아픔의 흔적이 얼굴에 떠올라 있는 것이었지만 베스는 불평하는 적이 결코 없었으며 늘 "곧 좋아질 거야"라고 말하곤 했다.

세 자매 중 가장 놀랍도록 변한 것은 에이미였다. 에이미는 말 그대로 '가족의 꽃'으로 변해 있었다. 열여섯 살이 된 그녀는 이미 숙녀의 분위기를 물씬 풍기고 있었고 몸가짐도 숙녀와 다름없었다. 에이미는 아름답다고 할 수는 없다 할지라도, 우아함이랄까, 뭔가 형언하기 어려운 매력을 지니고 있었다. 모두 에이미의 우아한 몸매, 손동작, 살짝 끌리는 치맛자락, 찰랑거리는 머리카락에서 매력을 느낄 수밖에 없었다. 물론 그 모든 것은 의식적인 것들이 아니라 아주 자연스러운 것들이었다. 비록 에이미가 늘 불만스러워하던 코가 오뚝 솟아나지는 않았지만, 그 단점조차도 오히려 에이미를 개성 있는 숙녀로 만들어 주었다.

그날 결혼식은 아무런 형식적인 의식 없이 너무나 차분하고 자연스럽게 치러졌기에 결혼식 자체에 대해 요란하게 묘사할 내용도 없다. 다만 숙모 할머니가 도착했을 때 신부가 직접 뛰쳐나와 반갑게 맞이하며 안으로 모시는 모습을 보고 할머니가 적이 당황했다는 사실은 밝히고 싶다. 또한 신부를 향한 신랑의 눈길과 애정 어린 표정에 감동한 할머니가 남들 모르게 손수건을 꺼내어 눈가로 가져갔다는 말도 슬쩍 전하고 싶다.

아버지의 주재(主宰)로 식이 끝난 뒤 모두 즐거운 마음으로 뜰에서 점심 대신 간단하게 케이크와 과일을 들며 이야기를 나누었다는 것, 이어서 로리의 제안으로 뜰에서 즉흥적인 무도회가 열렸다는 것 외에 더 덧붙일 이야기는 없다. 이 조촐하면서 행복에 가득 찬 결혼식을 더 이상 자세히 묘사하려 들다가는 오히려 그 행복에 덧칠하는 짓이 될지도 모르기 때문이다.

이윽고 사람들이 떠날 시간이 되자 숙모 할머니가 메그에게 말했다.

"애야, 잘 살길 바란다. 정말 행복하길 바라. 하지만 아마 후회하게 될 거다." 이어서 할머니는 마차까지 바래다주는 신랑에게 한마디 덧붙였다. "이봐, 자네는 보물을 얻은 거야. 그럴 자격이 있는지 두고 보겠어."

샐리 모펏은 마차에 오르면서 남편 네드에게 이렇게 말했다. "요즘 본 결혼식 중에 제일 예쁜 결혼식이었어요. 멋을 낸 건 하나도 없는데 왜 그렇게 보였는지 모르겠어요."

한편 로렌스 노인은 손자 로리에게 이렇게 말했다.

"애야, 네가 이런 일을 벌일 거라면, 저 자매들 중 한 명이었으면 좋겠구나. 그렇게만 된다면 이 할아비가 정말 흡족해할 거다."

"할아버지를 기쁘게 해드리기 위해 최선을 다할게요." 로리가 평소답지 않게 의무감을 과시하듯 말했다.

친정집에서 신혼집까지의 거리는 그다지 멀지 않았다. 이 신혼부부에게는 신혼집까지의 조용한 산책이 신혼여행이었다. 가족들은 마치 그녀가 기나긴 여행이라도 떠나는 듯 눈물겨운 '작별 인사'를 나누었다.

"엄마, 제가 엄마랑 헤어지는 거라고 생각하지 마세요. 존을 사랑한다고 해서 엄마를 사랑하는 마음이 조금도 줄어들진 않아요." 메그는 눈물을 글썽인 채 엄마를 꼭 껴안으며 말했다. "아빠, 이 집에 매일 들를 거예요. 제가 결혼했더라도 아버지 마음속 제 자리는 항상 지켜주세요. 베스는 저랑 많은 시간을 보낼 거예요. 그리고 조와 에이미, 내가 살림하느라 쩔쩔매는 꼴을 비웃어주기 위해서라도 자주 들러야 해. 행복한 결혼식을 마련해줘서 모두 너무 고마워요. 잘 있어요, 안녕!"

남은 가족은 제자리에 서서 메그의 뒷모습을 지켜보았다. 남편의 팔짱을 끼고 손에는 꽃을 들고 걸어가는 그녀의 모습을 바라보는 그들의 얼굴에는 사랑과 희망, 애정 어린 자부심이 그득 떠올라 있었다. 6월 햇살이 메그의 행복한 얼굴을 밝게 비춰주고 있었고, 이렇게 메그의 결혼 생활이 시작되었다.

제18장 문학 수업

운명의 여신이 갑작스럽게 조에게 미소를 짓더니 그녀가 가는 길에 행운의 동전을 떨어뜨렸다. 정확하게 말하자면 황금 동전은 아니었지만 수백만 달러의 돈이었다 할지라도 이렇게 그녀에게 굴러온 작은 동전만큼 큰 기쁨을 줄 수는 없었을 것이다.

조는 몇 주에 한 번씩 글쓰기용 작업복 차림으로 자신의 표현대로 '소용돌이'에 빠져 마음과 혼을 다 바쳐 소설을 써 내려 갔으며 소설이 끝날 때까지는 도저히 마음의 평화를 찾을 수 없었다. 글쓰기용 작업복이란 아무 때고 펜을 닦을 수 있는 커다란 검은색 앞치마와, 그것과 똑같은 천으로 만든 실내용 모자를 말한다. 조가 빨간 나비 리본이 달린 그 모자 속에 머리카락을 말아서 집어넣으면 그녀가 전투태세에 돌입했음을 뜻했고, 조가 일단 그 신호를 보내면 가족들은 쉬쉬하며 그녀에게 함부로 말도 건네지 못했다.

조는 자신이 천재라고는 생각하지 않았다. 다만 영감이 찾아와 글쓰기에 몰입해 있는 동안만은 너무나 행복할 뿐이었다. 그 순간이면 그녀는 실제 삶에서의 모든 것을 까맣게 잊고 상상으로 빚어낸 친구들로 가득 찬 세계에서 행복을 누렸다. 비록 아무 결실을 볼 수 없을지라도 그런 시간을 가질 수 있다는 것만으로도 살아갈 수 있는 힘을 그녀는 얻을 수 있었다. 하늘이 내려준 그런 영감(靈感)의 시간은 대개 한두 주 지속되었다. 그런 뒤 그녀는 몸만 허기와 졸음으로 기진맥진한 것이 아니라, 마음마저 낙담한 채 언짢은 기분으로 그 '소용돌이'에서 빠져나왔다.

그러던 어느 날 조에게 새로운 아이디어가 떠올랐다. 이제까지 그녀는 「독수리 날개」에 아주 가벼운 사랑 이야기를 써 보내며 원고료로 푼돈을 받아왔다. 그런 그녀가 100달러의 상금이 걸린 신문소설 공모전에 도전해보겠다는 결심을 하게 된 것이었다. 처음 해보는 도전이었지만 그동안 해왔던 연극 연습과 대단한 독서량에 힘입어 그럭저럭 소설을 완성해 신문사에 보냈다. 가족에게는 일절 비밀로 한 채 원고를 발송하면서 조는 이 글이 당선되지는 못하더라도(그런 생각은 꿈에도 하기 싫었지만) 이 이야기에 값할 만큼의 원고료를 보내주면 기쁘겠다는 쪽지도 함께 보냈다.

6주라는 기간은 정말 기다리기 힘든 긴 시간이었고, 발랄한 소녀가 비밀을 지키려고 입을 다물고 있기에는 더더욱 힘든 기간이었다. 하지만 조는 그 두 가지를 모두 해냈다. 그리고 자신의 원고를 신문에서 볼 수 있으리라는 희망을 버리려는 순간 그녀에게 한 통의 편지가 날아왔다. 조는 숨이 멎는 것 같았다. 봉투를 열자마자 100달러짜리 수표 한 장이 무릎 위에 떨어진 것이다.

잠시 동안 수표를 마치 징그러운 뱀처럼 바라보던 조는 편지를 읽더니 울기 시작했다. 그 편지를 써 보낸 상냥한 신사가 자신이 한 아가씨에게 얼마나 엄청난 행복을 가져다주었는지 알았더라면, 그는 휴가를 내서라도 그 광경을 흐뭇하게 지켜보러 달려왔으리라! 조에게는 100달러의 돈보다도 그 편지가 더 소중했다. 그 편지는 그녀에게 용기를 주었다. 그토록 오랜 세월 동안 고생한 끝에, 비록 가벼운 대중소설이었지만 자신이 그 무언가 할 수 있다는 사실을 알게 된 것이다!

겨우 마음을 진정시킨 조는 수표를 손에 든 채 가족에게 신문소설 공모에 당선되었다는 소식을 전했다. 당연히 환호성이 이어졌지만 아버지는 칭찬 뒤에 충고를 잊지 않았다.

"애야, 너는 훨씬 더 잘할 수 있어. 더 높은 목표를 갖고, 돈에는 신경 쓰지 마라."

그러자 에이미가 그 마법의 종이를 바라보며 말했다.

"아빠, 제가 보기엔 돈이 제일 값진 것 같아요. 언니, 그 많은 돈을 어디에 쓸 거야?"

"베스랑 엄마랑 한두 달 정도 해변에서 쉬고 오게 해줄 거야."

베스와 엄마가 사양했지만 결국 두 사람은 해변으로 떠났다가 한 달 뒤에 돌아왔다. 베스가 기대한 만큼 뺨에 통통하게 살이 오른 모습으로 돌아오진 못했지만 몸 상태는 훨씬 좋아진 것 같았고 마치 부인도 10년은 더 젊어진 것 같다고 단언했다.

이후, 심기일전한 조는 한결 열심히 창작에 몰두했고 그해에 수차례나 비슷한 액수의 돈을 벌어들였다. 펜의 마술로 가족의 생활이 한결 안락해졌다. 「공작의 딸」로 정육점의 외상을 청산했고 「유령의 손」으로 새 카펫을 깔았으며 「코번트리가(家)의 저주」로 식료품과 옷 들을 장만할 수 있었다. 조는 이제 부자 소녀들이 더 이상 부럽지 않았다. 자신이 원하는 것을 스스로 구할 수 있다는 것, 그 누구에게도 손을 벌릴 필요가 없다는 것은 그녀에게는 너무나 큰 위안거리였다.

조의 글이 그럭저럭 팔리게 되자 조는 과감한 도전을 해보기로 했다. 자신의 소설을 책으로 출간하고 싶어진 것이다. 그녀는 소설 한 편을 모두 네 부 필사한 뒤 세 명의 출판업자에게 보냈다. 그중 한 곳에서 답이 왔다. 그녀의 소설을 출판할 용의가 있지만 전체 글에서 3분의 1 정도를 삭제하라는 주문이 곁들여 있었다. 삭제하라는 부분 중 조가 특히 아끼는 내용이 들어 있어 조는 망설일 수밖에 없었다.

결국 조는 가족회의를 했다. 아버지는 조에게 글을 망치지 말고 때가 될 때까지 기다리라고 충고했고, 어머니는 책을 내서 사람들의 비판이나 칭찬을 듣는 것이 다음번 소설을 쓸 때 도움이 될 것이라고 말했다. 동생의 소설에 늘 감탄하고 있던 메그는 한 자라도 빼면 안 된다고 주장했고, 에이미는 출판업자의 말을 따라야 인기를 얻을 것이고, 그런 다음에 쓰고 싶은 대로 쓰는 게 옳다고 주장했다.

조가 아무 말 없이 가만히 있는 베스에게 물었다.

"베스, 네 생각은 어때?"

"나는 책이 나오는 걸 빨리 봤으면 좋겠어."

베스가 미소를 지으며 말했다. 조는 베스의 말에, 특히 '빨리'라는 말에 자신도 모르게 가슴이 철렁했다. 조는 '빨리' 책을 내리라고 결심했다.

결국 그 소설은 책으로 출간되었고 조는 300달러를 벌었다. 하지만 조를 비롯해 가족이 놀란 것은 돈이 아니었다. 가족은 온갖 칭찬과 비난의 글이 쇄도해 들어오는 것을 보고 놀랐다. 특히 예상보다 훨씬 많은 의견들이 몰려들자 가장 당황한 것은 당사자인 조였다.

"엄마, 비평이 도움이 될 거라고 말씀하셨지요? 그런데 이렇게 정반대되는 의견들이 한꺼번에 몰려드니까 정신을 못 차리겠어요. 제가 좋은 글을 쓴 건지, 아니면 십계명을 어기고 못된 짓을 저지른 건지 정말 모르겠어요."

조의 말대로 '매우 훌륭한 책입니다'라며 칭찬과 격려를 보내는 글도 있었고, '이론에 어긋나는 책이고 병적인 인물들로 가득 차 있다'고 비난하는 글도 있었다. 어떤 이는 수년 내에 미국에서 나온 가장 뛰어난 소설이라고 극찬했는가 하면 어떤 이는 독창적이지만 매우 위험한 책이라고 경고하기도 했다.

조는 편지들을 읽은 소감을 가족에게 이렇게 줄여서 말했다.

"뭐라고 해도 좋아요. 하지만 정말 이해가 안 되는 건, 내가 무슨 이론을 펼치기 위해 이 글을 쓴 것처럼 생각하는 사람들이 많다는 거예요. 저는 단지 즐거움과 돈을 위해서 썼을 뿐이에요. 기다렸다가 그냥 원본대로 출판할 걸 그랬어요. 아니면 아예 세상에 내놓지 않거나."

비록 힘든 경험이었지만 결과적으로 조에게는 좋은 약이 되었다. 그런 호된 시련을 겪고 나니 조에게는 자신의 책을 두고 웃을 수 있는 여유가 생겼으며 비평의 뭇매에 견딜 수 있을 정도로 현명해지고 강해졌다.

조는 웃으며 당당하게 말했다.

"뭐, 내가 키츠처럼 천재가 아니라고 해서 죽을 필요가 있나? 정말로 웃기는 건, 내가 진짜 현실에서 곧바로 취해온 내용은 '불가능하며 터무니없다'고 비난하고, 멍청한 내 머리로 지어낸 것은 '정말 자연스럽고 감동적이며 진실하다'고 칭찬한다는 거야. 어쨌든 그 칭찬이 위안이 되는 것도 사실이야. 마음의 준비가 되면 다시 마음을 추스르고 다른 글을 써야지."

제19장 메그의 신혼살림살이

대부분의 젊은 신혼 주부가 그렇듯이 메그도 모범적인 가정 주부가 되겠다는 결심으로 신혼 생활을 시작했다. 처음에는 모든 것이 순조로웠다. 존은 집이 천국이라고 느꼈고 메그는 서툰 대로 온갖 애정과 정성을 쏟아부으며 살림을 했으니 결과가 좋은 것이 당연했다. 둘은 사랑 하나만으로 모든 게 해결되는 게 아님을 가끔 깨닫기도 했지만 매일 서로의 애정을 확인하며 여전히 행복했다.

독자 여러분에게 깨가 쏟아지는 그들의 비밀의 화원을 낱낱이 공개하고 싶지는 않다. 다만 부부 사이에 있었던 두 가지 사건을 소개하면서 독자들의 얼굴에 미소가 떠오르는 모습을 보고 싶을 뿐이다.

신혼 생활 초기에 메그는 남편에게 말하곤 했다.

"언제고 그러고 싶을 때면 친구를 마음대로 데리고 와도 좋아요. 항상 준비해놓고 있을 거예요. 절대로 당황하지 않고 꾸짖지도 않을 것이며, 언제나 편하게 맞을 거예요. 깨끗한 집, 싹싹한 아내, 맛있는 식사가 늘 기다리고 있을 거예요. 그러니 여보, 내 허락받을 생각 말고 아무 때건 좋아하는 사람을 초대해요. 언제나 환영이에요."

이 얼마나 매력적인 말이란 말인가! 그 말에 존의 얼굴이 환해졌으며 '이렇게 좋은 아내를 맞이하다니 얼마나 큰 축복이란 말인가!'라고 속으로 뿌듯해했다. 이제까지 친구를 초대한 적은 있었지만 갑작스러운 방문은 한 번도 없었기에 아내의 말이 사실인지 확인해볼 기회는 없었던 셈이다.

그러던 어느 날 존은 아침에 좋은 저녁거리를 사 보내면서 기분이 아주 좋았다. 존은 퇴근해서 집으로 오다가 스콧이란 친한 친구를 만났다. 아직 집에 초대를 하지 못한 친구였다. 존은 아무 때고 친구를 데리고 오라던 아내의 말을 떠올리며 그를 저녁에 초대했다. 존은 훌륭한 저녁이 기다리고 있을 것이며 예쁜 아내가 자신을 맞으러 나오리라고 확신하고 있었다. 친구에게 그런 아내를 자랑할 수 있다는 생각에 존은 자못 의

기양양했다.

하지만 도브코트에 도착한 존은 실망할 수밖에 없었다. 항상 열려 있던 창문은 그날따라 굳게 잠겨 있었고, 계단에는 어제 묻은 진흙이 그대로 남아 있었으며 응접실은 커튼이 내려진 채 문이 잠겨 있었고 수줍게 환한 미소로 자신을 맞으리라 기대했던 아내의 모습은 어디에도 보이지 않았다.

"무슨 일이 생긴 게 분명해. 스콧, 자넨 정원으로 가서 좀 기다리게. 내가 아내를 좀 찾아보겠네."

존은 코를 찌르는 설탕 냄새를 따라 집 뒤로 달려가 부엌으로 들어갔다. 부엌 안은 혼란 그 자체였다. 부엌에 수십 개의 단지들이 놓여 있었고 단지마다 젤리 물이 뚝뚝 떨어지고 있었으며 어떤 단지는 바닥에 쓰러져 있었고 어떤 단지들은 불 위에서 끓고 있었다. 허멜가의 큰애 로티가 얌전히 앉아서 빵을 먹으며 젤리가 되다 만 주스를 마시고 있었고 브룩 부인은 앞치마에 얼굴을 묻고 흐느끼고 있었다.

사정은 이러했다. 메그는 집에서 만든 절임 식품으로 식품 저장실을 채우고 싶어 직접 까치밥나무 열매로 젤리를 만들기로 작정했다. 까치밥나무 열매는 정원에 있는 나무에서 따면 될 것이기에 메그는 남편에게 작은 단지 몇 개와 설탕을 좀 사서 보내달라고 부탁했다. 브룩 씨는 자기 아내라면 뭐든지 잘 해낼 것이라고 지레짐작하고 기왕이면 한꺼번에 많이 담그는 게 낫겠다는 생각에 마흔 개의 작은 단지와 설탕 반통을 주문 배달시키고 열매 따는 것을 도우라고 로티까지 딸려 보냈다.

메그는 단지 개수를 보고 깜짝 놀랐다. 하지만 존이 젤리를 좋아하니 그 단지들을 다 채워서 선반 위에 죽 늘어놓으면 얼마나 좋을까 생각하고는 과감하게 작업에 들어갔다. 해나가 젤리 만드는 모습을 수도 없이 보았기에 자신이 있었다. 그날 메그는 하루 종일 열매를 따서 끓이고 졸이면서 젤리를 만드느라 정신이 없었다. 하지만 도무지 엉망이었다. 아무리 노력을 해도 이 끔찍한 물질은 도무지 '젤리'로 굳지 않았다. 어머니에게 달려가 도움을 구해볼까 하는 생각도 했지만 자신들의 집안일로 남들을 귀찮게 하지 말자고 부부 간에 굳게 맹세를 해놓은 터에 이깟 일로 어머니에게 달려가고 싶지는 않았다. 결국 메그는 뜨거운 여름날 도무지 감당할 수 없는 설탕 절임과 하루 종일 씨름했고 5시쯤엔 엉망진창이 된 부엌에 주저앉아 소리 높여 울고 있었던 것이다. 그리고 하필 그날, 젤리에 관한 일을 까맣게 잊었건 아니건, 존은 아무 예고도 없이 당당하게 친구 스콧을 데리고 집에 나타난 것이다.

아내가 앞치마에 얼굴을 묻은 채 부엌 바닥에 앉아 울고 있는 모습을 보고 존이 물었다.

"여보, 대체 무슨 일이요?"

"오, 여보, 너무 지치고 덥고, 속상해요! 제발 도와줘요. 정말 죽을 지경이에요."

"무슨 끔찍한 일이라도 있는 거요?"

"젤리가 굳지를 않아요."

존은 웃음을 터뜨렸다.

"아니, 그깟 일 갖고 뭘 그래? 그깟 젤리들 다 밖으로 던져버려요. 내가 실컷 사줄 테니. 자, 제발 진정해요. 손님이 왔단 말이야. 스콧을 데려왔으니……."

하지만 존은 더 이상 말을 잇지 못했다. 메그가 존을 확 밀어내며 의자에 몸을 던진 때문이었다.

"이런 엉망진창인 마당에 식사 초대라뇨! 당신 어떻게 이럴 수 있어요!"

"쉿! 그 사람이 정원에 있어. 당신이 젤리 만든다는 걸 내가 깜빡했소. 미안해."

"아니, 쪽지를 보내든가 했어야지요. 내가 오늘 얼마나 바쁜지 생각도 못 했단 말이에요?"

제아무리 비둘기처럼 사이좋은 부부라도 화가 나면 서로를 쪼아대는 법이다.

"퇴근길에 만난 친구라 쪽지도 보낼 수 없었소. 게다가 당신이 아무 때나 친구를 데려오라고 노래를 하지 않았소! 아무튼 다시는 이런 짓 안 하기로 하지!" 존의 목소리에도 노기가 담겨 있었다.

"정말 그러길 바라요! 어서 저 사람 데리고 나가요! 집에 아무것도 없으니!"

"아니, 내가 아침에 보낸 쇠고기와 야채는 어디 두고? 푸딩을 만들어준다더니!"

"요리할 시간이 없었어요. 정말 바빴단 말이에요. 저녁은 엄마 집에 가서 먹으려고 했어요. 어서 저 사람을 데리고 나가요. 엄마 집으로 가든지." 이 말과 함께 메그는 앞치마를 벗어던지고 방으로 들어가버렸다.

그녀가 방으로 들어가 있던 사이에 남은 두 사람이 어떻게 했는지 메그는 알 도리가 없었다. 다만 스콧 씨를 엄마의 집으로 데리고 가지 않은 것만은 확실했다. 두 사람이 집을 나간 뒤에 메그가 아래층으로 내려와보니 점심때 먹고 남은 음식들로 아무렇게나 대접한 흔적들이 남아 있어 메그는 그만 경악하고 말았던 것이다.

나중에 결국 한방에 둘이 함께 있게 되었을 때 존도 메그도
화가 풀리지 않고 상대방이 먼저 사과하기만 기다리고 있었다.
존은 한쪽 창가로 가서 온몸을 신문으로 감싸다시피 하며 앉아
있었고 메그는 마치 무슨 급한 바느질감이라도 있는 양 바느질
에 열중했다. 둘 다 끔찍하게 마음이 불편했다.

메그는 생각했다.

'엄마 말대로야. 결혼 생활이란 건 힘이 들고, 사랑만큼이나
한없는 인내가 필요하다고 말씀하셨지.'

'엄마'라는 단어를 떠올리자 오래전에 엄마가 해주신 말이
생각났다. 당시에는 정말 받아들이기 어려운 말이었다.

"존은 좋은 남자지. 하지만 결점도 있어. 넌 그 결점을 알고
참아내는 법을 배워야 해. 너도 결점이 있지 않니? 존은 단호
한 사람이야. 하지만 네가 무작정 반대하지 않고 이유를 잘 설
명하면 고집을 부리지는 않는 사람이야. 매우 정확한 사람이고
진실에 대해서는 아주 까다로워. 너는 그걸 두고 '뭐 그리 까다
로워?'라고 말하곤 하지만 그건 그 사람의 큰 장점이야. 그러
니 말이나 겉모습으로 그를 속이려 들지 마. 화를 잘 내지 않지
만 한번 불이 붙으며 그만큼 끄기가 어려운 사람이야. 그러니

항상 조심해야 한다. 가정의 평화와 행복은 아내가 남편에게 존중을 받아야 지켜지는 법이야. 둘 다 잘못했더라도 네가 먼저 사과해. 작은 분노나 오해, 성급한 말은 항상 경계해야 한다. 자칫하면 깊은 슬픔과 후회를 낳을 수 있어."

메그는 특히 어머니의 마지막 말이 마음에 와닿았다. 게다가 오늘 일을 가만히 되새겨보니 아무리 봐도 자신이 잘못한 것 같았고 홧김에 말을 막 한 것 같았다. 메그는 자신이 먼저 사과하려고 살그머니 일어났다. 그녀는 자존심을 버리고 남편 앞에 섰지만 남편은 고개조차 들지 않았다. 한순간 정말 못 할 짓이라는 생각이 들었지만 '이건 시작일 뿐이야. 내 할 도리는 다 해야 나중에 자책하지 않게 될 거야'라고 생각하며 허리를 굽혀 남편의 이마에 살짝 입을 맞추었다. 그것으로 그만이었다. 그 가벼운 입맞춤이 수백 마디 말보다 더 큰 효과를 발휘한 것이다. 존은 아내를 무릎에 앉히고 부드럽게 말했다.

"그 단지들을 보고 내가 웃은 건 정말 잘못했소. 미안하오."

하지만 나중에 그는 그 단지들을 볼 때마다 마구 웃었고, 메그도 마찬가지였다. 메그가 스콧 씨를 특별 초대해서 한상 푸짐하게 대접했음은 물론이고 총각인 스콧 씨는 존을 무척이나 부러워했다.

이번에는 두 번째 사건을 소개하기로 하자. 가을이 왔을 때 벌어진 일이다.

메그의 친구 샐리가 자주 신혼집에 놀러 와서 온갖 소문에 대해 다 이야기해주었고, 때로는 자신의 큰 집에 초대해서 낮 시간을 함께 보낼 때가 많았다. 존이 바빠서 늦게 퇴근하는 일이 잦았기에 그녀는 메그에게 아주 반가운 친구였다.

메그는 아직 젊은 여자였다. 이렇게 샐리와 어울리다보니 그녀가 가지고 있는 예쁜 물건들이 부러워지기 시작했다. 메그는 남편의 수입이 어느 정도인지 잘 알고 있었으며 돈이 어디 있는지도 알고 있었다. 존은 아내에게 필요할 때면 언제고 돈을 갖다 쓰게 했다. 다만 잔돈 한 푼이라도 계산을 맞춰놓을 것과 매달 청구서를 빼놓지 말고 처리할 것, 자신이 가난한 남자의 아내라는 사실을 명심할 것, 이 세 가지만 메그에게 다짐받았다. 이제까지 그녀는 알뜰하게 살림을 했고 가계부도 정확하게 기록했기에 매달 아무 거리낌 없이 남편에게 가계부를 보여줄 수 있었다.

그런데 바로 그 가을에 메그의 천국에 사악한 뱀이 기어 들어와서, 오늘날의 수많은 이브들에게 그러하듯 사과가 아니라 드레스로 그녀를 유혹했다. 메그는 동정을 받기 싫었고 가난하게 보이기도 싫어 샐리와 어울려 다니면서 작고 예쁜 장식품들을 사곤 했다. 꼭 필요치 않은 것을 샀다는 죄책감을 느끼기도 했지만 '이렇게 별것 아닌 것도 못 사면 어떻게 해' 하는 생각에 소심한 구경꾼 노릇에 머물지 않았다.

그런데 월말에 가계부를 정리하면서 메그는 깜짝 놀랐다. 아주 적은 금액인 줄 알았는데 합친 금액이 50달러나 됐던 것이다. 그들의 신혼살림 규모에 비하면 어마어마한 금액이었다. 그것만으로 끝났다면 그 금액의 절반은 메울 수 있었을 것이다. 숙모 할머니는 새해가 되면 자매들에게 25달러씩 현금을 선물 대신 주었고 한 달 후면 그 돈이 수중에 들어올 수 있었다. 그런데 이번에는 실크 드레스 옷감이 그녀를 유혹했다. 샐리가 돈을 빌려줄 수도 있다며 유혹했고, 정말 싸게 나온 거라는 점원의 꼬임에 넘어가 메그는 "살게요"라고 말해버리고 말았다. 샐리는 즐거워했고 메그도 별일 아니라는 듯 크게 웃었다. 하지만 메그는 마치 뭔가 도둑질을 한 것 같은 기분으로 실크 옷감을 들고 가게에서 황급히 나왔다. 옷감 값이 무려 50달러나 되었던 것이다.

그날 밤 존이 가계부를 꺼내자 메그는 가슴이 철렁 내려앉았다. 결혼 후 남편이 두렵게 느껴진 것은 처음이었다.

존은 아내가 총액 100달러를 축냈다는 것을 알고 큰 충격을 받았다. 일순 방 안에 정적이 흘렀다. 존이 천천히 입을 뗐다. 메그는 그가 불쾌함을 감추려고 얼마나 애를 쓰고 있는지 고스란히 느낄 수 있었다.

"음, 드레스 하나에 50달러나 들 줄은 몰랐소."

"옷감뿐이고 아직 드레스로 만들지도 않고 다듬지도 않은 거예요." 메그는 옷을 완성하는 데 그 이상의 돈이 들 것을 생각하고는 한숨을 내쉬며 말했다.

"25야드짜리 옷감이라……, 그 정도면 몸집이 좀 작은 여자의 온몸을 휘감고도 남겠군. 암튼 당신이 그 옷을 입으면 네드 모펏의 마누라만큼 멋져 보일 건 확실하군." 존이 딱딱한 어조로 말했다.

"당신이 화난 건 알지만 어쩔 수 없어요. 당신 돈을 낭비하려던 게 아니에요. 그 작은 것들이 모여서 그렇게 큰돈이 될 줄 몰랐어요. 샐리가 자기 살 것 다 사고 딱하다는 듯 나를 쳐다보는 걸 참을 수 없었단 말이에요. 이대로 만족하면서 살려고 했지만 너무 힘들어요. 가난한 건 이제 지긋지긋해요."

마지막 말은 목구멍으로 삼키듯 낮게 말했기에 그녀는 그가 못 들었을 줄 알았다. 하지만 존은 그 말을 똑똑히 들었고 깊은 상처를 받았다. 그는 메그를 위해 그동안 많은 것을 희생해왔던 것이다.

'아, 내가 그런 말을 내뱉다니!' 메그는 차라리 혀를 깨물고 싶었다.

존이 벌떡 일어나더니 말했다.

"이럴까봐 두려웠소. 나는 최선을 다하고 있소, 여보."

남편이 화를 내거나 그녀를 야단쳤다면 그녀의 마음이 이렇게 아프지는 않았을 것이다. 메그는 남편을 꼭 껴안으며 참회의 눈물을 흘렸다.

"오, 정말 잘못했어요. 당신처럼 착한 사람에게 그런 말을 하다니! 난 정말 못되고 배은망덕한 아내예요!"

그는 다정한 눈길로 그녀를 그 자리에서 용서했고, 아무런 비난도 하지 않았다. 하지만 메그는 자신이 결코 잊을 수 없는 말을 했다는 것을 알았다. 남편이 애써 벌어온 돈을 펑펑 써버린 뒤에 가난이 지겹다고 말하다니! 정말 끔찍했다. 그중에서도 가장 끔찍한 것은 그 이후 존이 아무 일도 없었다는 듯 조용히 지낸다는 사실이었다. 다만 이후 그는 밤늦도록 시내에 남아 일하는 날이 많아졌다. 그런 날이면 메그는 울다 지쳐 잠이 들었다. 게다가 메그는 존이 새 겨울 외투 구입을 취소한 것을 알고는 안쓰러울 정도로 참담해졌다. 메그가 놀라서 남편에게 이유를 묻자 남편은 "그럴 돈이 없소, 여보"라고 간단하게 대답했다. 메그는 더 이상 아무 말이 없었지만 몇 분 뒤 존은 자신의 낡은 외투에 얼굴을 묻고 가슴이 터질 정도로 울고 있는 아내의 모습을 볼 수 있었다.

이튿날 메그는 자존심을 접어 주머니에 넣고 샐리를 찾아갔다. 메그는 샐리에게 사정을 털어놓은 뒤 그 실크 옷감을 사줄 수 없느냐고 말했다. 착한 샐리는 기꺼이 그러겠다고 했다. 또한 그 천을 즉석에서 선물로 주겠다고 하지 않을 만큼 마음 씀씀이도 섬세했다. 그길로 메그는 당장 남편의 외투를 주문했다. 존이 집에 돌아왔을 때 메그는 그 외투를 입고서 자신의 새 실크 드레스가 어떠냐고 남편에게 물었다. 그가 어떤 대답을 했을지는 여러분의 상상에 맡긴다. 이제 존은 일찍 집에 들어왔고, 메그도 더 이상 샐리와 놀러 다니지 않았다. 둘은 행복했다.

그렇게 1년이 흘러 여름이 되었다. 메그는 새로운 경험, 여인의 생애에서 가장 심오하고 감동적인 그런 경험을 하게 되었다. 아들과 딸, 쌍둥이를 낳은 것이다. 남자아이의 이름은 아버지 이름과 로렌스가(家)를 합쳐서 존 로렌스라고, 여자아이 이름은 어머니의 이름 그대로 마거릿으로 지었다. 한 집안에 마거릿이 둘이면 곤란하다는 생각에 딸아이는 데이지라는 애칭으로 부르기로 했고, 덩달아 사내아이도 데미라는 애칭을 갖게 되었다. 실은 그 이름과 애칭은 모두 로리의 작품이었으니, 로리가 이번에는 정말 큰일을 해낸 셈이었다.

제20장 에이미에게 찾아온 행운

어느 날 에이미가 조의 이름을 부르더니 말했다.

"언니, 오늘 숙모 할머니 댁에 함께 인사하러 가기로 약속한 거 잊지 않았지?"

"내가 그런 약속을 했던가?"

"나랑 거래를 했잖아. 내가 베스 언니 초상화를 그려주면 함께 가기로 했잖아."

"날씨가 화창하면 가기로 했지. 우리 분명히 그렇게 계약했을 텐데. 샤일록, 나는 계약서에 적힌 글자 그대로 정확히 지켜야겠소. 그런데 지금 저 동쪽 하늘에 구름이 몰려오네요. 날씨가 좋지 않으니 갈 수가 없소."

"아니, 날씨가 어때서? 이렇게 상쾌한 데다 비 한 방울 내리지 않는데. 언니는 자존심도 없어? 약속도 안 지키는 비겁한 사람이 돼도 괜찮다는 거야?"

조는 열심히 드레스를 만드는 중이었다. 이 집에서 어머니와 자매의 상의를 만드는 일은 조의 몫이었고, 조는 글쓰기만큼이나 바느질에 재주가 있었기에 큰 자부심을 느끼고 있었다. 이렇게 열심히 가봉을 하고 있을 때 그걸 그만두고 다른 일을 하자는 것은 마치 글에 몰입해 있을 때 방해를 받는 것과 마찬가지였다. 하지만 피해나갈 도리가 없었다. 조는 잔뜩 찌푸린 얼굴로 일감들을 옆으로 밀어놓았다.

조와 에이미가 숙모 할머니 댁으로 들어섰을 때 마치 숙모 할머니는 아버지의 누이인 캐럴 고모와 뭔가 진지하게 이야기를 나누고 있었다. 조와 에이미가 들어서는 것을 보자 말을 뚝 끊는 것으로 보아 그녀들에 관해 이야기를 나누고 있던 것이 분명했다. 그렇지 않아도 별로 내키지 않는 발걸음이었던 조는 더욱 기분이 상했고, 그 기색을 그대로 겉으로 드러냈다. 하지만 언제나 상대방을 기쁘게 해줄 준비가 되어 있는 에이미는 상냥한 태도로 두 분에게 인사했으며 그 마음은 두 여자에게 그대로 전해졌다. 그런 에이미를 두고 나중에 숙모 할머니와 고모는 "저 애는 날마다 조신해져"라며 대견해했다.

조와 에이미가 자리에 앉자 캐럴 고모가 물었다.

"애들아, 체스터 부인이 바자회를 연다는 거, 너희도 알고 있지? 가서 도와줄 거니?"

"고모, 물론이지요. 저도 판매대를 하나 받았는데요. 제가 남들에게 줄 거라고는 시간밖에 없는 걸요."

"난 안 갈 거예요." 조가 끼어들며 단호하게 말했다. "생색내는 거 받아들이는 건 질색이에요. 그런 상류층 바자회에 우리를 끼워주는 걸 무슨 큰 인심이라도 쓰는 척하잖아요. 에이미, 네게 이런저런 일이나 시킬 텐데 뭘 그리 좋아하니?"

"일을 하라면 하지, 뭐. 그게 뭐 체스터 부인네들만 위한 일인가? 해방된 흑인 노예들을 위한 것이기도 하잖아. 내게 그런 일을 할 기회와 즐거움을 준 건 좋은 일 아니야? 좋은 뜻에서라면 생색 좀 내면 어때?"

"아주 옳은 말이다. 그렇게 감사하는 마음을 가지고 있다니 대견하구나. 우리의 노력을 알아주는 사람을 돕는다는 건 즐거운 일이야. 그걸 몰라주는 사람이 있어서 힘들 때도 있지만."

숙모 할머니가 안경 너머로 조를 유심히 바라보며 말했다. 조는 멀찌감치 떨어져 앉아 시무룩한 표정으로 몸을 이리저리 흔들고 있었다.

만일 조가 이 순간 엄청난 행운이 자신과 에이미를 놓고 저울질을 하고 있다는 것을 알았더라면 그녀는 단번에 얌전하게 굴었을 것이다. 하지만 불행히도 우리의 가슴에는 창문이 없어 사람들의 마음속에 어떤 일이 벌어지고 있는지 볼 수가 없다. 물론 일반적으로는 남의 마음속을 들여다볼 수 없다는 것이 천만다행이긴 하다. 하지만 때로는 그런 능력이 있는 게 편리할 때도 있을 것이며 시간과 감정의 낭비를 절약해줄 수도 있을 것이다. 조가 이어서 한 말은 몇 년간 그녀에게 찾아올 수도 있을 행운을 단번에 날려버렸다. 물론 그 덕분에 입조심을 해야 한다는 교훈을 얻기는 했지만.

"저는 사람들이 제게 호의를 베푸는 게 싫어요. 마치 노예로 길이 드는 것 같아서요. 저는 뭐든지 제힘으로 해내고 싶어요. 완전히 독립적으로요."

"으흠!" 캐럴 고모가 헛기침을 하며 숙모 할머니를 흘낏 쳐다보았다.

"내가 뭐랬어." 숙모 할머니가 단호하게 고개를 끄덕이며 고모에게 속삭였다.

조는 방금 자신이 무슨 짓을 저질렀는지도 모르는 채 코를 높이 쳐들었다. 반항기가 물씬 풍기는 몸짓이었다.

"얘야, 너 프랑스어 할 줄 아니?" 고모가 에이미의 손을 다정하게 잡으며 물었다.

"숙모 할머니 덕분에 잘해요. 숙모 할머니가 자주 에스테르와 이야기를 나눌 기회를 주셨거든요."

에이미가 감사의 눈길로 숙모 할머니를 바라보자 숙모 할머니는 온화하게 미소를 지었다.

"너는 어떠니?" 고모가 이번에는 조에게 물었다.

조는 퉁명스럽게 대답했다.

"한 마디도 못 해요. 너무 멍청해서 배우는 데는 영 젬병이거든요. 게다가 프랑스어는 너무 매끈해서 참아낼 수 없어요. 세상에서 제일 바보 같은 언어예요."

숙모 할머니와 고모 사이에 또다시 눈길이 오갔다. 이어서 숙모 할머니가 에이미에게 건강이 어떠냐고 물었고 에이미는 건강이 넘친다고 쾌활하게 대답했다.

조와 에이미는 자리에서 일어났다. 조는 마치 남자처럼 두 어른께 악수를 청했고 에이미는 두 분께 입맞춤을 했다. 숙모 할머니는 둘이 멀어져 가는 모습을 보며 조카딸에게 말했다.

"메리, 그렇게 하는 게 좋겠다. 비용은 내가 대마."

캐럴 고모가 결심이 된 듯 말했다.

"쟤 부모가 허락만 한다면 꼭 그렇게 할 거예요."

에이미가 반가운 소식을 받은 것은 일주일 뒤였다. 그사이 체스터 부인이 주최한 바자회가 열렸고, 에이미가 만든 작품들은 성황리에 모두 팔렸다는 것, 에이미의 진열대가 활기를 띠는 데는 조와 로리가 한몫 단단히 했다는 사실을 지나는 길에 밝혀둔다. 게다가 에이미는 그날 자신의 물건을 다 판 다음에 자신에게 경쟁심과 질투를 느끼고 있던 체스터 부인의 딸 메이의 진열대로 가서 도움을 주었다는 이야기도 빼놓지 말아야 하겠다. 물론 조와 로리, 로리가 이끌고 온 원정대들도 한몫 크게 했다.

그날 바자회 장소에는 캐럴 고모도 있었으며 에이미의 활약과 선행 소식을 다 들었다. 고모는 흡족한 표정으로 옆에 앉은 마치 부인의 귀에 뭔가 속삭였다. 마치 부인은 만족스럽다는 듯 환한 미소를 짓더니 에이미를 자부심 반, 걱정 반의 얼굴로 쳐다보았다. 하지만 부인은 며칠 동안 자신이 기뻐한 이유를 아무에게도 말하지 않았다.

그로부터 며칠 뒤, 캐럴 고모가 정식으로 편지를 보냈다. 편지를 읽는 마치 부인의 얼굴이 환해지는 것을 보고 곁에 앉아 있던 조와 베스가 무슨 일이냐고 물었다.

"캐럴 고모가 다음 달에 해외로 나간다는구나. 고모가……."

"저를 데리고 가시겠다는 거지요!" 조가 갑자기 의자에서 벌떡 일어나며 기쁨에 들뜬 목소리로 외쳤다.

"아니다, 얘야. 네가 아니고 에이미란다."

"오, 엄마! 에이미는 너무 어려요. 내가 먼저예요. 얼마나 오랫동안 기다렸는데요. 제게 정말 좋은 기회가 될 거고, 굉장한 일이 될 거예요. 엄마, 내가 가야 돼요."

"조, 그건 불가능할 것 같구나. 고모가 에이미를 꼭 집어 말씀하셨어. 고모가 베푸는 호의에 우리가 감 놓아라, 배 놓아라, 할 수는 없는 노릇 아니니?"

"늘 이런 식이에요! 에이미는 자기 좋은 대로 다 하고 나는 일만 해야 하잖아요. 불공평해요! 정말 너무 불공평해요!"

"얘야, 이렇게 된 건 네 탓도 크단다. 며칠 전에 고모하고 이야기를 나눈 적이 있다. 네가 퉁명스럽고 지나칠 정도로 독립심이 강하다고 하시더구나. 여기도 이렇게 쓰셨어. '나는 처음에는 조를 데려갈 생각이었어요. 그런데 호의를 받는 게 싫다고, 프랑스어는 질색이라고 하더군요. 그래서 조를 데려갈 생각을 접고 에이미를 택했어요. 상냥한 애라서 우리 플로(플로렌스)와도 좋은 말벗이 될 수 있겠어요. 게다가 이 여행을 고맙게 받아들일 것 같았어요'라고."

"오, 이 입이 오두방정이야! 정말 입이 문제야! 왜 입 다물고 있는 법을 배우지 못했을까!"

"애야, 네가 섭섭한 건 이해한단다. 하지만 기왕 이렇게 된 거, 에이미를 축하해주려무나. 비난이나 후회로 그 애 기분을 망치지 말고."

가엾은 조는 작은 바늘겨레에 눈물을 몇 방울 떨어뜨리면서 어머니에게 말했다.

"알았어요, 엄마. 겉으로만이 아니라 마음속으로도 기뻐하도록 노력할게요. 하지만 너무나 실망스러운 일이라서 쉽지는 않을 것 같아요."

"언니, 내 이기적인 생각인지 모르겠지만, 난 언니 없이는 지낼 수 없어. 언니가 가지 않게 된 게 정말 다행이야." 말없이 모든 것을 지켜보고 있던 베스가 조를 끌어안으며 속삭이자 베스의 따뜻한 포옹과 사랑이 넘치는 얼굴에 조의 마음도 진정되었다. 하지만 자신의 뺨이라도 때리고 싶은 후회가 남는 것은 어쩔 수 없었다.

에이미가 집으로 돌아왔을 때 조는 에이미를 진심으로 축하하는 가족의 역할을 충실히 수행할 수 있었다. 에이미는 기뻐하며 말했다.

"언니들, 난 그냥 즐거운 여행을 가는 게 아니야. 내게 정말 그림에 재능이 있는지 없는지 알아볼 수 있는 좋은 기회야. 만일 재능이 없다는 걸 알게 되면 집으로 돌아와 아이들에게 그림을 가르치며 돈을 벌 거야."

"아냐, 넌 그러지 못해. 넌 힘든 일은 질색이잖아. 넌 부자와 만나 결혼해서 호사스럽게 살 거야." 조가 반박했다.

"언니 예상은 대개 맞아떨어지지만 이번에는 아니야. 내가 화가가 되지 못한다면 다른 사람이 화가가 될 수 있도록 도울 거야. 꼭 그렇게 할 거야."

에이미가 미소를 지었다. 조가 보기에 그 모습은 가난한 그림 선생님보다는 너그러운 부잣집 마나님을 연상시켰다.

떠날 날이 머지않았기에 그로부터 에이미 출발 준비로 온 집 안이 분주했다. 조는 에이미 앞에서는 짐 꾸리는 것을 도우며 조금도 섭섭한 내색을 하지 않았다. 그리고 자신의 은신처인 다락방으로 올라가 더 이상 눈물이 나오지 않을 때까지 실컷 울었다.

배에 오르기 전 에이미는 갑자기 두려움에 사로잡혔다. 자신과 자신을 사랑하는 사람들 사이에 거대한 대양이 가로놓여 있다는 사실이 갑자기 실감났던 것이다. 에이미는 마지막까지 발길을 돌리지 않고 있던 로리에게 매달려 훌쩍이며 말했다.

　"오빠, 나 대신 우리 가족을 돌봐줘. 만약 무슨 일이라도 생기면……."

　"그래, 알았어. 만약 무슨 일이 생기면 내가 당장 달려가서 위로해줄게." 로리가 에이미에게 속삭였다. 하지만 자신이 정말 그 약속을 지켜야 할 일이 있을 줄은 꿈에도 모르고 있었다.

　이렇게 에이미는 젊은이 눈에는 늘 새롭고 아름다워 보이는 구(舊)대륙을 향해 뱃길에 올랐다. 그녀의 아버지를 비롯해 가족, 친구들은 바닷가에 서서, 저 행복에 차 있는 소녀에게 행운만이 있기를 간절히 빌면서, 바다 위에서 눈부시게 반짝이는 여름 햇살 외에는 아무것도 보이지 않을 때까지 손을 흔들었다.

제21장 해외통신원 에이미

런던에서

사랑하는 가족들에게,

저는 지금 정말로 런던 피커딜리가(街) 배스 호텔 앞 창문 가에 앉아 있어요. 그다지 멋진 호텔은 아니지만 고모부 님이 몇 년 전에 이곳에 묵으신 뒤로 다른 곳으로는 가지 않으려 하신대요.

아, 모든 게 어찌나 즐거운지 말로는 다 전할 수 없을 정 도예요. 그 대신 집을 떠난 뒤 제가 계속 스케치하고 낙 서해온 노트 몇 장을 함께 보낼게요.

배를 타고 항해할 때부터 기분이 너무 좋았어요. 갑판에서 일몰 광경을 바라보거나 시원한 바닷바람을 맞으며 물결치는 바다를 내려다보는 게 어찌나 멋지고 상쾌하던지! 베스 언니가 함께 왔으면 얼마나 좋을까 생각했어요. 언니 건강에도 아주 좋은 약이 되었을 텐데…….

모든 게 천국 같았지만 특히 아일랜드 해변을 볼 수 있어서 너무 좋았어요. 온통 초록 물결에 반짝이는 햇빛, 여기저기 흩어져 있는 갈색 오두막들, 폐허가 된 언덕 위 유적지들 등 모든 게 그저 아름다울 뿐이었어요. 골짜기 여기저기 화려한 저택들이 보였는데 넓은 정원에서는 사슴들이 풀을 뜯고 있었어요. 작은 배들이 정박해 있는 항만이며 해안가도 그림처럼 아름다웠고, 붉게 물든 새벽하늘도 정말 장관이었어요. 하지만 배를 타고 가면서 즐거웠던 일은 이만 줄일래요. 이러다가는 런던에 대한 이야기는 꺼내지도 못할 것 같으니까요.

우리가 런던에 도착했을 때는 비가 내리고 있었어요. 보이는 건 온통 안개와 우산뿐이었어요. 우리는 호텔에서 쉬다가 비가 좀 뜸해진 틈을 타서 쇼핑을 했어요. 고모님이 예쁜 흰 모자와 드레스를 사주셨어요. 물건값이 너무 쌌어요. 그래서 멋진 리본들도 많이 샀어요. 하지만 장갑은 파리에서 살 작정이에요.

오늘은 날씨가 화창해서 근처에 있는 하이드파크로 산책
을 나갔어요. 웰링턴 공작의 집이 근처에 있대요. 하이드
파크로 산책을 나온 사람들은 정말이지 하나같이 굉장해
요. 제 생전에 이런 사람들을 구경할 수 있다니! 노란 사
륜마차를 타고 나온 화려한 옷차림의 귀부인들, 희한한
영국 모자를 쓰고 라벤더색 장갑을 낀 채 빈둥거리는 귀
족 청년들 등 모두 그림으로 그리고 싶은 모습이었어요.
로튼 거리는 왕의 거리라는 뜻인데, 마치 승마 교실 같아
요. 엄청나게 멋진 말들이 신나게 질주하고, 여자들도 우
아한 몸짓으로 말을 타고 다녀요. 하지만 우리 미국 여성
들처럼 신나게 말을 달리지는 않아요. 여긴 온갖 사람들
이 다 말을 타요. 노인, 귀부인, 어린애, 젊은 청년 할 것
없이 말을 타고 다니며 즐겨요.
오후에는 웨스트민스터대성당에 갔어요. 하지만 제가 그
곳을 묘사해주리라고는 기대하지 마세요. 그저 엄청나다
는 말밖에는 할 수 없어요. 오늘 저녁에는 페히터가 나오
는 연극을 보러 갈 예정이에요. 내 생애 가장 행복한 날을

그보다 더 멋지게 마무리할 수 있는 방법이 또 있을까요?

너무 늦은 시각이지만 어젯밤에 일어난 일을 이야기해야 아침에 편지를 부칠 수 있을 것 같아요. 우리가 차를 마시고 있을 때 누가 찾아왔게요? 로리 오빠의 영국인 친구인 프레드와 프랭크 본 쌍둥이 형제가 찾아온 거예요. 명함을 보지 않았더라면 몰라볼 정도로 변해 있었어요. 둘다 큰 키에 엄청 멋있었어요. 프랭크는 이제 목발을 사용하지 않고 조금 다리를 저는 정도였어요. 로리 오빠 편에 우리가 어디 묵고 있는지 알아보았다고 하더군요.
우리를 자기 집에 초대하려고 들른 건데 고모부님이 사양하셔서, 그 두 명과 나, 플로 이렇게 넷이 그냥 극장에 갔어요. 정말 즐거웠어요. 프랭크는 플로에게 딱 들러붙어 있었고, 프레드와 나는 마치 죽마고우처럼 이런저런 이야기를 나누었어요.
베스 언니에게 프랭크가 안부를 묻더라는 말을 전해주세요. 언니가 아프다니까 정말 안타까워했어요. 내가 프레드에게 조 언니 이야기를 하니까, 글쎄, 막 웃으면서 '그 큰 모자에 존경 어린 찬사를 보냅니다'라고 하지 않겠어요?

둘 다 로렌스 캠프에서의 즐거운 추억을 고이 간직하고
있는 것 같았어요. 벌써 아득한 옛날 일 같지 않아요?
고모님이 어서 자라고 벌써 세 번이나 방문을 두드리네요.
이만 줄일게요. 다들 보고 싶어요.

　　　　　　바보 같긴 해도 언제나 사랑스러운 에이미가

파리에서
사랑하는 언니들에게,

지난 편지에서 런던 이야기를 했지? 본가(家) 형제는 정
말 친절했고, 파티에도 여러 번 초대했어. 함께 여러 곳을
방문했는데 특히 햄프턴궁전과 켄싱턴박물관이 좋았어.
라파엘로의 스케치도 볼 수 있었고, 여러 위대한 화가들
작품을 볼 수 있었거든. 본가 형제가 얼마나 친절했는지
몰라. 다음 겨울에 로마에서 만나자고 약속했는데 그 약
속이 지켜지지 않으면 나는 정말 실망할 거야.
파리에 도착해서 우리는 정말 모든 게 불편했어. 무엇보

다 말이 통해야지. 그런데 휴가를 얻은 프레드가 스위스로 가는 도중에 들렀다며 우리에게 나타나서 정말 다행이었어. 프레드는 프랑스어를 정말로 너무 잘해. 그가 없었다면 어떻게 되었을지 상상하기조차 힘들어. 고모부는 열 마디 단어만 겨우 아시는 정도인데, 영어를 큰 목소리로 말하면 다들 알아들을 거라고 생각하시는 것 같아. 고모 발음은 너무 구식이라서 쓸모가 전혀 없었고, 플로와 나는 제법 프랑스어를 할 줄 안다고 생각했었는데 여기 와보니 착각도 이만저만이 아니었다는 걸 깨달았어.

파리에서 보내는 순간순간이 너무 재미있고 소중해. 아침부터 밤까지 관광을 하고 멋진 카페에서 점심도 먹었어. 루브르박물관은 너무 좋았어. 조 언니는 예술적 감각이 없으니까 훌륭한 명화를 보고도 코웃음이나 치겠지만 나는 다르잖아. 하지만 나도 예술을 감상할 줄 아는 눈과 감각을 더 키워야겠다고 다짐하곤 했어. 이곳에는 조 언니가 좋아할 것들도 많아. 나폴레옹이 쓰던 삼각모와 외투, 그가 아기 때 쓰던 요람과 칫솔이 전시되어 있었고, 마리 앙투아네트의 구두, 생 드니의 반지, 샤를마뉴 대제의 보검 같은 흥미로운 유물들이 전시되어 있거든.

왕궁도 정말 멋있었는데 언니들이 질투할 것 같아서 자세한 묘사는 안 할게. 다만 아름다운 튀일리공원을 거니는 것도 너무 재미있었다는 이야기는 하고 싶어. 물론 나는 고풍스러운 뤽상부르공원이 더 좋아. 정말 너무나 프랑스적인 공원이거든.

우리가 묵을 방은 리볼리가(街)에 있어. 프레드는 늦은 밤까지 우리와 이야기를 나누었어. 그는 정말 재미있고 유쾌한 남자야. 로리 다음으로 가장 마음에 드는 남자 같아. 하지만 난 가벼운 남자는 싫어하잖아. 난 프레드가 조금 더 진중해졌으면 하는 생각이 들어. 언니들, 그런 훌륭한 가문의 남자를 내가 흉본다는 건 좀 우습지?

다음 주에 독일과 스위스로 갈 예정이야. 여행길이 바빠지면 짧은 편지밖에 보낼 수 없게 될지도 몰라. 대신 스케치들을 보내줄게. 그림이 어려운 글보다 훨씬 나을 수도 있잖아.

아듀, 다정한 언니들,

에이미

하이델베르크에서
사랑하는 엄마에게,

엄마, 스위스 베른으로 떠나기 전에 엄마에게 그간 있었
던 일을 전하려고 펜을 들었어요. 엄마에게 꼭 전해드리
고 싶은 중요한 일이에요.

우리는 나사우와 바덴바덴에서 온천욕을 즐겼고, 괴테의
생가와 실러의 동상, 다네커의 유명한 '아리아드네' 조각
도 봤어요. 조각상이 너무 아름다워서 신화에 대해 잘 알
았다면 더 좋았으리라는 생각을 했어요. 다들 그 이야기
를 아는 척하기에 창피해서 물어보지도 못했어요. 조 언
니가 있었다면 자세히 설명해주었을 텐데……, 이제부터
책을 많이 읽어야겠어요. 아무것도 모르는 자신이 너무
부끄러웠어요.

엄마, 지금부터 심각한 이야기를 하겠어요. 프레드는 이
제 막 저희 곁을 떠났어요. 정말 친절하고 좋은 사람이어
서 모두 좋아하게 되었어요.

엄마, 그냥 솔직하게 말하겠어요. 전 한 번도 그 사람을
유혹해본 적이 없어요. 엄마가 늘 해주신 말씀을 떠올리

면서 조신하게 행동했어요. 하지만 누군가 저를 좋아하게 되었다면 저도 어쩔 수 없잖아요. 제가 일부러 좋아하게 만든 것은 아니지만, 그 사람의 마음에 대답하지 않는다는 건, 조 언니 말마따나 '심장도 없는 나 같은 아이'도 가슴이 아파요.

엄마, 저는 이제 엄마나 언니들이 '이런 돈만 아는 속물!' 이라고 비난할 짓을 하려고 해요. 만약 프레드가 청혼한다면 그를 미칠 듯이 좋아하지는 않지만 그 청혼을 받아들이겠다고 결심했어요. 저는 그 사람을 좋아하고, 제가 그 사람과 결혼하면 저희 모두 안락한 생활을 할 수 있어요. 프레드는 미남이고 젊고 영리한 데다, 굉장히 부자예요. 로렌스가보다 훨씬 돈이 많아요. 그 집에서도 반대는 하지 않을 거예요. 모두 제게 친절하고 저랑 함께 있으면 다들 즐거워해요. 그 집 가족들과 함께 있으면 저도 행복하고요. 프레드가 쌍둥이 중 형이니까 저택도 물려받을 거예요. 아, 얼마나 멋진 집인지!

엄마, 제가 속물인지는 몰라도 저는 가난이 지긋지긋해요. 거기에서 벗어날 방법이 있는데 굳이 가난에 허덕이며 살기 위해 애쓸 필요는 없잖아요. 저희 자매 중 한 명은 부자와 결혼해야 해요. 메그 언니는 이미 틀렸고, 조 언니는 절대로 그러지 않을 거고, 베스 언니는 아직 그럴 수가 없지요. 그러니 제가 그렇게 해서 만사형통하게 만들겠어요.

엄마, 저는 제가 싫어하고 경멸하는 사람과 억지로 결혼하려는 게 아니에요. 프레드가 백마 타고 온 왕자님은 아니지만 아주 좋은 사람인 건 분명해요. 그가 저를 사랑해주고, 제가 원하는 대로 할 수 있게 해준다면 언젠가 저도 그 사람을 사랑하게 될 거예요.

엄마, 그 사람이 아직 제게 청혼한 건 아니에요. 저를 좋아한다고 정식으로 말하지도 않았고요. 하지만 그 사람이 저를 좋아한다는 건 한눈에 알 수 있어요. 플로와는 절대 함께 있지 않았고 마차에서도 늘 제 곁에만 앉았어요.

프레드는 어제 집에서 편지를 한 통 받았어요. 프랭크가 너무 아프니 빨리 돌아오라는 편지였어요. 그래서 즉시 밤 기차를 타고 돌아갔어요. 작별할 때 프레드가 제 손을 잡으며 뭐라고 했는지 아세요?

"곧 돌아오겠어. 날 잊지 않겠지, 에이미?"

전 약속의 말은 하지 않았어요. 다만 물끄러미 그의 얼굴을 쳐다보았을 뿐이에요. 프레드는 제 눈길에서 뭔가 읽었는지 흡족한 표정이었어요. 전 그가 제게 뭔가 하고 싶은 말이 있다는 걸 눈치챘어요. 프레드는 전에 이런 중요한 일은 함부로 결정하지 않기로 아버지와 약속했다고 말한 적이 있어요. 분명히 아버지와의 그 약속 때문에 망설였을 거예요. 엄마, 저희는 로마에서 다시 만날 예정이에요. 그때까지도 제 마음이 변하지 않는다면 그의 청혼을 기꺼이 받아들일 거예요.

엄마, 이건 모두 제 프라이버시에 속하는 문제이지요. 하지만 엄마에게는 말씀드려야 한다고 생각했어요. 엄마, 에이미 걱정을 너무 하지 마세요. 저는 언제나 엄마의 '신중한 에이미'니까 함부로 결정을 내리지는 않을 테니까요. 엄마, 좋은 충고 많이 보내주세요. 가능한 한 엄마의 충고를 따를 거예요. 엄마, 엄마 곁에서 좋은 이야기를 많이 나누고 싶어지네요. 저를 믿고 사랑해주세요.

언제까지나 엄마의 딸, 에이미가

제22장 민감한 문제들

"조, 베스가 걱정이다."

"왜요, 엄마? 조카들이 태어난 뒤로 몸이 많이 좋아진 것 같은데요."

"베스 몸이 걱정되는 게 아니야. 그 애 마음이 걱정이란다. 뭔가 걱정거리가 있는 게 분명해. 네가 좀 알아봐줄 수 있겠니?"

"왜 그런 생각을 하시는 거예요, 엄마?"

"혼자 앉아 있을 때가 많고, 아버지와도 평소만큼 이야기를 하지 않아. 며칠 전에는 아기들을 앞에 두고 눈물을 흘리더구나. 노래도 슬픈 노래만 부르고. 전혀 베스답지 않아 걱정이 된단다."

조는 잠시 생각에 잠긴 듯 바느질을 계속하다가 말했다.

"베스가 어른이 되고 있나봐요. 엄마, 베스도 열여덟 살이 되었어요. 우리는 그 생각을 못 하고 아직 그 애를 어린애 취급하고 있어요."

"그렇구나. 조, 베스는 네게 맡기마. 베스가 네게는 속마음을 털어놓지 않니? 베스가 다시 씩씩해지고 건강해지기만 하면 아무 소원이 없겠다."

"소원이 그뿐이라니 엄만 정말 행복하세요! 나는 소원이 산더미인데……"

"그래? 어떤 소원인데?"

"베스 문제를 해결한 뒤에 말씀드릴게요. 뭐, 그렇게 큰일도 아니니 가슴에 묻어둬도 돼요."

이후 조는 베스를 유심히 살펴보았다. 어느 날 토요일 오후 조는 베스와 단둘이 있게 되었다. 조는 바삐 글을 쓰는 척하고 있었다. 손은 바쁘게 뭔가 끼적이고 있었지만 눈길은 은근히 베스를 주목하고 있었다. 창가에 앉아 있던 베스는 가끔씩 바느질감을 무릎에 놓은 채 멍하니 창밖을 바라보았다. 그때였다. 갑자기 창문 아래서 누군가가 휘파람을 불면서 지나가다가 큰소리로 외쳤다.

"이상 없음! 오늘 밤 들르겠음!"

베스가 흠칫 놀라더니 앞으로 몸을 기울이고 미소를 지으며 고개를 끄덕였다. 그러고는 그가 사라질 때까지 지켜보더니 혼잣말을 하는 것이 아닌가!

"정말 씩씩하고 행복해 보여."

"흠!" 조는 여전히 동생에게서 시선을 떼지 않은 채 헛기침을 했다. 밝게 빛나던 베스의 얼굴이 이내 흐려지더니 눈물 몇 방울을 흘렸다. 너무나 슬픈 표정이었고 그 슬픔이 조에게도 전해져 조의 눈가도 촉촉해졌다. 조는 자기가 눈물 흘린 걸 들킬까봐 얼른 방에서 빠져나오며 중얼거렸다.

"맙소사! 베스가 로리를 사랑하고 있어!"

조는 자신의 방으로 들어가 의자에 털썩 주저앉았다.

"이런 일은 꿈에도 생각 못 했는데……, 엄마가 아시면 뭐라고 하실까? 로리는…….", 중얼거리던 조는 갑자기 떠오른 생각에 얼굴이 붉어졌다. "만일 로리가 베스의 사랑에 응해주지 않는다면? 오, 얼마나 끔찍할까? 로리는 받아들여야만 해! 그렇게 만들고 말겠어."

이어서 그녀는 생각했다.

'오, 우리는 모두 어른이 되어가고 있는 거야. 메그 언니는 결혼해서 엄마가 되었고, 에이미도 파리에서 꽃피어나고 있고, 이제 베스까지 사랑에 빠졌어. 이런 잘못에 빠지지 않을 사람은 이성적인 나밖에 없어!'

사실 가족들은 '로렌스 소년'이 조를 좋아하고 있다고 다들 생각하고 있었다. 하지만 조는 그런 이야기는 한 마디도 들으려 하지 않았고 그런 낌새만 보여도 화부터 냈다. 그리고 로리가 그럴 기미라도 보이면 농담이나 미소로 넘겨버리고 조금도 틈을 주지 않았다.

대학 초년 시절 로리는 그 나이 때면 그렇듯이 여러 번 연애를 했다. 하지만 단 한 번도 진지한 연애를 한 적은 없었다. 그는 그런 가벼운 '불장난'을 일거에 집어치우고 자신이 열렬한 사랑에 빠졌다는 사실을 넌지시 비추는 편지를 조에게 보내곤 했다. 그러던 그가 어느 순간부터 말하자면 학구적이 되어 '철학적'인 편지를 보내기 시작했고, 만나서도 전처럼 손을 다정하게 잡으며 뭔가 속내를 털어놓으려는 것 같은 태도를 보이지 않았다. 그러자 조의 마음이 편해졌다. 감성보다 지성을 앞세우는 조는 상상 속에 그려낸 영웅들이 현실 속의 남자들보다 훨씬 좋았다. 상상 속의 영웅들이 싫어지면 책상 속에 처박아두었다가 나중에 꺼내어 다시 사귈 수 있었지만 현실 속의 남자들은 다루기가 훨씬 어려웠던 것이다.

그녀는 생각했다.

'오, 베스가 로리를 사랑하다니! 하지만 이상할 게 없어. 더 희한한 일들도 벌어지는 세상이잖아. 그래, 베스는 로리를 천사처럼 만들어줄 거고, 로리는 베스의 삶을 밝고 편하게 만들어줄 거야. 둘이 사랑하게만 된다면 말이야. 로리가 어떻게 베스를 사랑하지 않을 수 있겠어? 나만 비켜준다면 분명이 둘은 사랑하게 될 거야.'

그날 밤 침대에서 오랫동안 뒤척이던 조가 막 잠이 들려는 순간 베스의 흐느끼는 소리가 들려왔다. 자리에서 벌떡 일어난 조는 베스의 침대 곁으로 가서 걱정스러운 목소리로 물었다.

"베스, 무슨 일이니?"

"난 언니가 잠든 줄 알았어."

"얘야, 전에 아팠던 게 또 아픈 거야?"

"아니, 다른 거야. 하지만 참을 수 있어." 베스가 흐르는 눈물을 멈추려 애쓰며 말했다.

"내게 말해봐. 내가 고쳐줄게. 전에도 늘 그랬잖아."

"언니는 못 해. 약이 없는 병이거든." 베스는 조에게 매달려

목 놓아 울기 시작했다.

"정말 어디가 아픈 거야? 엄마를 불러줄까?"

베스는 한 손을 자신의 가슴에 댄 채 다른 손으로 재빨리 조를 만류하며 말했다.

"아니, 부르지 마. 엄마에게는 아무 말도 말아줘. 곧 나을 거야. 여기 함께 누워서 내 머리를 쓰다듬어줘. 그러면 진정이 되어 잠이 들 거야."

조는 베스가 해달라는 대로 했다. 조는 자기가 알고 있는 사실을 그대로 베스에게 말해주고 싶었다. 하지만 그녀는 그러지 않았다. 조는 마음이란 꽃봉오리와 같아서 억지로 열게 해선 안 된다는 것, 자연스럽게 열릴 때까지 기다려야 한다는 것을 잘 알고 있었다. 그녀는 베스의 고통이 무엇인지 잘 알고 있었지만 조용히 이렇게 말했을 뿐이다.

"베스, 더 묻지는 않을게. 하지만 잊지 말아야 해. 엄마랑 내가 항상 네 곁에 있다는 걸. 언제고 너를 도울 수 있다는 걸."

"알고 있어. 곧 말해줄 거야. 이제 많이 좋아졌어. 언니랑 있으면 정말 마음이 편해."

그날 조는 베스와 뺨을 맞대고 함께 잠을 잤다. 아침이 되자 베스는 평소의 모습으로 되돌아왔다. 열여덟 살의 나이란, 골치

아픈 일이건 마음의 병이건 오래가지 않는 법이며 다정한 한
마디 말에 그 모든 것이 나을 수도 있는 법이다.

　며칠 후 조는 어머니에게 속마음을 털어놓기로 작정하고 어
머니에게 말했다.
　"엄마, 제 소원이 뭐냐고 물으셨지요? 그중 한 가지만 말씀
드릴게요. 올겨울에 기분 전환도 할 겸 어디론가 가고 싶어요."
　"애야, 왜 그러는 거니?" 어머니는 조의 말에 여러 가지 의
미가 들어 있다는 듯 고개를 들어 조를 바라보았다.
　"뭔가 새로운 경험을 하고 싶어요. 지금보다 더 많이 보고 행
동하고 배우고 싶어서 안달이 나요. 너무 오랫동안 좁은 울타
리에 갇혀 있던 것 같아요."
　"그래, 갈 곳은 생각해봤니?"
　"뉴욕이요. 엄마 친구인 커크 부인이 자식들을 믿고 맡길 수
있는 가정교사를 구한다고 엄마에게 편지를 보냈잖아요."
　"아니, 그렇게 큰 하숙집에서 일을 하겠다는 거니?"
　"거기는 아는 사람도 없으니 자유롭게 지낼 수 있잖아요."
　"나도 반대할 생각은 없다. 하지만 네가 떠나려는 이유가 그
것만은 아닌 것 같은데……."

작은 아씨들

"그게……."

"다른 이유를 물어도 되겠니?"

조는 얼굴을 붉히더니 천천히 고개를 들면서 말했다.

"실은, 제 착각인지 모르겠지만……, 로리가 저를 좋아하는 것 같아서요……, 너무 걱정이 돼서……."

"그렇다면 너는 로리가 너를 좋아하는 식으로 그를 좋아하지 않는다는 거니?"

"당연히 아니죠. 로리를 무척 좋아하고, 엄청나게 자랑스럽게 여기고 있지만 그냥 그뿐이에요."

"다행이구나."

"네? 엄마, 왜 그렇게 생각하세요?"

"너희가 잘 맞지 않는다고 생각하기 때문이야. 친구로서야 아주 제격이지. 티격태격하다가도 금세 화해하고. 하지만 부부가 되면 달라. 둘 다 고집도 세고 자유로운 걸 좋아해서 행복하게 살기 어려울 거야. 부부 관계에는 사랑뿐 아니라 끊임없는 인내도 필요한 법이거든."

"엄마, 어쩜 제 생각을 그대로 말씀해주시네요. 로리가 아직제게 깊이 빠진 것 같지 않아 다행이에요. 더 감정이 깊어지기전에 어디론가 떠나는 게 좋을 것 같아요."

"그래, 특히 네게는 질리도록 자유를 주고 싶단다. 그래야 자유보다 더 소중한 것도 있다는 걸 알게 될 테니까. 참, 요즘 보니까 베스가 많이 좋아진 것 같더구나. 베스와 이야기를 했니?"

"무슨 걱정거리인지 나중에 말해주겠다고 했어요. 하지만 난 알 것 같아요."

마치 부인은 짐짓 모르는 척하는 건지, 아니면 정말로 베스에게 그런 낭만적인 고민이 찾아온 것을 믿지 않는지 더 이상 그 이야기를 하지 않았다. 조가 다시 입을 열었다.

"엄마, 결정이 되기 전까지 로리에게 아무 말도 하지 말아주세요. 내가 떠난 다음에 베스가 로리를 다독이며 위로해줄 수 있겠지요."

곧이어 가족회의가 열렸고 모두 찬성했다.

떠날 날이 정해지자 조는 로리에게 그 사실을 알렸다. 그런데 예상외로 로리는 침착하게 그 사실을 받아들였다. 베스도 씩씩했다. 조는 베스에게 말했다.

"베스, 로리에게 잘해줘. 네게 로리를 맡긴 거야."

"언니를 위해서 최선을 다할게." 베스가 약속했다. 베스는 언니가 왜 묘한 표정을 짓는지 의아할 뿐이었다.

조와 작별 인사를 하면서 로리가 의미심장하게 말했다.

"이런다고 좋아질 거 하나도 없을걸. 네가 무슨 짓을 하건 내가 항상 너를 지켜보고 있다는 걸 명심해. 엉뚱한 짓 하면 당장 달려가서 데려올 테니."

제23장 조의 일기 편지

뉴욕, 11월

사랑하는 엄마와 베스에게,

저야 유럽 대륙을 여행하는 숙녀는 아니지만 그래도 할 말이 많으니 정기적으로 편지를 보낼게요.

커크 부인은 저를 정말 친절하게 맞아주었어요. 커다란 집에 낯선 사람들이 많았지만 부인 덕분에 금세 마음이 편안해졌어요. 부인은 제게 재미있는 작은 다락방을 내주었어요. 실은 그 방밖에는 빈방이 없었던 거예요. 하지만 방 안에 난로도 있고 햇볕이 잘 드는 창가에 테이블도 있어서 내킬 때면 언제고 글을 쓸 수 있어요. 게다가 전망도 아주 좋은 데다 건너편에 교회 탑이 보여, 힘들여 수많은 계단을 오르는 보람을 느끼게 해줘요. 저는 제 '소굴'이 단번에 마음에 들었어요.

제가 아이들도 가르치고 바느질도 하게 될 육아실은 부인의 개인 응접실 옆방인데 아주 쾌적해요. 두 명의 여자 아이들은 조금 버릇이 없어 보이긴 했지만 아주 귀여워요. 제가 「일곱 마리 나쁜 돼지」 이야기를 해주었더니 금세 저를 잘 따라요. 제게는 모범적인 가정교사가 될 소질이 있나봐요, 헤헤. 오늘은 별로 특별히 할 이야기가 없네요.

아, 참, 제 맘에 드는 광경을 보게 되었다는 말을 전하고 싶어요. 이 집은 계단과 계단 사이가 아주 가파르고 길어요. 제가 세 번째 계단 위에 서서 마침 짐을 들고 올라오고 하녀가 있기에 먼저 지나가길 기다리고 있었어요. 그런데 어떤 신사가 뒤따라 올라오더니 그 하녀가 들고 있던 무거운 석탄 통을 대신 들어서 문가에 놓아주더라고요. 그러더니 고개를 끄덕이며 이렇게 말했어요. 외국 억양이 섞인 말투였어요.

"이러는 게 낫지요? 그 어린 작은 등으로 어떻게 이런 무거운 걸 옮긴단 말입니까?"

정말 좋은 사람 아니에요? 아버지 말씀마따나 사소한 일에서도 그 사람 성격을 알아볼 수 있잖아요. 그날 저녁 커크 부인에게 그 이야기를 했더니 부인이 웃으며 말했어요. "틀림없이 바에르 교수일 거다. 늘 그런 식이니까."

부인 말에 따르면 그는 베를린 출신이며 학식도 높고 선량한 분이래요. 하지만 교회 쥐처럼 가난해서 아이들을 가르치면서 근근이 살아간대요. 게다가 고아인 두 명의 어린 조카까지 이곳에 데려와 부양하고 있대요. 미국인이랑 결혼한 누이의 생전 소원이 자식들을 미국에서 교육시키는 거였대요. 별로 로맨틱한 이야기는 아니었지만 왠지 관심이 갔어요.

교수님이 아이들을 가르칠 장소로 커크 부인의 개인 응접실을 내주었다는 말을 듣고 내심 기뻤어요. 그 응접실과 제가 아이들을 가르치는 육아실 사이에 창 달린 문이 있었거든요. 그 문을 통해 그분을 엿볼 생각이니, 그분에 대해 나중에 다시 자세히 전해줄게요. 거의 마흔 살은 되어 보이는 분이니, 엄마, 그래도 괜찮겠지요?

이제부터 일기를 쓰듯 편지를 모아두었다가 일주일에 한 번씩 부칠게요. 안녕히 주무세요.

화요일 저녁

오늘 아침에 수업을 하고 점심 식사 뒤에 아이들과 산책을 나갔어요. 집으로 돌아온 뒤 아주 즐거운 마음으로 육아실에서 바느질감을 손에 들었어요. 그때 옆방 문 여닫는 소리가 들리더니 독일어로 시를 읊조리는 소리가 들렸어요. 정말로 옳지 못한 행동이었지만 저는 유혹을 이기지 못해 커튼을 살짝 들치고 유리 창문을 통해 옆방을 훔쳐보았어요. 바에르 교수님이 들어오신 거예요. 그분이 책장을 살펴보는 동안 그분을 자세히 관찰할 수 있었어요.

건장한 체격에 머리를 온통 뒤덮은 헝클어진 갈색 머리칼, 덥수룩한 수염에 멋진 코, 너무나 상냥한 눈을 가진 전형적인 독일 남자였어요. 미국인의 재잘거리는 소리에 익숙해 있던 제 귀에 그분의 묵직한 목소리는 너무 듣기 좋았어요.

옷은 낡았고 손은 아주 컸는데 고른 치아 말고는 잘생긴 구석은 없었어요. 하지만 이지적으로 보여서 마음에 들었어요. 시들을 흥얼거리면서도 표정은 진지했는데, 책 정리가 끝난 뒤 히아신스꽃을 햇빛 쪽으로 돌려놓더니 반갑다는 듯 고양이 머리를 쓰다듬어주면서 미소를 짓더군요.

잠시 뒤 방문 두드리는 소리가 나더니 꼬마 아가씨가 쪼르르 나타났어요. 세탁실에서 다림질 일을 하는 프랑스 여자의 딸 티나였어요. 교수님은 티나를 머리 위로 번쩍 치켜올리더니 탁자 앞에 앉히고는 아이가 가져온 큰 사전을 펼치고 종이와 연필을 주었어요. 티나는 사전을 펼쳐놓은 채 종이에 뭔가 끼적였지요.

잠시 뒤 티나는 소파에 누워 잠이 들었고, 얼마 후 교수님은 두 명의 숙녀를 더 맞아들여 공부를 시켰어요. 숙녀가 나간 뒤에도 교수님은 또 다른 수업을 준비하는 것 같았는데 정말 피곤한 모습이었어요. 정말 힘들게 사시는 것 같아 동정심이 일었다는 말을 꼭 하고 싶네요.

오늘은 이 정도만 쓸래요. 에이미처럼 재미있는 일이 없으니 생각과는 달리 할 말도 별로 없네요.

목요일

어제는 조용한 하루였어요. 가르치고 바느질하고, 제 방에서 글을 쓰며 지냈어요. 그사이 몇 가지 새로운 사실을 알게 되었고 교수님과도 인사를 나누었어요.

어제 저녁 거실에 있는데 바에르 교수님이 신문을 들고 커크 부인을 만나러 왔어요. 마침 부인은 안 계셨고, 맏딸인 미니가 저를 상냥하게 교수님께 소개해주었어요.

"엄마 친구이신 마치 양이에요."

"너무 재미있어서 우리가 아주 좋아해요." 말썽쟁이인 동생 키티가 덧붙였어요.

우리는 인사를 나누었고 그가 듣기 좋은 목소리로 말했어요.

"이 장난꾸러기 아가씨들이 마치 양을 못살게 한다는 말을 들었습니다. 또 그러면 저를 부르세요. 제가 당장 달려가지요."

그가 마치 협박하듯 무서운 표정을 짓자 아이들은 까르르 웃음을 터뜨렸어요. 아이들이 모두 교수님을 좋아하면서 따르고 있었거든요. 전 그러겠다고 장난삼아 말했고, 잠시 뒤 그는 방을 나갔어요.

그런데 교수님을 자주 만날 운명이었나봐요. 오늘 외출을 하려고 교수님 방문 앞을 지나다가 우연히 우산 끝으로 교수님 방문을 건드리게 되었어요. 그러자 방문이 확 열리면서 실내복을 입은 교수님 모습이 보였어요. 그런데 글쎄, 한 손에는 푸른색 양말을 다른 손에는 바늘을 들고 서 있는 게 아니겠어요. 하지만 조금도 부끄러워하는 기색이 아니었어요. 제가 민망해서 급히 떠나려 하자 양말을 들고 있는 손을 흔들며 큰 목소리로 쾌활하게 이렇게 말했거든요.

"산책하기에 좋은 날씨입니다. 좋은 여행되시길, 마드무아젤!"

저는 계단을 내려오면서 내내 웃었어요. 하지만 자기 옷을 직접 기워 입는 남자라는 생각에 안됐다는 기분도 들었어요. 독일 남자들이 자수를 한다는 이야기는 들었지만 양말을 기우는 건 다른 일이잖아요. 그렇게 보기 좋은 모습도 아니고요.

토요일

편지 쓸 만한 일이 별로 없었어요. 그동안 친해진 노턴 양 집에 놀러 갔다 온 것 빼놓고는 말이에요. 노턴 양은 부자이고 사교계 인사들과도 교류가 많은 여자예요. 마음씨가 고와서 저와는 잘 통해요. 저보고 함께 강좌나 콘서트를 가자고 제안해서 받아들였어요. 제가 자존심이 강하기는 해도 친절한 호의까지 거부할 정도로 꽉 막히지는 않았으니까요.

집으로 돌아와 육아실로 들어가니 옆방에서 요란한 소리가 들렸어요. 커튼을 젖히고 들여다보니 바에르 교수님이 방바닥을 기어 다니는 자세로 등에 티나를 태우고 있는 거예요. 키티는 그런 교수님 목에 밧줄을 걸고 끌고 있었고 미니는 조그마한 사내아이 두 명에게 과자를 먹여주고 있었어요. 교수님의 조카들이었어요. 그 방이 완전히 아이들 놀이방이 된 거지요.

전 아예 방문을 열고 아이들 노는 모습을 지켜봤어요. 정말 그렇게 신나는 구경은 처음이었어요. 아이들은 온갖 놀이를 다한 뒤 춤추며 노래도 불렀어요. 날이 어두워지자 아이들은 교수님 주변에 다소곳이 앉았고 교수님은 재미있는 동화 이야기를 들려주었어요. 그렇게 자연스럽고 단순한 행동을 우리 미국인들도 배웠으면 좋겠어요. 어른은 아이들 앞에서 점잖아야만 하는 줄 알잖아요.

에이미의 굉장한 이야기들에 비해 제 편지는 너무 단조롭지요? 테디는 친구에게 편지 쓸 시간도 없을 정도로 공부를 열심히 하나보지요? 베스, 나 대신 테디를 잘 보살펴줘. 쌍둥이 소식도 좀 보내주고. 모두에게 사랑을 한 묶음씩 보내요.

언제나 한결같은 마음으로, 조

추신: 편지를 다시 읽어보니 온통 바에르 교수님 이야기뿐이라서 저도 놀랐어요. 하지만 이 신기한 분에게 자꾸 관심이 가는걸요. 게다가 그밖에 별로 편지 쓸 거리도 없어요.

12월
소중한 베스에게,

베스, 오늘은 왠지 네게 내 생활에 대해 이야기해주고 싶어 네게 편지를 쓰는 거야.
우선 애들과 엄청 친해졌다는 말을 해주고 싶어. 아이들이 나를 아주 좋아해. 날씨가 좋으면 바에르 교수님이랑 아이들을 모두 데리고 함께 산책을 나가곤 해.

교수님과는 아주 친한 친구가 되었고, 나도 교수님께 독일어 수업을 받게 되었어. 정말 우습게 시작된 일이야.

어느 날 교수님 방 옆을 지나가는데 그 방에서 뭔가 찾고 있던 커크 부인이 나를 불러 세우고 말했어.

"얘야, 이런 '소굴' 같은 방을 본 적이 있니? 이리 와서 책 정리 좀 도와주렴. 내가 온통 헝클어버렸어. 며칠 전에 교수님에게 새 손수건 여섯 장을 갖다드렸는데 그걸 어디다 치웠는지 찾을 수가 없구나."

나는 방으로 들어가서 부인을 도와주었는데 아닌 게 아니라 진짜 '소굴'이었어. 얼마나 엉망이었는지 묘사하기가 힘들 정도야. 손수건을 겨우 찾긴 했는데 겨우 세 장뿐이었어. 한 장은 새장 위에 걸쳐 있었고, 또 한 장에는 잉크가 잔뜩 묻어 있었어. 마지막 한 장은 무슨 받침대로 썼는지 불에 그슬린 자국이 나 있었고.

"다른 손수건들은 배를 만들거나 애들 손가락 상처를 싸매거나, 연 꼬리 만드는 데 써버렸는지 모르겠다. 나무랄 수도 없어. 그렇게 심성이 착하고 애들을 위해 뭐든 해주는 양반이니. 내가 세탁이나 바느질을 해주겠다고 해도 그 양반이 세탁물 내놓는 걸 깜빡하는 데다 나도 일일이 신경을 쓸 수도 없고, 원……." 부인의 말이었어.

이후로 내가 그 방 정리하는 일을 맡게 되었어. 교수님이 서툰 솜씨로 꿰맨 양말도 내가 다시 꿰맸고. 난 교수님이 모르시길 바랐어. 하지만 지난주에 교수님이 그걸 알게 되었어. 그리고 거래가 시작된 거야. 난 교수님 방을 정리해주고 교수님은 그 답례로 내게 독일어를 가르쳐주기로 한 거지.

이제 나는 독일어책을 제법 읽을 줄 알게 되었어. 교수님은 문법을 가르치는 대신 동화책을 같이 읽는 방법을 쓰셨어. 문법은 책을 읽으면서 필요한 것만 설명해주시니까 머리에 쏙쏙 들어오더라. 나는 머리가 나쁘니까 처음부터 문법부터 배우기 시작했다면 지금까지 문법책 다섯 쪽도 넘기지 못했을 거야.

1월
사랑하는 가족들,

모두 새해 복 많이 받으세요. 로렌스 할아버지와 테디도요. 크리스마스 선물을 받고 너무 기뻤어요. 밤늦게까지 도착하지 않아서 포기하고 있었거든요.

정말 제가 갖고 싶은 물건들이었어요. 게다가 전부 직접 만든 물건들이라 너무 좋았어요. 베스가 새로 만든 '잉크 받침'은 정말 대단했어요. 해나가 보내준 생강 쿠키가 든 상자는 보물 상자가 될 거예요. 엄마, 엄마가 보내주신 플란넬 드레스 정말 잘 입을 게요. 아빠가 줄을 쳐서 보내주신 책의 문구도 읽으면서 명심할게요. 모두 정말 감사해요.

책 얘기가 나와서 말인데요, 정말 부자가 된 기분이에요. 바에르 교수님이 셰익스피어책 한 권을 선물로 주셨거든요. 교수님이 정말 아끼던 책인데 제게 주신 거예요. 교수님은 책을 주시면서 이렇게 말씀하셨어요.

"가끔 자기 서재를 갖고 싶다고 말했지요? 내가 서재를 하나 선물하겠소. 이 책 한 권에는 정말 수많은 책이 들어있는 셈이기 때문이오. 잘 읽어보면 도움이 많이 될 겁니다. 이 책에 나오는 등장인물들을 잘 연구하면 세상 사람들을 읽는 데 도움이 될 것이고 당신의 펜으로 인물들을 묘사하는 데도 도움이 될 겁니다."

저는 교수님에게 이루 말할 수 없이 감사했어요. 셰익스피어 작품 속에 얼마나 중요한 게 많이 들어 있는지 전에는 모르고 있었고, 그런 걸 설명해줄 바에르 교수님 같은 분도 없었거든요. 두 분 모두 바에르 교수님을 좋아하시고 언제고 만나보고 싶다고 하시니 저도 기뻐요. 엄마는 교수님의 따뜻한 마음씨가, 아빠는 교수님의 현명한 머리가 마음에 드실 거예요.

제가 그냥 받기만 하지 않았으리라는 것은 잘 아시지요? 저는 자그마한 물건 몇 가지를 사서 교수님 방 여기저기 늘어놓았어요. 유용하기도 하고 예쁘기도 한 물건도 있고 웃기는 물건도 있어요. 탁자에 놓을 접시꽂이, 작은 화병, 담배 파이프 받침대 같은 것들이에요.

새해 전날 밤에 가장무도회가 열렸어요. 전 참석하지 않을 작정이었지만 커크 부인이 드레스를 빌려주고 노턴 양이 레이스와 깃털을 빌려줘서 가면을 쓰고 참석했어요. 제가 하도 즐겁게 춤을 추면서 즐겼기에 아무도 저라고는 생각 못 했을 거예요. 사람들은 저를 콧대 높고 냉정한 사람으로 생각하고 있거든요. 실컷 즐긴 뒤에 가면을 벗자 모두 놀라서 저를 쳐다보았어요. 모두가 놀라는 모습도 정말 재미있었지요.

새해 첫날을 아주 흥겹게 보낸 셈이에요. 방에 들어와서 곰곰 생각해보니 이곳에 온 이래 실수도 많이 했지만 그럭저럭 잘 지낸 것 같아요. 씩씩하게 일도 하고, 다른 사람들에게 평소보다 많은 관심을 쏟게 된 게 만족스러워요. 모두에게 행운이 깃들기를!

영원한 사랑을 보내며, 조

제24장 친구

정다운 사람들 사이에서 아주 행복했고, 밥값을 하기 위해 바빠 일을 했지만 조는 짬을 내서 글 쓰는 일을 게을리하지 않았다.

조는 글 쓰는 일을 언제나 돈과 연관 지어 생각했다. 자기 자신보다도 더 사랑하는 사람들을 위해 모든 것을 해주고 싶었고 그러자면 돈이 필요한 때문이었다. 게다가 자신의 꿈이기도 한 해외여행을 실현하면서 남을 도울 수 있으려면 많은 돈이 필요했다.

조는 통속적인 글을 쓰기 시작했고 통속 잡지인 「주간 활화산」의 편집자 대시우드 씨를 찾아갔다. 조는 편집자에게 친구 심부름을 온 척하면서 원고를 보여주었다. 원고를 맡기고 며칠 뒤 찾아갔을 때 조의 글은 형편없이 난도질을 당했고 특히 도덕적인 교훈이 들어간 부분은 모두 삭제되어 있었다. 조가 글 속에 넘쳐나는 사랑 이야기와 균형을 맞추기 위해 심혈을 기울여 쓴 부분들이었다. 조는 그 부분들이 삭제된 원고를 보면서 마치 요람의 크기에 맞추기 위해 아기의 다리가 잘린 것 같은 참담함을 느꼈다. 하지만 문제는 돈이었다. 그렇게 난도질당한 글이 잘 팔릴 거라고 대시우드 씨는 말했고, 매번 25달러를 주겠다고 제안했다. 1달러짜리 글도 써본 경험이 있던 조에게 25달러는 큰 유혹이었다. 결국 그 잡지에 조의 글이 가명으로 연재되기 시작했다.

조는 이제 통속소설의 바닷속에 뛰어들었다. 그리고 이 일에 재미를 붙였다. 내년 여름 베스를 산으로 데려가려고 작정하고 모으는 돈이 매주 차곡차곡 쌓여간 때문이었다. 딱 한 가지 마음에 걸리는 게 있었다면 이 일을 가족에게 알리지 않았다는 사실이었다. 조는 부모님이 찬성하지 않으실 것이 뻔하니 나중에 말씀드리고 용서를 구하겠다고 마음먹었다. 대시우드 씨는 조가 이 글의 작가 본인임을 눈치챘지만 모른 척해주었다.

한편 바에르 교수를 향한 조의 존경심은 나날이 깊어갔다. 사실 조도 처음에는 그가 왜 그렇게 사람들의 존경을 받는지 이해하기 힘들었다. 그는 부자도 아니었고 신분이 대단하지도 않았으며 젊지도 잘생기지도 않았다. 어느 면으로 보아도 매력 적이거나 대단한 사람과는 거리가 멀었다. 그런데 사람들은 자 연스럽게 그의 주변으로 몰려들었다. 마치 추운 사람들이 따뜻 한 곳을 찾아 모여드는 것 같았다. 그는 가난했지만 늘 사람들 에게 무언가를 주었고, 젊지 않았지만 소년처럼 마음속에 행복 이 가득했다.

조는 그에게 무슨 매력이 있는지 알아내려고 애쓴 결과 그 기적을 가능하게 한 것은 그의 '선량함과 따뜻함'이라고 결론 맺었다. 그는 자신에게 슬픈 일이 있더라도 그것을 가슴속 깊 이 감춘 채 밝은 면만 내보였다. 그의 눈은 결코 냉랭해지거나 굳은 적이 없었고 그의 큰 손은 언제나 따뜻해서, 그 손으로 굳 세게 누군가의 손을 잡으면 그 어떤 말보다도 더 깊은 감명을 주었다. 조는 그가 그렇게 허름한 옷차림을 하고 있어도 품위 있어 보이는 것은 바로 그 선량하고 따뜻한 마음씨 덕분이라고 생각했다. 그의 그 낡은 구두조차 친절해 보였고, 그의 옷깃은 다른 사람들처럼 뻣뻣한 느낌을 준 적이 단 한 번도 없었다.

바에르 교수는 단 한 번도 자기 자신에 대한 이야기를 한 적 이 없었다. 따라서 아무도 그가 그의 조국 독일에서 학식이 높고 고결한 사람으로 평판이 높다는 것을 모르고 있었다. 그런데 그와 동향 사람이 우연히 노턴 양을 찾아왔고, 그 사람과의 대화를 통해 노턴 양은 그 사실을 알게 되었다. 노턴 양에게서 그 이야기를 전해 듣고 조는 바에르 교수가 그런 말을 이제껏 단 한 마디도 하지 않았다는 사실에 감명받았다. 지금 미국에서 그는 가난한 독일어 교사일 뿐이지만 베를린에서는 명예로운 학자이자 교수였고, 평생을 남을 도우며 근검절약으로 살아온 사람이었던 것이다.

바에르 교수를 향한 존경심이 깊어지면서 그에게 인정받고 존중받고 싶은 욕심이 조에게 점점 커졌다. 조는 그의 친구가 될 만한 자격을 갖춘 사람이 되고 싶었다. 그런데 바로 그런 때에 하마터면 모든 것을 잃어버릴 만한 사건이 터졌다. 모든 일은 종이로 만든 삼각모에서 시작되었다.

어느 날 저녁 바에르 교수가 조에게 독일어를 가르치기 위해 육아실로 들어섰다. 그런데 교수는 티나가 만들어준 종이 모자를 머리에 쓰고 있었다. 수업을 하면서 조는 종이 모자를 쓴 교수의 모습 때문에 내내 웃음을 거두지 못했다. 교수는 조가 왜 그러는지 영문을 모르겠다는 표정으로 그녀에게 물었다.

"마치 양, 왜 내 얼굴을 바라보며 자꾸 웃는 거요? 선생님을 조금도 존경하지 않다니, 나쁜 학생이로군."

"선생님이 그런 모자를 벗지 않고 있는데 어떻게 존경심이 생겨요?"

바에르 교수가 멍한 표정으로 머리로 손을 가져가더니 웃음을 터뜨렸다.

"이런, 내 정신 좀 봐. 티나가 장난으로 씌운 걸 그대로 쓰고 있었군. 자, 이제 수업을 제대로 합시다."

하지만 수업은 제대로 이어지지 못했다. 모자를 벗은 교수가 모자 위에 그려진 삽화를 보고 한마디 했던 것이다.

"이런 잡지가 이 집에 굴러다니면 안 되는데. 애들이 보아서도 안 되고 젊은이들이 읽어서도 안 돼요. 나쁜 잡지야. 이렇게 해로운 것을 만드는 사람들을 참아낼 수가 없어."

조가 그 종이를 흘낏 바라보니 정신병자, 시체, 악당, 독사 등의 그림이 보였다. 그녀는 그 종이를 뒤집어버리고 싶었다. 그녀 자신이 그런 그림을 싫어해서이기도 했지만 한순간 그 종이가 「주간 활화산」일지도 모른다는 생각이 들었던 것이다.

조의 얼굴이 상기되자 교수는 금세 그 속을 꿰뚫어 보았다. 교수는 선량한 사람이었지만 사람 속을 꿰뚫어 보는 혜안을 지니고 있었다. 그는 조가 글을 쓴다는 사실을 알고 있었다. 그리고 그 잡지사가 있는 거리에서 몇 번 그녀와 마주치기도 했다. 그는 그녀의 작품을 한번 보고 싶었다. 하지만 그녀가 아무 말도 하지 않았기에 그는 아무 질문도 하지 않았다. 그런데 지금 당황하는 그녀의 모습을 보고 그녀가 스스로에게도 부끄러운 짓을 했는지 모른다는 생각에 그는 마음이 불편해졌다.

그는 많은 사람들이 그러듯 '이건 내가 간섭할 일이 아니야. 그녀에게 뭐라고 말할 권리가 내게는 없어'라고 생각하지 않았다. 그는 조가 어리고 가난하며 부모님의 보호로부터 멀어진 소녀에 불과하다고 생각했다. 그는 진흙탕에 넘어진 아이를 일으켜 세우듯, 재빨리 손을 내밀어 도와주어야겠다는 생각뿐이었다. 조가 얼른 그 종이를 치우자 그가 아주 자연스러운 어조이면서도 진지함을 담아 말했다.

"그래요, 그런 잡지는 그렇게 멀리 치우는 게 옳아요. 선량한 젊은 아가씨들은 저런 걸 보면 안 된다고 생각해요. 질 나쁜 쓰레기예요."

"그렇게 나쁜 것만은 아니잖아요. 좀 멍청한 잡지일 뿐이지요. 그런 걸 원하는 사람이 있으면 제공해주는 것도 나쁜 일은 아니라고 생각해요. 훌륭한 사람들도 이른바 통속적인 이야기들을 써서 정직한 삶을 꾸려나가고 있잖아요."

"그건 정직하게 돈을 버는 게 아니에요. 아이들은 독을 넣은 사탕도 달기만 하면 손을 내밀걸요? 그런 걸 만들어서야 쓰나요?"

바에르 교수는 말은 온화하게 하면서도 단호한 몸짓으로 종이를 구겨서 불에 던져 넣었다. 순간 조는 위층에 쌓여 있는 자신의 원고를 태우면 연기가 얼마나 많이 날까 생각했다. 한순간 자신이 힘들게 번 돈이 그녀의 양심을 무겁게 짓누르는 것 같았다.

'아니야, 내 글들은 쓰레기가 아니야. 내용이 좀 엉터리라서 그렇지 해로운 건 아닐 거야.'

조는 그렇게 스스로를 위로하며 다시 독일어책을 집어 들고 자못 학구적인 태도로 말했다.

"선생님, 다시 수업하지요. 이제 얌전한 태도로 공부할게요."

"그럴 수 있으면 좋겠군."

바에르 교수의 말은 아주 짧았지만 그 울림은 컸다. 조는 그 말에 담긴 뜻을 모두 알 수 있었다. 교수가 다정한 눈길로 그녀를 쳐다보자 조는 자신의 이마 위에 「주간 활화산」이라는 글자가 커다랗게 찍혀 있는 것 같은 느낌을 받았다.

조는 자신의 방으로 올라가자마자 원고를 읽어보았다. 조는 마치 바에르 교수의 정신적이고 도덕적인 안경을 자신이 쓰고 있는 것 같았다. 그러자 원고의 결점들이 훤히 보이는 것 같았고 비참해졌다.

"이 글들은 모두 쓰레기야. 게다가 글이 점점 안 좋아지고 있는 게 훤히 보여. 이러다가는 점점 더 이상한 글이 될 거야. 난 돈 때문에 남들뿐 아니라 나 자신을 망치고 있었던 거야."

조는 원고 뭉치를 난롯불에 쑤셔 넣었다.

원고가 타들어가는 것을 보면서 조는 생각했다.

'나는 양심이 없으면 얼마나 좋을까 생각했던 거야. 옳은 일을 하려고 신경 쓰지 않고 나쁜 짓을 해도 마음이 편하다면 정말 쉽게 살아갈 수 있으리라고 생각했던 거야. 아버지나 어머니가 그런 문제에 대해 까다롭지 않으면 얼마나 좋을까 생각했던 거야. 하지만 나는 그렇게 까다로운 분들이 옆에 있다는 것에 감사해야 해. 올바로 이끌어줄 사람이 곁에 없다는 게 더 불쌍한 거야. 나도 젊으니까, 그런 까다로운 원칙들이 감옥처럼 느껴질 때가 있어. 하지만 그런 건 내가 올바른 여성으로 성장하기 위한 초석(礎石)인 거야.'

조는 이제 더 이상 돈을 위한 통속적인 글을 쓰지 않았다. 그녀는 당분간 글을 쓰지 않기로 마음먹었다. 물론 도덕적 훈화가 담긴 수필 등을 써서 출판사에 가져가보았고 어린이들을 위한 글을 써보기도 했다. 하지만 그런 글을 사겠다는 출판사는 없었다. 그녀는 뭐가 뭔지 모르는 상태가 되었고, 그런 상태에서는 당분간 글을 아예 쓰지 않는 게 낫다고 생각했다. 대신 그녀는 바에르 교수의 도움으로 독일어뿐 아니라 다른 인문 교양에 대해 열심히 공부했다. 하지만 그것이 자신만의 감동적인 이야기를 쓸 수 있는 기반을 쌓는 일이라는 것을 그녀는 아직 모르고 있었다.

조는 아주 즐겁고 긴 겨울 휴가를 보냈다. 조가 떠날 시간이 되자 모두 아쉬워했고 바에르 교수도 노골적으로 섭섭해했다. 조는 출발 전날 송별식 모임에서 교수에게 말했다.

"선생님, 우리 집 쪽으로 오실 기회가 있으면 저희 집에 꼭 들르실 거죠? 안 그러면 절대 용서해드리지 않을 거예요. 새로 사귄 친구를 가족에게 소개하고 싶어요."

"정말 내가 가도 되겠소?"

그의 표정에 평소와 달리 간절함이 담겨 있음을 조는 눈치채지 못했다.

"그럼요. 다음 달에 오시면 좋겠다. 로리가 졸업하거든요. 졸업식에 오시면 좋겠다."

"당신의 가장 친한 친구라고 했지요?"

"네, 내 친구 테디예요. 정말 자랑할 만한 친구예요. 선생님도 그 친구를 보면 좋아하실 거예요."

"졸업식에 참석할 시간은 내기 어렵겠지만, 축하한다고 전해주오."

이튿날 아침 이른 시각에 바에르 교수는 역까지 나와 조를 배웅했다. 덕분에 조는 작별 인사를 하면서 미소 짓던 다정한 친구에 대한 기억과, 제비꽃 한 다발을 간직한 채 즐거운 여행을 할 수 있었다. 그리고 무엇보다 다음과 같은 생각이 그녀를 행복하게 해주었다.

'그래, 겨울이 지나도록 한 권의 책도 쓰지 못했고 돈도 벌지 못했어. 하지만 정말 좋은 친구를 얻었어. 평생 친구로 지낼 수 있도록 힘쓸 거야.'

제25장   상심

　무슨 계기가 있어서인지는 모르겠지만 로리는 그해에 열심히 공부했고 우등상을 받아 졸업식장에서 라틴어 연설을 했다.

　모두 졸업식에 참석했다. 너무나 자랑스러워하시던 로리의 할아버지는 물론이고, 마치 부부, 존과 메그 부부, 조와 베스가 모두 참석해서 진심 어린 축하를 보냈다. 졸업식이 끝난 뒤 조와 베스를 마차에 태우며 로리가 말했다.

　"오늘 밤에는 친구들과 어울려야 돼. 내일 아침 일찍 집에 갈 테니 아가씨들, 평소처럼 나를 만나러 와줘."

　로리가 아가씨들이라고 말했지만 실은 조를 향해 한 말이었다. 조는 로리의 의미심장한 눈길을 보고 겁에 질렸다.

　'아, 어떻게 해. 테디가 무슨 말인가 할 게 틀림없어. 이걸 어

쩌나?'

　다음 날 아침 조는 로리와 약속 시간에 맞춰 늘 만나던 장소
로 갔다. 조를 만난 로리는 가볍게 농담 비슷한 인사를 건네었
고 둘은 함께 거닐기 시작했다. 둘은 작은 숲으로 이어지는 골
목길에 이르기까지 아무 말이 없었다. 조는 기나긴 침묵이 두
려워 먼저 입을 열었다.
　"이제 길고 긴 휴가를 즐기게 되겠네."
　"그럴 거야."
　로리의 결의에 찬 어조에 놀라 조가 고개를 들어 그를 쳐다
보았다. 로리는 뭔가 결심한 듯한 표정으로 그녀를 내려다보고
있었다. 내내 우려하던 끔찍한 순간이 왔음을 직감한 조가 간
청하듯 손을 내밀며 말했다.
　"오, 테디! 제발……, 그러지 마."
　"할 거야. 너, 내 말 들어줘야 해. 조, 우리는 결말을 지어야
해. 빠르면 빠를수록 좋아."
　조는 사정해봐야 소용없음을 알았다.
　"그럼 좋을 대로 해봐. 들을게."
　로리는 급한 성격대로 곧바로 본론으로 들어갔다.

"조, 너를 만났을 때부터 줄곧 너를 사랑해왔어. 어쩔 수 없었어. 네가 내게 너무 잘해줬으니까. 네게 내 감정을 보여주려 했지만 네가 그러지 못하게 했어. 이제 내 말을 들어줘야겠어. 그리고 대답해줘. 이런 식으로 계속될 수는 없어."

"나는 이런 일이 일어나지 않게 하고 싶었는데……, 난 네가 이해했다고 생각했는데……." 조는 자신의 마음을 전하는 게 생각보다 어렵다고 느끼며 더듬거렸다.

"나도 네가 일부러 나를 멀리하려 한다는 걸 알고 있었어. 하지만 소용없었어. 그럴수록 널 더 사랑하게 되었으니까. 나는 널 기쁘게 하려고 공부도 열심히 했고 당구도 끊었어. 오로지 네가 날 사랑하게 되기를 바라면서……."

"넌 내게 과분해. 정말 고맙고 자랑스러운 친구야. 그런데 어째서 너를 사랑할 수 없는지 나도 모르겠어. 노력했지만 내 감정을 바꿀 수는 없었어. 사랑하지도 않으면서 사랑한다고 말하는 건 거짓이잖아."

"정말? 지금 진심인 거야, 조?" 로리는 조의 양손을 잡으며 말했다. 그때 로리의 표정은 조의 뇌리에서 좀처럼 쉽게 잊히지 않았다.

"응, 진심이야." 조의 말이 입에서 떨어지자 로리는 조의 손을 놓았다. 로리는 이끼 긴 울타리 기둥에 머리를 기댄 채 가만히 서 있었다.

"오, 테디, 미안해. 정말 너무 미안해. 네가 너무 힘들어하지 않으면 좋겠어. 나도 어쩔 수 없어. 억지로 사랑하게 만들 수는 없다는 걸 너도 잘 알잖아."

긴 침묵이 이어졌다. 조가 계단에 앉으며 침울한 목소리로 먼저 입을 열었다.

"테디, 네게 하고 싶은 말이 있어."

그러자 로리가 마치 총에라도 맞은 듯 화들짝 놀라더니 고개를 번쩍 들고 화난 목소리로 말했다.

"그 이야기는 하지 마! 도저히 참을 수 없어!"

이번에는 조가 놀랐다. 로리가 왜 화를 내는지 그녀는 이해할 수 없었다.

"무슨 말을 하지 말라는 거야?"

"그 노인네를 사랑한다는 말."

"무슨 노인네?" 조는 로리의 할아버지 이야기인 줄 알고 다시 물었다.

"네가 편지에서 이야기 타령이던 그 악마 같은 교수 말이야. 네가 지금 그 노인네를 사랑한다고 말하면 내가 무슨 짓을 저지를지 나도 몰라!"

로리는 분노에 이글거리는 눈빛으로 주먹을 꽉 쥐었다.

조는 웃음을 터뜨리려 했다. 하지만 곧 자제하고 목소리를 부드럽게 가다듬었다. 그녀도 이 상황에서 조금씩 흥분되기 시작한 것이다.

"테디, 그런 식으로 단언하지 마! 그분은 노인도 아니고 나쁜 사람도 아니야. 선량하고 친절한 분이야. 그리고 너 다음으로 내게 소중한 친구야. 제발 그렇게 화부터 내지 마. 네게 상냥하고 싶지만 교수님을 그런 식으로 욕하면 나도 화가 나. 어쨌든 나는 교수님이건 그 누구건 사랑할 생각이 조금도 없어."

"하지만 너는 결국 누군가 사랑하게 될 거야. 그러면 나는 어떻게 하지?"

"너도 누군가를 사랑하게 될 거야. 너는 현명하니까 이런 건 다 잊을 수 있을 거야."

"난 다른 사람은 사랑할 수 없어. 조, 너를 결코 잊을 수 없어. 절대로!"

"어쨌든 테디, 엄마 말대로 너랑 나는 서로 좋은 친구지만 좋은 부부는 될 수 없을지도 몰라. 너도 시간이 지나면 내가 옳았다는 걸 알게 될 거야. 그리고 내게 고마워하게 될걸. 그리고 넌 곧 너를 사랑해줄 아름다운 아가씨를 찾게 될 거야. 그 훌륭한 저택의 안주인이 될 자격이 있는 여자 말이야. 나는 그 저택에 어울리지 않아. 나는 촌스럽고 별난 데다 나이도 많아. 너는 그런 나를 창피하게 여기고 우린 계속 싸우겠지. 봐, 지금도 우린 싸우고 있잖아. 게다가 난 네가 몸담고 있는 그 우아한 사교계도 싫어해. 나는 계속 글을 써야만 하고, 너는 그런 내 모습에 짜증을 내게 될 거야. 암튼 무엇보다도 나는 지금 이대로가 행복해. 지금 내가 누리고 있는 이 자유가 너무 좋아서 그 어떤 남자에게든 서둘러 그걸 넘겨줄 수 없어."

로리는 더 이상 듣지 못하고 강둑을 향해 뛰어갔다. 로리는 모자와 외투를 보트 위로 집어 던지더니 사납게 보트를 젓기 시작했다.

조는 절망에 빠진 로리의 모습을 바라보며 한숨을 내쉬었다.

'로리에게 잘된 거야'라고 그녀는 생각했지만 자신이 방금 뭔가 순결한 것을 죽여서 나뭇잎 아래 묻어버린 것 같다는 기분이 드는 것을 어쩔 수 없었다. 그녀는 이어서 생각했다. '로렌스 할아버지를 찾아가서 말씀드려야겠어. 로리를 위로해달라고 부탁드려야지. 로리가 베스를 사랑하길 바랐고 그렇게 될 줄 알았는데 아무리 봐도 내가 베스를 착각한 것 같아. 베스는 로리를 사랑해서가 아니라 뭔가 다른 일로 괴로워했던 것 같아. 아, 다른 여자들은 어떻게 남자의 고백을 그렇게 쉽게 거절할 수 있는 걸까? 정말이지 너무 끔찍해.'

조는 로렌스 노인을 곧바로 찾아갔다. 조는 용감하게 그 힘든 이야기를 로렌스 씨에게 했지만 결국 울음을 터뜨릴 수밖에 없었다. 노신사는 무척이나 실망했지만 흐느끼는 조를 나무랄 수는 없었다. 노신사는 손자가 돌아오면 마음을 달래주리라 마음먹었다.

로리가 집으로 돌아오자 노인은 아무것도 모르는 척 태연하게 손자를 맞았다. 집으로 돌아온 로리는 곧바로 피아노를 연주하기 시작했다. 창문이 열려 있어서 베스와 함께 정원을 산책하던 조도 그 연주를 들었다. 조는 생전 처음으로 음악을 베스보다 더 잘 이해할 수 있었다. 로리는 베토벤의 〈비창〉 소나타를 그 어느 때보다도 비장하게 연주하고 있었던 것이다.

손자의 비통한 마음이 전해진 로렌스 노인이 피아노 곁으로 다가갔다.

"얘야, 다 안단다. 내가 다 알아."

잠시 아무 말이 없던 로리가 날카로운 목소리로 물었다.

"누가 말했어요?"

"조가 말해줬단다."

"그렇다면 정말 끝났군요!"

그날 로렌스 노인은 로리에게 외국으로 나가서 마음을 추스르라고 설득하는 데 성공했다. 로리와 함께 떠나겠다는 할아버지의 말에 로리의 마음이 움직인 것이다.

"얘야, 부담 가질 건 없다. 내가 런던과 파리에 있는 친구들을 방문하는 동안 너는 이탈리아나 독일, 스위스로 가서 마음껏 그림과 음악을 감상하고, 풍경과 모험을 즐기도록 해라."

로리가 한숨을 내쉬며 할아버지 뜻대로 하겠다고 하자 로렌스 씨는 곧바로 계획을 실행에 옮겼다.

작별의 순간까지 로리는 절망에 빠져 있긴 했어도 조를 향한 자신의 사랑은 변함이 없으리라고 확신하고 있었다. 로리는 조의 작별 인사를 받으며 애처로운 눈길로 말했다.

"조, 정말 안 되겠어?"

"테디, 나도 그럴 수 있으면 좋겠어."

잠시 침묵이 흘렀지만 그것으로 그만이었다. 로리는 "괜찮아. 신경 쓰지 마"라는 말만 남기고 떠나갔다. 하지만 전혀 괜

찾지 않았고 조는 신경이 쓰였다. 마치 가장 사랑하는 친구를 칼로 찌른 것 같았고, 로리가 뒤도 돌아보지 않은 채 떠나버리자 그녀는 이제 '소년 로리'는 영원히 돌아올 수 없게 되었다는 것을 알 수 있었다.

제26장 베스의 비밀

봄에 뉴욕에서 집으로 돌아온 조는 무엇보다 베스의 변한 모습에 충격을 받았다. 그 변화가 너무 서서히 진행되어서 가까이 지내던 가족은 그 변화를 느끼지 못했는지도 몰랐다. 얼핏 보기에는 약간 야윈 정도였지만 베스의 얼굴에는 야릇한 투명한 기운이 감돌고 있었다. 마치 인간의 생명력이 천천히 빠져나가고 대신 불멸의 빛이 연약한 살결 위에서 이루 형언하기 어려운 비장한 아름다움을 발하고 있는 것 같았다.

조는 뉴욕에서 모아둔 돈을 보여주며 베스에게 산으로 함께 여행을 가자고 제안했지만 베스가 집에서 멀리 떨어진 곳으로는 가기 싫다고 해서 둘이 해변으로 요양을 갔다. 조는 베스와 함께 몇 주 지내면서 베스가 서서히 자신의 곁을 떠나고 있다는 생각에 더없이 비감에 젖었지만 가족에게는 편지로 알리지 않았다. 오히려 다른 가족이 그 사실을 눈치채지 못하고 있는 것이 다행으로 여겨지기도 했다.

어느 날 밤, 조는 잠든 베스의 모습을 바라보다가 너무나 안타까운 마음에 소중한 보물을 껴안듯 베스를 끌어안았다. 한동안 눈이 흐릿해져 조에게는 아무것도 보이지 않았다. 다시 눈앞이 맑아졌을 때 조는 자신을 올려다보고 있는 베스의 다정한 눈길과 마주쳤다. 더 이상 말이 필요 없는 눈길이었다.

"언니, 언니가 알게 되어서 다행이야. 말하려고 했지만 말할 수가 없었거든."

조는 아무 말 없이 베스의 뺨에 자신의 뺨을 갖다 대었다. 눈물도 나오지 않았다. 조는 너무 슬프면 눈물을 흘리지 않았다. 그런 조를 오히려 베스가 위로했다.

"언니, 난 이미 오래전부터 알고 있었어. 이젠 익숙해져서 별로 힘들지 않아. 그냥 있는 그대로 받아들이고 나 때문에 힘들어하지 마. 그게 최선이니까."

"그래서 가을에 그렇게 혼자 괴로워했구나. 그땐 확신이 없어서 혼자 속으로 괴로워한 거지?"

"응, 그때 이미 희망을 버렸지만 인정하기가 어려웠어. 언니가 힘차게 미래 계획을 말할 때 나는 그럴 수 없다는 생각에 비참해지기도 했어.”

“오, 베스! 내겐 말했어야지! 어떻게 그걸 너 혼자 견뎌냈다는 거니?”

“내 느낌이 틀릴 수도 있으니까. 착각이길 바라기도 했고. 엄마는 메그 언니 일로 걱정이 많은 데다 에이미는 멀리 떠나 있는데 나 때문에 걱정을 끼치고 싶지 않았어. 언니도 로리 오빠와 행복해 보였고.”

“난 네가 로리를 사랑한다고 생각했어. 실은 그래서 멀리 떠난 거야.”

조는 모든 것을 털어놓으니 너무 홀가분하다고 생각했다. 베스가 놀란 표정을 짓자 조는 부드러운 미소를 띠고 덧붙였다.

“그런데 아니었던 거지? 나는 그런 줄 알고 겁이 났단다. 네 작은 가슴이 사랑의 고통에 시달리는 줄 알고.”

“언니도 참! 로리 오빠가 언니를 그렇게 좋아하는데 내가 어떻게 그럴 수 있어? 나도 오빠를 좋아하지만 친오빠 같은 사람일 뿐이야.”

잠시 침묵이 흘렀다. 베스가 다시 입을 열었다.

“집에 가면 말할 거야?”

"말하지 않아도 알아챌 거야." 조가 한숨을 쉬며 말했다. 이제 베스가 나날이 변해가는 모습이 또렷한 때문이었다. 그래도 조는 베스에게 위안을 주고 싶었다.

"하지만 베스, 난 아직 포기 안 했어. 이건 모두 망상일 뿐이야. 너도 그렇게 생각해."

베스는 잠시 생각에 잠겨 있더니 조용히 입을 열었다.

"언니 어떻게 설명해야 할지 모르겠어. 나는 오래 살지 못할 운명을 지니고 태어난 것 같은 느낌이 들어. 장래 계획을 세워본 적도 없어. 언니처럼 나도 결혼에 대해 생각해본 적이 없어. 그저 집 안에서 종종거리고 뛰어다니면서 여기 외에는 아무 곳에서도 쓸모없는 어리석고 작은 베스라는 생각만 하면서 살아온 거야. 나는 멀리 가는 걸 원치 않았었어. 그런데 가족 모두의 곁을 떠나야 한다는 게 제일 힘들어. 무섭지는 않지만 천국에 가서도 향수병에 걸릴 것 같아."

조는 아무 말도 할 수 없었다. 그때 작은 바닷새 한 마리가 종종걸음으로 베스 곁에 오더니 바위에 앉아 젖은 날개를 말렸다.

"언니, 너무 귀엽지? 난 저렇게 작은 새가 갈매기보다 좋아. 갈매기처럼 힘차고 멋지진 않지만 오종종한 게 행복해 보여. 지난여름 저 새를 내 작은 새라고 불렀더니 엄마는 저 새를 보면 내가 떠오른대. 언니는 강하고 멋진 갈매기야. 폭풍과 바람을 좋아하고 멀리까지 날아가니까. 메그 언니는 비둘기고 에이미는 종달새 같아. 아, 예쁜 에이미가 보고 싶어. 하지만 너무 멀리 떨어져 있어."

"봄이면 돌아올 거야. 그때쯤이면 넌 다 나아서 에이미를 볼 수 있을 거야."

"언니, 그런 말 하지 마. 그냥 슬퍼하지 말고 즐겁게 지내기로 해. 나 별로 힘들지 않아. 언니만 곁에서 도와주면 썰물도 쉽게 빠져나갈 수 있을 거야."

조는 베스의 평온한 얼굴에 입을 맞추었다. 그리고 몸과 마음을 다 바쳐 베스를 돌보리라 다짐했다.

조의 말이 옳았다. 그녀들이 집으로 돌아왔을 때 아무 말도 할 필요가 없었던 것이다. 부모님은 그들이 그토록 보지 않기를 간절히 바라던 것을 베스에게서 보고야 말았다. 조도 부모님께 베스의 비밀을 털어놓을 짐이 덜어진 것을 알 수 있었다. 베스가 피곤해서 일찍 잠자리에 들자 조는 아무 말 없이 어머니에게 다가가 그 품에 안겼다.

제27장 새로운 인상

　오후 3시가 되면 프랑스 니스의 '영국인 산책로'에서는 이 도시의 유행을 모두 맛볼 수 있다. 가장자리에 야자수와 꽃, 열대 관목이 죽 늘어선 이 산책로는 한쪽은 바다와, 다른 한쪽은 호텔과 빌라가 즐비한 넓은 마찻길과 면해 있으며 저 멀리로는 오렌지 나무숲과 언덕이 보인다. 수많은 국적의 사람들이 북적이고 다양한 외국어 소리가 들려오며 다양한 복장들이 알록달록 펼쳐진다. 특히 햇빛이 양양한 맑은 날에는 카니발처럼 신나고 화려한 장관이 펼쳐진다. 콧대 높은 영국인, 생기발랄한 프랑스인, 음울한 독일인, 잘생긴 스페인인, 못생긴 러시아인, 온순한 유태인, 자유분방한 미국인이 몰려들어 마차를 타거나 앉아서 쉬기도 하고 산책도 한다.

크리스마스 날, 큰 키의 젊은 남자 한 명이 뒷짐을 진 채 약간 멍한 표정으로 이 산책로를 어슬렁거리고 있었다. 그는 이탈리아인 같은 생김새에 영국인 같은 복장이었으며 미국인 같은 자유로운 분위기를 풍기고 있었다. 그의 풍모는 수많은 여성들의 눈길을 끌기에 충분했다.

그는 산책로에서 빠져나와 교차로에 섰다. 그때 빠르게 다가오는 말발굽 소리에 그는 고개를 돌렸다. 젊은 여자 한 명이 모는 마차가 길을 따라 빠르게 다가오고 있었다. 젊은 남자는 그 모습을 알아보고 모자를 흔들며 그녀를 맞으러 갔다.

"아, 오빠! 오빠 맞지? 안 오는 줄 알았잖아!" 에이미가 고삐를 떨어뜨리고 두 손을 내밀며 외쳤다.

"응, 좀 늦었지? 하지만 크리스마스를 너랑 보내기로 약속했고 이렇게 왔잖아."

"할아버지는 안녕하셔? 언제 왔어? 어디 묵고 있어?"

"아주 잘 지내셔. 어젯밤에 도착했고 쇼뱅 호텔에 묵고 있어. 어제 네가 묵고 있는 호텔에 찾아갔더니 없더라."

"할 말이 너무나 많아서 어디서부터 시작해야 할지 모르겠네! 자, 어서 마차에 올라타. 가면서 이야기해. 마침 이야기 상대가 필요했어. 플로는 오늘 밤을 위해 아껴뒀거든."

"오늘 밤? 왜, 무슨 무도회라도 있어?"

"우리 호텔에서 크리스마스 파티가 열려. 미국 사람들이 많이 묵고 있는데 크리스마스를 기념하기 위해 파티를 여는 거야. 오빠도 올 거지? 고모가 기뻐할 거야."

"고마워."

로리가 마차에 오르자 에이미는 캐슬 언덕을 향해 마차를 몰면서 로리에게 말했다.

"그동안 있었던 이야기를 해줘. 할아버지가 보내신 마지막 소식으로는 오빠가 베를린에 있었다던데."

"거기 한 달 정도 있었어. 그런 후 파리에서 할아버지를 만났지. 할아버지는 파리에 아는 분들이 많아서 거기서 겨울을 보내셨고, 나도 함께 있었어."

에이미는 로리를 바라보면서 전에는 느끼지 못했던 새로운 감정을 느꼈다. 부끄러움이었다. 로리는 변해 있었고, 헤어질 때의 장난기 어린 소년의 모습은 더 이상 찾아볼 수 없었다. 대신 우울한 표정의 청년이 옆에 앉아 있었다. 전보다 훨씬 멋지고 성숙한 모습이었다. 단순히 한두 해의 세월이 가져온 변화라기에는 지나치게 성숙해 있었으며 진지했다. 에이미는 영문을 알 수 없었지만 감히 물어볼 엄두를 내지 못했다. 다만 프랑스어로 "무슨 생각해?"라고 물었을 뿐이다. 그간 외국 생활을 하면서 에이미의 프랑스어 실력은 부쩍 늘어 있었다.

"아가씨가 아주 보람찬 생활을 하셨군요. 대단한 결실을 맺었어요."로리가 한 손을 가슴에 댄 채 정중하게 허리를 굽히며 말했다.

에이미는 기뻐서 얼굴을 붉혔다. 하지만 그의 어투와 표정이 전에 집에 있을 때와 뭔가 달랐다. 전에는 자신의 머리를 쓰다듬으며 진심으로 "정말 예뻐졌네"라고 칭찬하곤 했는데, 지금 말투는 표정과는 달리 어딘가 무심해 보였다.

'이런 식으로 어른이 되는 거라면 소년으로 남아 있는 게 낫겠네'라고 에이미는 생각했다. 에이미가 자신의 그런 속마음을 지우려는 듯 말했다.

"엄마 편지에 베스 언니가 많이 안 좋다고 적혀 있었어. 집으로 돌아가야겠다는 생각이 자주 들지만 그때마다 가족들은 이곳에 더 있으래. 이런 기회가 다시는 오지 않을 것 같아서 이대로 있지만 걱정이야."

"잘하고 있는 거야. 네가 집에 가봤자 별로 할 일도 없잖아. 네가 건강하고 행복하게 지내는 게 너희 가족에게도 위안이 될 거야."

제27장 새로운 인상

둘은 낡은 성곽 유적지에 닿자 마차에서 내렸다. 에이미는 뒤를 졸졸 따라오는 공작새 무리에게 빵 부스러기를 던져주었다. 로리는 그런 에이미의 모습을 유심히 바라보았다. 그동안 에이미가 얼마나 변했는지 자연스럽게 호기심이 일었던 것이다. 로리의 변한 모습에 에이미가 실망했던 것과는 달리 로리는 에이미를 보고 감탄과 찬사가 저절로 터져 나왔다. 말투와 몸짓에서 약간 꾸미는 듯한 태도만 빼놓는다면 전보다 훨씬 쾌활했고 우아했으며 아름다웠다. 게다가 천성적인 솔직함은 여전히 간직하고 있었다. 햇살 속에서 환하게 웃고 있는 에이미가 정말 그림처럼 아름답다고 로리는 생각했다.

둘은 한 시간 정도 더 산책을 하다가 돌아왔다. 에이미의 호텔까지 온 로리는 캐럴 고모에게 인사를 한 뒤 저녁에 다시 오겠다며 돌아갔다.

그날 밤 에이미가 온갖 공을 들여 치장을 했다는 사실은 에이미의 삶에 있어서 반드시 기록할 만한 가치가 있는 일일 것이다. 그녀는 오래된 친구를 새로운 눈으로 보게 되었다. 그는 더 이상 이웃집 소년이 아니었다. 그는 잘생기고 다정한 남자였고 에이미가 그의 눈에 예쁘게 보이고 싶었던 것은 아주 자연스런 일이었다. 에이미는 자신의 장점을 잘 알고 있었고 그 장점을 최대한 살릴 수 있는 감각과 솜씨가 있었다. 예쁘지만 가난한 소녀에게는 더없이 귀한 재산이었다.

니스에서는 얇은 모슬린 옷과 명주 베일의 값이 쌌다. 그래서 에이미는 이런 모임이 있을 때마다 그것들을 입고 쓴 뒤에 싱싱한 꽃과 작은 장식으로 수수하게 치장했다. 에이미는 몸치장을 하면서 생각했다.

'로리 오빠에게 예쁘게 보이고 싶어. 돌아가서 가족에게 그렇게 전하게 하고 싶어.'

오래된 모슬린 옷을 입고 구름 같은 베일로 얼굴을 덮으니 베일 위로 드러난 하얀 어깨와 금발이 그림처럼 잘 어울렸다. 요란하게 부풀리지 않고 간단하게 땋아 올린 머리도 마치 여신의 머리처럼 아름다웠다. 이런 중요한 파티에 어울릴 만한 장신구가 없는 에이미는 넘실거리는 치맛자락에 진달래 꽃송이를 달았고 어깨 쪽은 녹색 덩굴로 장식했다. 에이미는 하얀 구두를 신고 방 안을 사뿐사뿐 걸으며 흡족해했다.

'새 부채는 꽃과 어울리고 장갑도 장식들과 어울려. 고모 손수건에 달린 레이스 덕분에 드레스 전체가 빛이 나. 코랑 입만 좀 더 우아하게 생겼더라면 더할 나위 없이 행복했을 텐데.'

호텔 로비로 내려간 에이미는 홀을 왔다 갔다 하며 로리를 기다렸다. 에이미는 샹들리에 아래에 서 있으면 머리카락이 빛나서 더 예쁘게 보이지 않을까 생각하고 그 자리에 잠시 서 있었다. 그러자 남자에게 잘 보이려고 애쓰는 자신이 갑자기 부끄러워졌다. 그녀는 창가로 가서 고개를 반쯤 돌린 채 한 손으로 치맛자락을 살짝 들어 올리고 빨간 커튼 옆에 섰다. 그런데 그 자연스러운 모습이 예기치 않은 효과를 냈다. 그 날씬하고 하얀 모습이 빨간색 배경과 조화를 이루어 마치 조각상처럼 보였던 것이다.

"안녕, 디아나!" 로리가 에이미의 기대대로 두 눈에 흡족한 표정을 지으며 인사했다.

"안녕, 아폴로!" 에이미도 맞받아쳤다.

로리는 유난히 명랑해 보였다. 에이미는 이런 멋진 남자와 팔짱을 끼고 무도회장에 들어갈 생각을 하니 가슴이 뿌듯했다.

"이 꽃다발을 받아줘. 내가 직접 만든 거야." 로리가 꽃다발을 에이미에게 주면서 말했다.

꽃다발에는 에이미가 매일 카르디글라디아 장신구 가게 진열창을 지나면서 그토록 갖고 싶어했던 은팔찌가 달려 있었다.

"어머, 오빠, 너무 고마워! 오빠가 참석할 줄 미리 알았다면 나도 선물을 준비했을 텐데. 이렇게 예쁜 건 못 해주더라도."

그날 밤 무도회에 모여든 사람들은 정말 각양각색이었다. 사교성 좋은 미국 사람들답게 니스에서 알게 된 사람들을 거의 모두 초대한 때문이었다. 러시아 왕자도 있었고 폴란드 백작도 있었으며 독일 귀족에, 프랑스 귀족 등 만국 인종 박람회에 가까웠다.

좀 과장되게 말한다면 그 무도회장을 에이미의 아름다움이 지배했다. 또한 에이미가 춤을 추는 모습은 우아함 그 자체였다. 에이미는 폴란드 백작과 춤을 추었고, 로리는 홀린 듯 그녀를 바라보았다. 폴란드 백작이 바쁜 일이 있다며 자리를 뜨면서 에이미를 놓아주자 로리는 얼른 에이미를 데리고 식사를 챙겨주러 갔다.

에이미는 로리 앞에서 이제 부끄러워하지도 않았고 오히려 로리를 마음대로 쥐락펴락했다. 다만, 로리가 자신이 입고 있는 아름다운 옷에 감탄하며 이것저것 묻자 "여기선 모슬린과 베일 값이 싸. 꽃도 공짜로 얻을 수 있고. 게다가 나는 하찮은 것들 갖고 뭐든 잘 만들어내잖아"라고 있는 그대로 솔직하게 말하고는 약간 후회했다. 밝히지 않아도 될 사실을 말한 것처럼 느낀 때문이었다.

하지만 그 말이 의외의 효과를 낳았다. 그 말 덕분에 로리는 에이미가 더 마음에 들었던 것이다. 어떤 기회든 잘 이용하는 에이미의 부지런함이, 가난을 꽃으로 덮어버리는 씩씩한 그녀의 정신이 로리는 자랑스럽고 존경스러웠다. 에이미는 로리가 자신을 왜 그렇게 다정하게 쳐다보는지도 알 수 없었고 그가 왜 에이미의 춤 예약 명단을 온통 자신의 이름으로 채웠는지도, 왜 로리가 그날 저녁 내내 에이미와만 춤을 추었는지도 정확히 알 수 없었다.

다만, 그가 그렇게 태도를 돌변할 수 있었던 것은 그들이 부지불식간에 주고받은 새로운 인상 덕분이었다는 사실만 조용히 지적해두기로 하자.

제28장 게으름뱅이 로렌스

로리는 일주일 머무르려고 했던 니스에서 한 달이나 지냈다. 혼자 이곳저곳 돌아다니는 데 지쳤을 뿐 아니라, 에이미의 얼굴을 보니 이제 조금은 지루해진 외국 생활에서 고향을 맛보는 것 같은 기분에 젖을 수 있던 때문이었다. 에이미도 마찬가지였다. 그녀는 로리를 보면 마치 가족을 만나는 것 같았다. 둘은 같이 있으면 편안함을 느꼈기에 늘 어울려 다니며 승마를 하거나 산책을 했고 춤을 추거나 빈둥거렸다.

겉보기에 둘은 그렇게 편하게 지내는 것 같았지만 속으로는 차츰차츰 상대방을 알아가고 있었다. 에이미는 로리의 평가 속에서 나날이 주가가 높아졌지만, 에이미는 날이 갈수록 로리에게 실망했고, 둘 다 말은 하지 않았지만 속으로는 그 사실을 눈치채고 있었다. 로리는 에이미가 늘 빈둥거리는 자신을 힐난이라도 하듯 푸른 눈으로 날카롭게, 하지만 슬픔을 담아 쳐다볼 때면 두려움까지 느꼈다.

어느 화창한 날 에이미가 로리에게 말했다.

"오빠, 발로사에 그림을 그리러 갈 건데 같이 갈래?"

언제나처럼 별 할 일이 없던 로리가 그러겠다고 했고, 둘은 마차를 타고 길을 나섰다.

발로사는 충분히 이름값을 하는 곳이었다. 늘 여름 날씨여서 도처에 장미꽃이 만발해 있었다. 장미꽃 길이 끝나고 모퉁이를 돌면 레몬 나무와 야자수 길이 언덕 아래 별장 지대까지 이어져 있었다.

테라스로 올라가 난간에 기대고 온통 장미꽃 천지인 아래를 내려다보며 에이미가 말했다.

"정말 신혼여행 오기 딱 좋은 곳이네. 천국 같아. 이렇게 예쁜 장미꽃을 본 적이 있어?"

"없어. 이렇게 가시에 찔린 적도 처음이고."

엄지손가락을 입에 넣은 채 로리가 말했다. 장미꽃을 꺾으려다가 가시에 찔린 모양이었다.

"줄기 아래쪽 가시가 없는 꽃을 꺾을 것이지." 에이미가 그 말과 함께 솜씨 좋게 흰 장미꽃 세 송이를 꺾어 로리의 단춧구멍에 꽂아주었다.

"고마워요. 충고를 따르겠습니다."

충고라는 단어에 자신감을 얻었는지 에이미가 자리를 잡으며 말했다.

"오빠, 언제 할아버지에게 갈 거야?"

"곧."

"또 그 말. 지난 3주 동안 귀에 못이 박히게 들은 말이야. 할아버지가 목이 빠져라 기다리실 거야."

"다정하기도 하셔라. 나도 알아."

"그런데 왜 안 가는 거야."

"내가 원래 그렇게 생겨먹은 놈이잖아."

"게을러서 그러는 거야. 정말 끔찍하게 게을러."

"그게 뭐 그렇게 나쁜 짓인가? 할아버지 곁으로 가봤자 할아버지를 괴롭히기만 할 텐데. 그보다는 여기서 너를 괴롭히는 게 낫지. 넌 잘 참잖아. 네 성격에도 맞는 일 같은데……."

에이미는 고개를 좌우로 흔들며 스케치북을 펼쳤다. 그녀는 이 게으른 소년에게 훈계를 좀 해줘야겠다고 생각했다.

"오빠, 지금 뭐 하는 거야?"

"도마뱀 관찰."

"그게 아니라 앞으로 대체 어떻게 할 거냐고 묻는 거야."

"담배를 피우고 싶은데."

"나, 참, 기가 막혀서. 담배는 안 돼. 하지만 내 모델이 되어준다면 허락해주지."

"영광이로소이다. 어떤 자세를 취할까? 이렇게 비스듬히 누울까? '게으름의 즐거움'이라고 이름 붙이면 좋겠군."

"오빠의 그런 꼴을 조 언니가 보면 뭐라고 할까?" 에이미가 로리의 심사를 흩뜨려놓고 싶어 말했다.

"늘 그렇듯이 '저리 가 테디, 난 바빠!'라고 말하겠지."

로리가 웃음을 터뜨리며 말했다. 에이미는 로리의 표정을 보고 깜짝 놀랐다. 겉으로는 웃음을 터뜨렸지만 씁쓸한 표정이었으며 고뇌와 불만, 후회가 가득한 표정이었던 것이다. 하지만 에이미가 자세히 살펴볼 겨를도 없이 그 표정은 이내 사라졌고, 다시 아무런 열의 없는 무심한 표정으로 되돌아왔다.

에이미는 화구를 펼쳐놓고 로리를 관찰했다. 마치 꿈에라도 잠긴 듯 몽롱한 표정이었다.

"자신의 무덤 위에 잠들어 있는 젊은 기사의 조각상 같아."

"그랬으면 좋겠다."

"바보 같은 소리 하지 마. 오빠, 인생을 망칠 작정이야? 오빠는 너무 변했어."

"걱정 접어두세요, 부인! 그나저나 위대한 화가 아가씨는 언제나 꿈을 펼칠 텐가?"

"영원히! 로마가 내 허영심을 뺏어갔어. 너무나 멋진 작품들을 보고 내가 너무 보잘것없게 느껴졌어. 내 재능이 별것 아님을 알게 된 거야. 노력한다고 될 일도 아니고. 평범한 환쟁이는 되고 싶지 않아."

"그러면 이제부터 뭘 할 건지 물어봐도 될까?"

"내 다른 재능을 갈고닦아야지. 기회가 된다면 사교계의 꽃이 될 거야."

에이미의 성격을 잘 보여주는 대답이었고, 대담한 대답이었다. 젊은이에게는 그런 대담함이 어울리는 법이고 에이미에게는 그럴 만한 근거가 충분했다. 로리는 미소를 지었다. 그토록 오랫동안 간직해온 꿈이 사라졌는데도 절망할 새도 없이 곧바로 새로운 목표를 세우는 에이미의 기백이 마음에 들었다.

"좋아! 그런데 이 부분에서 바로 프레드 본의 얼굴이 떠오르는군."

에이미는 입을 다물었다. 그러자 로리가 몸을 일으키더니 진지하게 말했다.

"하나 물어도 돼? 친오빠 같은 기분으로 묻는 거야."

"대답 못 할지도 몰라."

"지난해에 너와 프레드에 관한 이야기를 들었어. 프레드가 그렇게 급하게 집으로 갈 일만 생기지 않았다면 둘 사이에 무슨 일이 있을 수도 있었지?"

"내가 대답할 수 있는 문제가 아니야." 에이미가 새침하게 대답했다. 하지만 입가에는 미소가 떠올라 있었고 눈에는 장난기가 어려 있었다.

"프레드가 돌아와서 정중하게 무릎 꿇고 청혼하면 받아들이겠지?"

"그렇게 되겠지."

"그렇다면 프레드를 좋아하는구나."

"노력하면 그럴 수 있겠지."

"그렇다면 그 순간이 오기 전까지는 노력하지 않겠다는 거로구나. 이런 말도 안 되는 일이! 에이미, 프레드는 좋은 친구야. 하지만 네가 좋아할 타입은 아니야."

"그는 부자이고 신사인 데다 매너도 좋아." 에이미는 진심을 말했지만 어딘가 조금은 창피했다.

"사교계에 여왕이 되려는 꿈을 갖고 있으니 아주 타당한 선택이로군. 돈이 없으면 불가능한 꿈이니까. 하지만 어쩐지 네어머니의 딸이 한 소리라고는 믿어지지 않네."

"그렇지만 그게 사실인걸."

짧은 말이었지만 그 속에 담긴 결심은 단호했다. 로리는 본능적으로 그것을 알아차리고 실망감으로 다시 드러누웠다. 그러자 에이미도 속에 감추고 있던 이야기를 꺼냈다.

"오빠에게 좀 자극적인 이야기를 하고 싶은데."

"어디 좀 들어볼까? 자, 말씀해보시지." 로리가 약을 올리듯 말했다. 그런 장난기 섞인 모습은 오랜만이었다.

"5분도 못 가서 화를 낼걸."

"그럴까? 내가 네게 화를 낸 적은 한 번도 없는데. 부싯돌도 부딪쳐야 불꽃을 내지. 넌 눈처럼 차갑고 부드럽잖아." 로리가 무심한 표정으로 계속 장난하듯 말하자 에이미는 정말 화가 났다. 그녀는 작심한 듯 말했다.

"플로랑 내가 오빠에게 별명을 붙였다고! '게으름뱅이 로렌스'라고! 어때 마음에 들어?"

에이미는 그 정도로도 로리가 화를 내리라 생각했다. 하지만 로리의 반응은 예상 밖이었다.

"나쁘지 않은데. 고마워요, 아가씨들."

"내가 오빠를 정말로 어떻게 생각하는지 말해줄까?"

"어디 말해보시지."

"오빠를 경멸해."

로리는 에이미의 진지한 표정에 정신이 번쩍 든 것 같았다.

"왜 그러는데?"

이어서 에이미의 기관총 같은 비난이 쏟아졌다.

"그동안 오빠를 살펴봤어. 그런데 지난 6개월 동안 오빠가 한 일이라고는 시간과 돈을 낭비하고 친구들을 실망시킨 것밖에 없어. 놀 만큼 놀았는데도 한계가 없어. 고향집에 있을 때보다 훨씬 못해. 모든 걸 갖춘 남자가, 더 좋은 사람이 될 생각은 않고 그저 빈둥거리기만 하잖아."

직설적인 에이미의 쓴소리가 효과를 나타냈다. 로리의 얼굴에서 무심한 표정이 사라지고 상처받은 얼굴이 되었다.

"오빠 손 좀 봐. 여자 손처럼 부드럽잖아. 부끄럽지 않아? 멋진 장갑을 끼고 여자들에게 꽃을 꺾어주는 일이나 하는 손! 내가 오빠에게 이런 말할 자격이 없다는 건 잘 알아. 하지만 우리 가족 모두 오빠를 좋아하고 한 가족처럼 생각하고 있어서 하는 말이야. 우리 가족이 오빠에 대해 나처럼 실망하게 된다고 생각하면 참을 수가 없어. 그런데 오빠, 한 가지만 물어봐도 돼?"

"뭔데?"

"조 언니가 오빠에게 냉정하게 대한 거야? 그럴 리가 없어. 언니는 오빠를 정말로 사랑하고 있는데."

"조는 상냥했어. 하지만 내가 원하던 방식이 아니었을 뿐이지. 네 말대로 내가 그렇게 형편없는 남자라면 조에게 아주 잘된 일이지. 하지만 조는 실수한 거야. 네가 꼭 그렇게 전해줘."

로리는 다시 힘들고 씁쓸한 표정이 되었다. 에이미는 그를 어떻게 위로해야 할지 몰라서 괴로웠다.

로리가 천천히 몸을 일으켜 앉더니 말했다.

"에이미, 조도 너처럼 나를 경멸할까?"

"지금의 오빠 모습을 본다면 그럴 거야. 언니는 게으른 사람은 질색이니까. 오빠가 뭔가 훌륭한 일을 해서 언니 마음에 들면 어떨까?"

"나도 최선을 다했어."

"우등상장 탄 걸 말하는 거야? 그건 할아버지를 위해서 그런 거잖아. 그렇게 시간과 돈을 들이고도 우등을 못 하면 오히려 창피한 거지."

"어쨌든 조가 나를 사랑하지 않으니 실패한 거지."

"아니야, 오빠는 실패한 게 아니야. 이제 다른 목표를 세우기만 하면 돼. 난 오빠를 잘 알아. 오빠는 능력이 있어. 평생 조 언니를 사랑해도 돼. 하지만 그것 때문에 오빠 자신을 망치지는 마. 원하는 것 한 가지를 손에 못 넣었다고 해서 오빠가 받은 수많은 선물을 팽개치는 건 옳지 않아. 내 훈계는 여기까지야. 오빠가 새롭게 눈을 뜨고 잘하기만 바라."

잠시 둘은 말이 없었다. 에이미는 말을 하는 도중에도 그리던 그림을 마무리했다. 에이미가 그림을 로리의 무릎에 올려놓으며 말했다.

"어때?"

로리는 그림을 보고 미소를 지을 수밖에 없었다. 풀밭에 나른하게 누운 모습과 아무런 열의도 느낄 수 없는 얼굴, 반쯤 감긴 눈과 담배를 쥔 손이 정말 지금의 로리와 똑같았다.

"정말 잘 그렸군. 그래, 이게 내 모습이야."

"맞아. 오빠의 지금 모습이야. 이건 옛 모습이고."

에이미는 로리가 들고 있는 그림 옆에 쓱쓱 그린 스케치 한 장을 나란히 놓았다. 야생말을 길들이고 있는 로리의 모습을 스케치한 그림이었다. 스케치 속의 로리의 얼굴에는 생기와 활력이 넘치고 있었다. 두 그림을 보고 로리는 입을 꽉 다물었다.

에이미는 로리의 그 모습을 보고 자신의 뜻이 확실하게 전달되었음을 알 수 있었다.

"전에 오빠가 말을 길들일 때 울타리 위에 앉아서 몰래 그린 그림이야. 며칠 전에 화첩에서 이 그림을 발견하고 오빠에게 주려고 갖고 다녔던 거야."

로리는 그림을 돌려주며 정말 잘 그렸다고 칭찬했다. 그는 다시 무기력한 표정으로 돌아가려 했지만 이미 그 표정을 억지로 지어낼 기력조차 없었다.

둘은 마차를 타고 호텔로 돌아가면서 웃으며 수다를 떨었다. 하지만 겉으로만 그럴 뿐이었다. 둘 사이에는 아직 어색함이 흐르고 있었다.

이튿날 아침 에이미가 잠에서 깨어나니 늘 찾아오던 로리 대신 그의 편지가 도착했다.

에이미는 미소를 짓고 편지를 읽다가 다 읽고는 한숨을 내쉬었다.

친애하는 나의 멘토에게,

고모님께 대신 안부를 전해주고 너는 마음껏 기뻐하도록

해. '게으름뱅이 로렌스'가 착한 소년처럼 할아버지 곁으로 돌아가니까. 즐거운 겨울을 보내기 바라고, 네가 발로사로 신혼여행을 갈 수 있게 해달라고 하나님께 기도할게. 프레드도 우리 멘토를 통해 얻는 게 많으리라 생각해. 그에게 그렇게 말해. 내 축하의 말도 전해주고.

고마운 마음으로, 텔레마코스(호메로스의
『오디세이아』에 나오는 오디세우스의 아들이다.
그가 곤경에 처해 어쩔 줄 모를 때마다
멘토가 나타나 조언을 해준다)가

"착한 소년! 오빠가 떠나서 다행이야." 에이미가 흡족한 미소를 지으며 중얼거렸다. 하지만 잠시 후 고개를 떨어뜨리고 자신도 모르게 한숨을 내쉬며 덧붙였다. "그래, 정말 다행이야. 그런데 왜 이렇게 오빠가 보고 싶지?"

제29장 새로운 사랑

에이미의 쓴소리는 로리에게 정말로 약이 되었다. 파리로 돌아온 로리는 몇 주간 할아버지를 극진히 모셨다. 할아버지는 달라진 손자의 모습을 보고 니스의 기후가 손자에게 잘 맞는다고 생각해서 로리에게 니스로 다시 여행을 가보라고 권했다. 로리도 에이미가 보고 싶긴 했지만 "난 오빠를 경멸해"라든지, "뭔가 훌륭한 일을 해서 언니 마음에 들면 어떨까?" 하는 에이미의 말을 되씹으면서 마음을 다잡았다. 실연의 상처를 딛고 앞으로 나아갈 마음의 준비를 굳건히 한 것이었다.

로리는 자신의 몸과 마음을 다 바칠 수 있는 진실된 일을 하고 싶어졌다. 하지만 쉽지 않았다. 로리는 잠시 음악 작곡에 열중해보았지만 마치 에이미가 자신이 그림에 천재성이 없다는 것을 발견했듯이 열정만으로는 좋은 음악가가 될 수 없다는 것을 알게 되자 약간은 절망했다. 그리고 무엇보다 먼저 해결해야 할 일이 있음을 느끼고 있었다. 바로 조에 대한 사랑을 정리하는 일이었다.

로리는 조를 향한 자신의 사랑을 잊으려면 수년간 온 힘을 다 쏟아야만 하리라고 생각했었다. 하지만 그는 날이 갈수록 점점 더 잊기가 쉬워진다는 사실을 알고 놀랄 수밖에 없었다. 그는 처음에는 그 사실을 믿고 싶지 않았고 그런 자신에게 화가 나기까지 했으며 그런 자신을 이해할 수도 없었다. 하지만 인간의 마음이란 오묘하고 복잡한 것이어서, 시간과 자연이 우리의 의지에 어긋나는 마술을 부리기 마련이다.

이제 로리의 마음은 아프지 않았다. 마음의 상처는 로리 자신도 놀랄 정도로 빠르게 아물어갔고 이제는 잊으려 애쓰는 것이 아니라 기억하려 애를 써야 할 지경이 되었다. 로리는 그렇게 엄청난 충격을 그토록 빨리 이겨낼 수 있다는 사실에 안도감과 동시에 실망감을 느꼈다. 그의 내부에는 아직 약간의 슬픔과 분노가 남아 있었지만 사랑의 열병처럼 뜨거운 감정이 아니라 부드럽고 따뜻한 감정이었다. 이 감정 역시 시간이 지나가면 모두 사라지고 영원히 깨지지 않을 남매 사이의 애정 같은 것만 남을 것이 분명했다.

로리는 조에게 편지를 썼다. 그토록 쉽게 조를, 조를 향한 사랑을 잊어가는 자신에게 저항하기 위해서였다. 그는 '아니야, 결코 잊을 수 없어. 난 잊지 않았어. 그럴 수 없어. 다시 한번 노력해볼 거야. 만일 그래도 안 된다면 그때는……'이라고 생각했다. 로리는 편지에 조에게 조금이라도 마음을 바꿀 여지가 남아 있는 한 자신의 마음을 다잡지 못할 것이라고 썼다.

편지를 보내고 나서 답장이 올 때까지 로리는 아무 일도 할 수 없었다. 드디어 조의 답장이 도착했고 로리는 확실하게 마음을 추스를 수 있었다. 조는 단호하게 그럴 수 없고, 그러지도 않을 것이라고 썼다. 덧붙여 지금 베스 때문에 정신이 없다며 다시는 '사랑'이라는 단어를 듣고 싶지 않다고 했다. 그리고 다른 누군가와 행복해지기를 바란다고, 자신을 누이로서 마음 한 구석에 남겨두면 고맙겠다고 애원했다. 조는 추신으로 베스의 건강이 무척 나빠졌다는 사실을 에이미에게 알려주지 말라고 부탁했다. 봄이 지나면 집으로 오게 될 것을 미리 슬프게 할 필요는 없지 않느냐는 것이었다. '오, 하나님, 그때까지는 별일이 없기를!'이라고 로리는 간절히 빌었다. 또한 로리는 에이미에게 자주 편지를 써야겠다고 생각했다. 그녀가 외로움과 향수병에 시달리거나 걱정에 휩싸이지 않게 하기 위해서였다.

로리는 에이미에게 편지를 보냈고, 곧바로 답장이 왔다. 에이미는 로리의 편지를 기다리고 있었고, 편지를 받자마자 답장을 보낸 것이다. 이후 둘은 이른 봄이 될 때까지 꾸준히 편지를 주고받았다. 로리는 니스로 달려가고 싶었지만 에이미가 초대하기 전까지는 가지 않을 작정이었다. 그리고 당시 에이미도 로리를 초대할 상황이 아니었다. 그녀 스스로 처리해야 할 작은 문제가 하나 있었고, 그 일을 처리하지 않은 상태에서 '로렌스 소년'이 보낼 미심쩍은 눈길을 피하고 싶던 때문이었다.

프레드 본이 돌아왔고 그녀에게 청혼했다. 예전 같았으면 바로 승낙했을 그 요구에 대해 에이미는 부드럽게, 하지만 단호하게 거절의 뜻을 밝혔다. 막상 그 순간이 오자, 부드러운 희망과 두려움으로 가득 차 있던 그녀의 새로운 열망을 충족시키기에 돈과 지위만으로는 부족하다는 사실을 깨달은 것이다. 그녀의 머릿속에는 "프레드는 좋은 친구야. 하지만 네가 좋아할 타입은 아니야"라는 로리의 말과 표정이 계속 맴돌았다. 또한 비록 입 밖에 내지는 않았지만 자신의 표정을 통해 '나는 돈을 보고 결혼할 거야'라는 생각을 분명히 보여준 그 순간이 계속 떠올랐다. 그럴 때마다 에이미는 괴로웠고 그 모든 것을 취소하고 싶었다. 그 모든 것이 여성답지 못한 것 같았다. 그녀는 로리가 자신을 가슴도 없는 속물로 여기기를 원치 않았다. 그녀는 이제 사교계의 여왕보다는 사랑스러운 여성이 되고 싶었다.

에이미는 자신이 그렇게 끔찍한 말을 했는데도 로리가 자신을 미워하지 않아서 너무 기뻤다. 로리는 그런 그녀를 미워하기는커녕 더 다정하게 대했던 것이다. 에이미는 로리에게 편지를 자주 썼다. 조 언니에게 버림받은 로리를 마치 친오빠처럼 다정하게 대해주고 싶어서였다.

이제 에이미는 로리에게 쓴소리를 하지 않았고, 오히려 매사에 그의 의견을 물었다. 그리고 누이동생으로서의 진심이 담긴 편지를 일주일에 두 통씩 보냈다. 편지에는 주변의 아름다운 풍경을 스케치한 그림들이 동봉되어 있었다. 에이미가 로리에게 프레드가 이집트로 떠났다는 소식을 전하자 로리는 "현명한 에이미니 그런 선택을 할 줄 알았어. 불쌍한 친구. 내가 그런 일을 겪어봐서 그 심정을 다 알지"라고 써 보냈다.

해외에서 이런 일들이 벌어지고 있을 때 고국에서 힘겨운 일이 닥쳤다. 베스가 이 세상을 하직한 것이다. 베스는 신의 축복과도 같은 봄날의 햇살을 받으며 평온하게 저세상으로 갔다.

제29장 새로운 사랑

베스의 얼굴에는 고통스런 표정이라곤 찾을 수 없이 평화만 가득 차 있어, 모두 베스가 편히 눈을 감을 수 있게 된 데 대해 감사의 기도를 드렸다.

하지만 베스가 세상을 떠났다는 소식은 즉각 에이미에게 전해지지 않았다. 5월이 되자 에이미 일행은 니스의 열기를 피해 제노바와 이탈리아의 호수들을 거쳐 천천히 스위스로 돌아오고 있었고, 그들이 스위스 브베에 있을 때 베스의 사망 소식을 들을 수 있었다.

에이미는 이 슬픔을 잘 견뎌냈고, 도중에 돌아오지 말라는 가족의 충고를 따랐다. 가족은 베스에게 작별 인사를 하기에는 이미 늦었고, 멀리 떨어져 있는 것이 오히려 슬픔을 달래기에 좋을 것이라고 했다. 하지만 에이미는 마음이 무거웠고 집에 가고 싶었다. 그녀는 매일 호수 건너편을 조용히 바라보며 로리가 오기를, 와서 자신을 위로해주기를 간절히 바랐다.

마침내 로리가 왔다. 브베에 도착하자마자 로리는 캐럴 고모 일행이 묵고 있는 호숫가의 라 투르로 향했다.

에이미는 아름다운 호숫가에 자리 잡은 정원 구석에 홀로 앉아 책을 읽고 있었다. 로리는 정원으로 들어서는 아치문 앞에 서서 이전과는 다른 새로운 눈으로 에이미를 보았다. 그리고 이전까지 아무도 에이미에게서 볼 수 없었던 새로운 모습, 부드러움에 감싸인 그녀의 모습을 잠시 바라보았다. 그녀 무릎 위에 놓인 눈물이 얼룩진 편지, 머리를 묶고 있는 까만 리본, 심지어 목에 걸린 작은 흑단 십자가까지, 그녀 주변의 모든 것이 사랑과 슬픔에 휩싸여 있었다.

로리의 모습을 발견한 에이미는 로리에게 달려오면서 사랑과 그리움이 듬뿍 담긴 어조로 외쳤다.

"아, 오빠! 오빠가 올 줄 알았어!"

그 한마디 말에 모든 것이 담겨 있었고, 그 한마디 말로 모든 것이 결정되었다. 한순간 그들은 아무 말도 없이 조용히 서 있었다. 에이미는 조용히 고개를 숙인 채 이 세상에 로리만큼 위안이 되는 사람은 없다고 생각했다. 로리는 이 세상에서 조를 대신할 수 있는 여자, 조만큼 자신을 행복하게 해줄 수 있는 여자는 에이미뿐이라고 확신했다. 그 순간 두 사람은 모두 진실을 느꼈고 만족해했으며 기쁜 마음으로 나머지 모든 말을 침묵 속에 묻어버렸다.

옛 정취가 남아 있는 한적한 정원은 많은 연인을 숨겨주었고 그들을 위해 만들어진 것 같았다. 따사롭고 아늑한 햇살이 비치는 가운데 오로지 탑만이 그들을 지켜보고 있었으며 그들의 속삭임은 넓은 호수가 삼켜버렸다. 그들은 그렇게 말없이 그곳에서 사랑을 주고받았다.

니스에서 로리는 빈둥거렸고 에이미는 잔소리를 했다. 하지만 브베에서 로리는 결코 빈둥거리지 않았다. 늘 산책을 했고 말을 탔고 보트를 몰았으며 열심히 공부했다. 모든 생활에 활기가 넘쳤다. 에이미는 로리가 하는 모든 일에 흥미를 느꼈고 따라 하기에 바빴다.

그들은 슬픈 소식을 공유하고 있었지만 이곳에서 보내는 시간은 아주 행복했다. 로리는 너무나 행복해서 이 행복이 깨질까 두려워 말조차 함부로 할 수 없을 정도였다. 하지만 첫사랑의 상처가 너무 빨리 치유된 데 대한 놀라움을 극복하는 데는 시간이 걸렸다. 처음이자 마지막 사랑이라고 생각했었는데 그 상처가 이토록 빨리 치유되다니! 로리는 조의 여동생은 조나 마찬가지라고, 에이미가 아니었다면 이토록 빨리 다른 여자를 사랑하는 일은 불가능했으리라고 생각하며 스스로를 달랬다.

로리는 첫 번째 사랑 고백이 비바람이 몰아치듯 격렬했다면 두 번째 구혼은 차분하고 솔직해야 하리라고 생각했다. 로리는 달빛이 비치는 정원이 대단원의 무대가 될 것이라고, 그곳에서 아주 우아하고 품위 있게 사랑을 고백하리라고 마음먹었다. 그런데 완전히 반대되는 상황이 벌어졌다. 정오의 호숫가에서 짧은 몇 마디 말로 모든 것이 결정되고 만 것이다.

둘은 아침나절 내내 보트를 타고 호수를 떠돌았다. 한편으로는 사보이의 알프스산맥이, 맞은편으로는 성 베르나르산이, 저 언덕 너머에는 로잔이 보였다. 그들이 탄 하얀 보트는 마치 아름다운 풍경 속의 한 마리 갈매기 같았다.

"피곤해 보이네. 이제 내게 노를 맡겨. 오빠가 오고 나서 모든 것을 오빠에게 맡기고 너무 빈둥거리며 지냈으니 운동도 되고 좋을 거야."

"피곤하긴. 하지만 정 노를 젓고 싶다면 하나는 맡길게."

에이미는 로리가 건넨 노 한 짝을 받아들었다. 로리는 한 손으로, 에이미는 두 손으로 각각 노를 하나씩 잡고 박자를 맞추어 노를 저었다. 보트가 유유히 뱃길을 갈랐다.

"둘이 함께 정말 노를 잘 젓네. 그렇지?" 침묵이 어색해서 에이미가 말했다.

"그래, 우리 둘이 언제까지나 이렇게 함께 노를 저어가고 싶어. 그럴 수 있어, 에이미?" 더 이상 다정할 수 없는 로리의 목소리였다.

"그러고 싶어."

둘은 노 젓기를 멈추었다. 그리고 그들도 모르게, 호수에 비친 아름다운 풍경에 사랑과 행복이 담긴 예쁜 그림을 하나 더 덧붙였다.

제30장 나 홀로 외로이

베스가 세상을 떠난 뒤 조에게는 어두운 나날이 계속되었다. 조는 밤에 자다가도 베스가 부른다는 착각에 잠에서 자주 깨어나곤 했으며 그럴 때면 텅 빈 침대를 바라보며 울음을 터뜨렸다.

"오, 베스, 돌아와! 제발 돌아와줘!"

조는 팔을 뻗치며 애원했지만 소용이 없었다. 그럴 때면 어머니가 조의 훌쩍이는 소리를 듣고 한달음에 달려와 말뿐이 아니라 부드러운 포옹으로 딸을 위로해주었다. 어머니가 말없이 흘리는 눈물은 그녀가 조보다 더 큰 슬픔에 잠겨 있음을 보여주었으며, 드문드문 이어지는 속삭임은 기도보다 더 힘이 있었다. 어머니의 포옹과 위로의 말은 두 사람의 고통을 축복으로 바꾸게 해주었으며 슬픔을 누그러뜨린 자리를 사랑으로 채울 수 있게 해주었다. 이렇게 어머니의 품에 안겨 있자면 조는 견 뎌낼 만할 정도로 짐이 가벼워진 것 같았고, 의무도 달콤해진 듯 했으며 삶도 견딜 만한 것으로 여겨졌다. 어머니의 따뜻한 품과 함께 아버지의 애정 어린 충고와 격려도 조에게 큰 힘이 되었음은 물론이다.

그 외에 조가 절망에서 빠져나올 수 있도록 도와준 것이 한 가지 더 있었다. 자질구레한 집안일에서 기쁨을 느끼며 조는 서서히 그런 일의 가치를 알게 된 것이다. 조는 빗자루와 걸레 에 베스의 정신이 감돌고 있는 것처럼 느꼈다. 조는 베스가 늘 그랬듯이 노래를 흥얼거리며 베스처럼 집 안을 청소했고 집 안 을 깨끗하고 아늑하게 만들었다. 그런 조의 모습을 보고 해나 가 말했다.

"정말 생각이 깊어요. 우리의 사랑스런 베스 아가씨를 잊지 말자고 그러는 거지요? 우리 모두 말은 안 해도 알고 있어요. 정말이지, 하나님이 축복해주실 거예요."

조는 베스를 생각하면서, 가족과 함께하는 생활 속에서 자신 의 의무를 생각하고 실천하는 길로 서서히 들어서고 있었던 것 이다. 조는 그 의무를 다하지 않으면 결코 행복할 수 없음을 서 서히 자각하고 있었다. 하지만 조가 그런 자각의 길로 접어들고 있었다 할지라도 그런 일을 즐겁게 하는 것과는 별개의 문제였다. 아직은 즐거움보다는 의무감이 앞서고 있었다.

조는 이전에 아무리 힘들더라도 뭔가 엄청난 일을 하고 싶다고 말하곤 했다. 그리고 지금 실제로 그 일을 이룬 것과 마찬가지였다. 자신의 삶을 온통 부모님께 헌신하고 가정을 자신뿐 아니라 가족 모두에게 행복한 곳으로 만들려고 노력하는 것보다 엄청난 일이 어디 있겠는가? 게다가 그녀는 그 얼마나 어려운 노력을 하고 있던 것인가? 줄기차게 야심만만하던 한 소녀가 자신의 희망과 계획과 욕망을 포기하고 기꺼이 남들을 위해 살겠다고 결심하는 것보다 더 어려운 일이 어디 있겠는가?

마치 신의 섭리처럼 그녀의 그런 노력에 자그마한 보상이 찾아왔다.

어느 날 짐짓 즐거운 낯으로 집안일에 열심인 조의 얼굴에서 뭔가 그늘을 발견한 어머니가 그녀에게 말했다.

"애야, 왜 글을 쓰지 않는 거니? 글을 쓸 때면 늘 행복해했잖니?"

"그럴 마음이 들지 않아요. 설사 그렇다 해도 아무도 내 글을 좋아하지 않을 건데요."

"우리가 좋아할 거야. 가족을 위해 뭔가 써보렴. 다른 사람들

은 염두에 두지 마. 네게도 좋은 일이고 우리에게도 즐거움이
될 거야.”

“너무 믿지 마세요.”

조는 어머니의 충고대로 다시 펜을 잡았다. 가족에게 그 글
을 읽어주니 모두 울고 웃었다. 조는 아버지의 만류에도 불구
하고 그 글을 유명 잡지사에 보냈다. 그리고 놀랐다. 원고료뿐
아니라 다른 작품의 의뢰까지 받게 된 것이다. 이 작은 글이 세
상에 나오자 칭찬하는 편지들이 날아왔고, 신문에도 그 작품을
소개하는 글이 실렸다.

“이해할 수가 없어요. 이 작고 단순한 이야기가 사람들 마음
에 들다니요.” 조는 당황한 듯 말했다.

아버지가 말했다.

“얘야, 그 속에 진실이 담겨 있어서 그렇단다. 그게 비결이
야. 유머와 애수가 글을 생생히 살아 있게 해줘. 드디어 네 방식
을 찾은 거다. 명성이니 돈이니 생각 않고 진심을 쏟아부었기
에 그렇게 된 거야. 쓴 약을 먹었더니 효과가 나타난 거지. 최선
을 다해보렴. 네가 성공하면 우리 모두 기뻐할 테니.”

조는 이 세상 전체로부터 받는 찬사보다 아버지의 한마디가
더 기분이 좋았다.

사랑과 슬픔에서 많은 것을 배운 조는 작은 이야기들을 써서 세상에 내보냈다. 그 작은 이야기들은 이 세상에서 많은 친구들을 만났고 이 관대한 세상은 그 작은 방랑자들을 반갑게 맞아들였다. 게다가 그 방랑자들은 마치 행운의 여신이 미소를 지어준 착한 자식들처럼 자신들의 어머니인 작가에게 많은 돈을 가져다주었다.

그러던 어느 날 로리와 에이미가 약혼했다는 소식이 날아들었다. 어머니는 조가 이 사실을 흔쾌히 받아들이지 못할까봐 걱정이었다. 하지만 조는 처음에 잠깐 심각한 모습을 보였을 뿐 이내 담담히 받아들였고 그 소식이 담긴 편지를 두 번이나 읽었다. 특히 에이미가 로리에 대해 쓴 부분을 공들여 읽었다.

제겐 로리 오빠가 저에게 주는 사랑 방식이 너무 멋지게 느껴져요. 그의 모든 말과 행동에서 사랑을 느낄 수 있답니다. 저를 너무 행복하고 겸손하게 만들어줘요. 마치 이전의 제가 아닌 것처럼요. 여태껏 오빠가 그토록 선량하고 너그러우며 다정한 사람인 줄 몰랐어요. 저는 느껴요. 오빠의 마음이 고귀한 열정과 희망과 목표로 가득 차 있다는 걸요. 그런 마음이 제 것이라니 정말 자랑스러워요.

오빠는 저와 동반자가 되어, 사랑을 가득 싣고 멋진 여행을 할 수 있을 것 같은 기분이라고 말해요. 저는 그러길 기도할 거고, 오빠가 제게서 기대하고 믿는 사람이 되기 위해 최선의 노력을 다할 거예요. 저는 우리 용감한 선장을 온 마음과 영혼을 다해 사랑하니까요. 하나님께서 우리를 함께 맺어주셨으니 절대로 오빠를 저버리지 않을 거예요. 오, 엄마! 두 사람이 서로 사랑하고 서로를 위하며 사는 삶이 이토록 천국 같은 줄은 꿈에도 몰랐어요.

"차분하고 조심스럽고 현실적인 에이미가 이런 말을 하다니! 정말 사랑은 기적을 일으키나봐요." 조가 어머니에게 말했다.

비가 내려서 산책을 할 수 없었기에 조는 다락방을 서성이며 생각에 잠겨 있었다. 그녀는 결코 에이미를 질투하지 않았다. 하지만 둘이 한 자매인데 왜 누구는 자신이 원하는 것을 전부 얻고 누구는 그렇지 않은지 서글픈 생각이 들었다. 조는 그 생각이 옳지 않다는 것을 알고 있었지만 자신도 그 누구에겐가 사랑을 받고 싶다는 생각을 떨쳐버릴 수는 없었다.

조의 눈길이 문득 다락방 구석에 놓인 상자에 머물렀다. 조는 멍하니 그 상자를 바라보다가 낡은 공책 한 권을 집어 들었다. 그러자 친절한 커크 부인 댁에 머물던 지난겨울의 일들이 생생하게 되살아났다. 조는 공책 사이에서 쪽지 한 장을 발견하고는 입술이 부르르 떨렸다. 바에르 교수의 필체였다.

　　나를 기다려요, 내 친구. 좀 늦을지 모르지만 분명히 가
　　겠소.

　'오, 정말 와주신다면! 친절하고 착한 우리 교수님, 제게 늘 잘해주셨지요. 함께 있을 때는 몰랐는데 지금 얼마나 보고 싶은지 몰라요. 모두 제 곁을 떠난 것 같아 너무 외롭답니다.'
　조는 작은 종이쪽지를 꼭 쥐더니 푹신푹신한 잡동사니 더미에 머리를 기대고 마치 지붕을 때리는 빗소리에 화답하듯 흐느끼기 시작했다.
　자기 연민이나 외로움, 혹은 의기소침한 마음 때문에 그런 것일까? 혹은 때가 되면 깨워주기를 묵묵히 기다리던 그 어떤 감정이 깨어난 것일까? 그 누구도 정확히 알 수는 없으리라.

제31장 놀라운 일들

황혼 녘에 조는 홀로 낡은 소파에 누워 생각에 잠겨 있었다. 내일은 조의 생일이었고 그녀가 스물다섯 살이 되는 날이었다. 조는 세월이 너무 빠르다는 생각과 함께 점점 나이를 먹어가는데 해놓은 것은 하나도 없다는 자책감에 빠져 있었다. 스물다섯이 되었건만 남들에게 보여줄 만한 게 아무것도 없다고 생각한 것이다. 하지만 그건 조의 착각일 뿐이었다. 보여줄 만한 것은 얼마든지 있던 셈이었으며 세월이 지나면 그녀도 그것을 깨닫고 감사하게 되리라.

"노처녀! 이게 미래의 내 모습이야. 펜을 배우자 삼고 이야기들을 자식 삼아 지내는 글쟁이 노처녀가 되겠지. 그렇게 한 20년 지내다보면 약간의 명성을 얻겠지. 하지만 누구 말마따나

'너무 늙어 그 명성을 즐길 수도 없고, 혼자이니 그걸 누구와 함께 할 수도 없고, 독립적이니 그런 걸 원치도 않게' 되겠지. 뭐, 성녀가 되고 싶지도 않고 그렇다고 방탕한 여자가 되고 싶은 것도 아니며, 독신 생활도 익숙해지면 나름 편할 수도 있겠지. 하지만⋯⋯."

조는 앞날이 막막한 듯 한숨을 내쉬다가 깜빡 잠이 든 것이 분명했다. 갑자기 로리의 유령이 그녀의 앞에 서 있는 것 같았으니 말이다. 로리의 유령은 마치 살아 있는 듯 그녀를 향해 몸을 기울인 채, 전에 복잡한 속 느낌을 감추려 했을 때 짓곤 하던 표정으로 조를 바라보고 있는 것이 아닌가!

조는 깜짝 놀라 말없이 그를 바라보았다. 유령이 고개 숙여 조에게 입맞춤을 했다. 그제야 조는 그를 알아보고 벌떡 일어나 기쁘게 소리쳤다.

"오, 테디! 정말 테디구나!"

"안녕, 조! 나를 보니 반가워?"

"그럼! 이루 말로 다할 수 없을 정도인걸! 테디, 에이미는 어디 있어?"

"장모님이 처형 집에 붙잡아놓고 계셔. 오는 길에 들렀거든. 어찌나 붙잡는지 아내를 빼내올 수가 없었어."

"지금 뭐라고 했어? 장모? 처형? 아내?"

로리가 우물쭈물하자 조가 따지듯 다시 물었다.

"벌써 결혼을 했단 말이야?"

로리가 무릎을 꿇고 두 손을 비비며 잘못을 비는 척했다. 하지만 얼굴에는 장난기와 기쁨, 의기양양함이 넘치고 있었다.

"정말 결혼한 거야?" 조가 다시 물었다.

"그렇게 됐습니다. 고맙게도."

"맙소사! 다음번에는 또 무슨 끔찍한 짓을 저지를지 모르겠네!" 조는 여전히 숨을 헐떡이며 털썩 자리에 앉았다.

"너답긴 한데, 어째 썩 듣기 좋은 축하 인사는 아니네." 로리가 환하게 웃으며 말했다.

"도둑처럼 살금살금 기어와서 남의 혼을 빼놓고 뭘 바라는 거야? 자, 이 장난꾸러기 친구야, 어서 다 말해봐." 조는 정말 오랜만에 실컷 호탕한 웃음을 터뜨리며 다정한 어조로 말했다.

그러자 로리가 점잖은 티를 내며 말했다.

"어때, 결혼한 사람처럼 보이지 않아? 한 가정의 가장처럼 보이지 않느냐고?"

"전혀. 앞으로도 그렇지 않을 거고. 덩치가 커지고 좀 그럴 듯해졌는지는 모르지만 여전히 말썽꾼이야."

"조, 정말 나를 좀 더 정중하게 대할 수 없어?"

"어떻게 그러겠니? 네가 결혼해서 한 가정을 이뤘다는 생각만 해도 웃음이 터져 나올 판인데⋯⋯." 조가 활짝 웃으며 대답했고, 둘은 함께 한바탕 웃음을 터뜨렸다.

로리는 이어서 서둘러 결혼을 할 수밖에 없던 사연을 털어놓았다. 그들은 원래 한 달 전쯤 귀국해서 가족들 앞에서 결혼식을 올릴 작정이었다. 그런데 캐럴 고모의 가족이 파리에서 한 겨울을 더 지내기로 갑자기 결정했다. 로렌스 노인은 미국으로 돌아가길 원했고, 로리는 할아버지를 혼자 보내드릴 수도, 에이미를 혼자 놔둘 수도 없는 처지에 빠졌다. 캐럴 부인이 에이미를 보호자 없이 보내줄 수는 없다고 말한 때문이었다. 로리는 결혼을 하면 문제가 해결되리라고 생각하고 에이미와 함께 캐럴 고모를 설득했다. 그리고 6주 전 파리 주재 미국 영사관에서 조용히 결혼식을 올린 것이다.

로리와 조는 많은 이야기를 나누었다. 로리가 조에게 연인으로서 애정을 품었을 때보다 둘은 훨씬 더 가까워진 것 같았고, 둘 사이를 가로막고 있던 안 보이는 장막도 사라진 것 같았다.

조가 말했다.

"너희 둘은 정말 잘 지낼 거야. 에이미와 너는 우리처럼 싸우지도 않을 거고. 우화에 나오듯 에이미는 해님이고 나는 바람이야. 나그네의 옷을 벗기는 건 해님이지."

"햇빛만 내리쬐는 게 아닙니다요. 때로는 폭풍우가 불어요." 로리가 웃으며 말했다. "니스에서 한바탕 설교를 들었어요. 네 잔소리보다 몇 배는 심했지. 정말 정신이 번쩍 들게 하더군. 언젠가 네게 다 말해줄게. 에이미는 절대로 말해주지 않을걸. 나를 경멸한다고, 내가 부끄럽다고 말해놓고는 그런 아무짝에도 쓸모없는 녀석을 좋아하게 되어 결혼까지 했으니."

"어머, 어쩜 그럴 수가. 에이미가 또 그러면 내게 와. 내가 너를 지켜줄게."

"내가 그럴 필요가 있는 사람처럼 보여? 잘 보시지!"

로리는 허세를 부리듯 가슴을 내밀었다.

그날 저녁 정말 간만에 모든 가족이 모일 수 있었다. 물론 로렌스 노인도 자리를 함께 했다. 로렌스 노인은 신혼부부를 향해 연신 인자한 미소를 보내고 있었다. 이전의 약간 무뚝뚝하던 모습은 찾으려야 찾을 수 없을 만큼 다정한 모습이었다. 에이미는 마치 친손녀처럼 할아버지에게 다정하고 친절했다. 특히 로리가 로렌스 노인과 에이미가 연출하는 예쁜 그림을 아무리 보아도 싫증나지 않을 것처럼 바라보며 즐거워하는 모습이 너무 보기에 좋았다.

메그가 샐리는 비교도 되지 않을 정도라고 느낄 정도로 에이미는 기품 있는 숙녀가 되어 있었다. 그 평화로운 마음이 겉으로 드러난 듯 얼굴도 밝고 부드러웠으며 목소리에는 다정함이 배어 있었다. 마치 부부는 행복한 얼굴로 서로를 바라보며 고개를 끄덕였다. 막내딸이 현실적으로 원하던 것을 이룬 것도 기뻤지만 그보다는 사랑과 신뢰와 행복을 누릴 수 있게 된 것이 무엇보다 기뻤던 것이다.

다들 얼마나 많은 이야기를 나누었는지 모른다. 한 사람의 이야기가 끝나면 곧이어 다른 사람의 이야기가 이어졌고, 이야기 끝에는 언제나 웃음이 뒤따랐다. 하지만 조가 어딘가 쓸쓸하고 외로운 기분을 느끼고 있었다는 이야기도 빼놓을 수 없다.

조는 즐거운 가족들을 바라보며 속으로 다짐했다.

'잠자리에 혼자 누웠을 때 조금 울어야지. 지금은 눈물을 보이면 안 돼.'

만일 자신의 생일 선물이 조금씩 조에게 가까이 오고 있음을 그녀가 알았더라면 그녀는 결코 이런 생각을 하지 않았으리라. 그렇다! 그녀 앞에는 놀라운 일이 기다리고 있었던 것이다.

제31장 놀라운 일들

조가 손으로 눈가를 훔치며 가까스로 미소를 되찾았을 때였다. 갑자기 현관문 두드리는 소리가 났다. 조는 서둘러 손님을 맞기 위해 문을 열었다. 그녀는 또 다른 유령 하나를 본 듯 깜짝 놀랐다. 턱수염을 기른 큰 키의 신사 한 명이 마치 한밤중에 태양이 떠오른 듯 어둠 속에서 환하게 빛을 발하고 있었던 것이다.

"어머, 바에르 교수님! 정말 너무 반가워요!" 조는 그를 잡기도 전에 어둠이 그를 삼켜버릴까봐 두려운 듯 그를 꼭 잡으며 소리쳤다.

"나도 정말 반갑소, 마치 양. 그렇지만 무슨 파티가 있는 것 같은데……."

"아니에요. 가족들이 모인 거예요. 여동생 부부가 막 외국에서 돌아왔거든요. 어서 들어오세요."

바에르 교수는 예의 바른 사람이어서, 평소와 같았다면 내일 다시 오겠다며 발걸음을 돌렸을 것이다. 하지만 이미 조가 모자를 빼앗고 문을 닫은 상황이라서 안으로 들어설 수밖에 없었다. 게다가 반가움을 고스란히 드러내고 있는 조의 얼굴 표정이 그의 발목을 잡았다.

조는 곧바로 바에르 교수를 부모님께 소개했다.

"아버지, 어머니, 이분은 제 친구이신 바에르 교수님이세요."

이 이방인에게 혹시 환영을 받지 못하면 어쩌나 하는 걱정이 있었다면, 그 걱정은 일순간에 날아가버렸다. 모두 그를 친절하게 맞았던 것이다. 가족들은 그를 조의 친구로서 반갑게 맞았다. 하지만 이내 그를 진심으로 좋아하게 되었다. 바에르 교수에게는 사람의 마음을 여는 재주가 있던 데다 그가 가난하다는 사실에 가족들은 더욱 더 친근감을 느꼈다. 메그의 쌍둥이 남매는 어느새 그의 무릎을 하나씩 차지하고 앉더니 그의 호주머니를 뒤지고 수염을 잡아당기고 시계를 살펴보았다.

전에도 말했듯 바에르 교수는 결코 미남이 아니었다. 하지만 조는 바에르 교수의 얼굴을 흘깃흘깃 쳐다보면서 그가 젊고 잘생겼다고 생각했다. 부스스하던 머리 모양이 제법 단정하게 정리되어 있긴 했지만 정말 제 눈에 안경이었다. 가엾은 조! 그녀의 눈에 뭔가 씐 게 분명했다.

'구혼을 하려고 왔다고 해도 저렇게 공들여 차려입지는 않았을 거야'라고 조는 생각했다. 그러고는 남몰래 얼굴을 붉혔다.

어쩌다 화제가 분위기에 별로 어울리지 않는 고대 장례 풍습으로 흘러갔는지는 모르겠지만, 바에르 교수는 대화를 완전히 주도했다. 로리가 교수와의 논쟁에서 지자 조는 공연히 의기양

제31장 놀라운 일들

307

양했으며 대화에 푹 빠진 아버지의 모습을 보고는 '아버지가 매일 우리 교수님 같은 분과 대화를 나누실 수 있으면 얼마나 좋을까'라고 생각했다.

그날 밤 바에르 교수는 모두에게 좋은 인상을 심은 뒤 묵고 있는 호텔로 돌아갔고 메그와 아이들, 로리 부부도 돌아갔다.

"아주 지혜로운 사람인 것 같다." 마치 목사가 벽난로 옆에 앉아 흡족한 표정으로 조용히 말했다.

"좋은 사람이란 걸 알겠어." 마치 부인이 시계태엽을 감으며 동의하듯 자신 있게 말했다.

"좋아하실 줄 알았어요." 조는 그 말만 남기고 자기 방으로 돌아갔다.

방으로 들어온 조는 바에르 교수가 무슨 일로 이곳에 오게 된 것인지 궁금했다. 그녀는 그가 뭔가 명예로운 상을 이곳에서 받게 된 것이라고, 수줍음 때문에 그 사실을 밝히지 못하는 것이라고 결론 내렸다. 하지만 바로 그 순간 바에르 교수가 자신의 방에서 풍성한 머리칼에 진지하고 엄격한 표정의 어떤 숙녀의 초상화를 바라보고 있는 것을 알았다면 그녀의 궁금증에 새로운 빛이 비춰질 수 있었을 것이다. 게다가 어둠 속에서 그 초상화에 입을 맞추는 그의 모습을 보았다면.

제32장 우산 속에서

그날 이후 바에르 교수와 조는 길에서 두세 번 정도 우연히 만나 진흙 길과 젖은 들판을 함께 산책하곤 했다.

'나는 늘 저녁때쯤이면 산책을 했어. 우연히 교수님과 몇 번 마주쳤다고 해서 그 산책을 그만둘 필요는 없잖아.' 바에르 교수와 함께 길을 거닐면서 조는 이렇게 생각했다. 조는 산책길에 늘 메그의 집에 들렀고, 교수는 쌍둥이를 위한 선물을 사주곤 했다. 조가 집으로 돌아오는 길에 그와 마주치면 조는 그를 집으로 초대했다.

그렇게 한 주가 지나고 두 주째가 되자 집안사람 모두 돌아가는 사태를 눈치챘다. 하지만 조의 얼굴에 나타난 변화를 못 본 척하려고 애를 썼다. 그들은 조가 왜 일을 할 때마다 노래를 흥얼거리는지, 하루에도 세 번씩 머리를 틀어 올리는지, 왜 그렇게 활짝 핀 얼굴로 산책에 나서는지 그녀에게 묻지 않았다. 또한 바에르 교수가 조의 아버지와 철학에 대한 이야기를 나누면서 실은 그 딸에게 '사랑 수업'을 하고 있다는 사실을 그들은 조금도 의심하지 않았다.

바에르 교수는 그렇게 2주 동안 마치가를 드나들었다. 그런데 어쩐 일인지 벌써 사흘 째 발길을 뚝 끊었다. 가족은 모두 궁금해하는 표정이었고, 조는 처음에는 생각에 잠겼다가 이윽고 짜증을 자주 냈다.

"싫증이 나서 집으로 돌아간 거야. 올 때도 그렇게 갑자기 왔잖아. 물론 나는 아무렇지도 않지만, 신사라면 최소한 작별 인사는 했어야지." 조는 산책을 나가려고 현관을 바라보며 중얼거렸다.

"우산을 챙겨 가렴. 아무래도 비가 올 것 같구나." 어머니가 밖으로 나서는 조를 바라보며 말했다.

"네, 엄마. 시내에 가볼 건데 뭐 필요한 물건 없어요? 제가 사 올게요."

"그래, 드레스 안감으로 쓸 천하고 9호 바늘 한 쌈, 가느다란 라벤더 리본 좀 사다줄래?"

조는 보닛 끈을 묶으며 알았다고 대답하고 현관을 나섰다.

잠시 뒤 조는 포목점 근처가 아니라 회계 사무소와 은행 등이 즐비한 거리를 헤매고 있었다. 그곳은 신사들이 주로 모여드는 곳이었다. 어머니 심부름을 하기 전에 먼저 그곳을 어슬렁거리고 있었던 것이다.

그때 빗방울이 떨어지기 시작하더니 이내 빗줄기가 거세졌다. 조는 덤벙대다 우산을 들고 오지 않은 것을 그제야 깨달았다. 금세 발목까지 축축하게 젖었고 보닛도 망쳐버릴 참이었다. 조는 손수건으로 겨우 머리를 가린 채 포목점이 있는 곳으로 서둘러 발길을 옮기려 했다.

그때였다. 남루한 푸른색 우산 하나가 불쑥 그녀의 보닛 위로 나타났다. 조는 고개를 들어 바라보았다. 바에르 교수였다.

"말들이 오가는 진흙탕 길을 용감하게 지나가는 씩씩한 숙녀가 누군가 했더니……. 그래, 여기서 뭘 하고 있는 거요?"

"쇼핑 중이었어요."

바에르 교수는 미소를 지었다. 그곳에 보이는 것이라고는 사무실들과 피클 공장, 가죽 도매상뿐인 때문이었다. 하지만 바에르 교수는 아무런 내색도 하지 않았다.

"마치 양이 우산이 없으니 내가 함께 가도 되겠지요? 짐도 들어주겠소.”

“네, 고마워요.”

조는 뺨이 빨갛게 달아올랐지만 마음은 더없이 행복했다.

“우리는 선생님이 가버리신 줄 알았어요.”

“그토록 친절을 베풀어준 분들께 인사도 없이 가버릴 사람인 줄 알았소?”

“아뇨, 저는 절대로 그런 생각 하지 않았어요. 부모님을 비롯해 다들 선생님을 뵙고 싶어했어요.”

“고맙소. 떠나기 전에 꼭 들르겠소.”

“그런 다음엔 떠나시는 건가요?”

“여기서 볼일은 이제 없소. 다 끝났소.”

바에르 교수의 말투에 뭔가 실망감이 들어 있다고 느낀 조가 물었다.

“다 잘되었겠지요?”

“그런 셈이오. 내 생활을 유지하고 조카들을 도울 수 있는 길이 열렸으니.”

“자세히 말해주세요. 다 알고 싶어요……. 아이들 일 말이에요.” 조는 말끝에 방패막이로 아이들을 내세웠다.

“고맙소. 내 말해주리다. 친구들이 나를 위해 대학에 자리를 알아봐주었소. 고국에 있을 때처럼 학생들을 가르치면서 프란츠와 에밀을 도울 만한 돈도 벌게 되었소."

"아, 정말 너무 잘되었네요! 교수님은 원하시던 일을 하게 되었고, 또 우리도 자주……."

조가 속마음을 들킨 것 같아 말을 삼켰다. 그러자 바에르 교수가 말했다.

"하지만 우리는 자주 보지 못하게 될 거요. 그 대학이 서부에 있소."

"그렇게 멀리나!" 조는 손으로 치켜들고 있던 치맛자락을 놓아버리며 외쳤다. 다행히 포목점이 눈앞에 있어 그녀는 말머리를 돌릴 수 있었다. "아, 여기가 제가 가려던 가게예요."

가게로 들어간 조는 쇼핑 솜씨를 보여주려던 마음과는 달리 덤벙대며 실수를 연발했다. 바늘이 놓인 접시를 엎어버렸고, 천을 자르고 난 다음에야 원하던 천이 아닌 것을 알았으며, 엉뚱한 곳으로 가서 라벤더 리본을 달라고 했다. 그렇게 허둥대는 조의 모습을 보고 바에르 교수 얼굴에 보일락 말락 미소가 떠올랐지만 교수 자신도 자신이 미소 짓고 있다는 것을 느끼지 못했다.

가게에서 나온 두 사람은 말없이 진흙탕 길을 걸었다. 조의 마음은 참담했다. 바에르 교수는 이제 먼 곳으로 떠날 사람이었다.

'그래, 이 사람은 나를 친구로만 생각한 거야. 공연히 나 혼자 착각한 거야.'

조는 자신도 모르게 눈물을 흘렸다. 바에르 교수는 조의 뺨에 눈물이 흐르는 것을 보았다. 그 모습을 보고 바에르 교수는 가슴이 뭉클해서 물었다.

"오, 조, 왜 눈물을?"

많은 뜻이 담긴 물음이었다.

조는 그럴듯한 핑계를 대지 못하고 진심을 털어놓았다.

"선생님이 멀리 가버리시니까요."

"오, 세상에! 그렇다면!" 바에르 교수가 지나는 사람들이 깜짝 놀랄 만큼 큰 소리로 외치더니 숨도 쉬지 않고 단번에 말했다. "조, 내가 당신에게 줄 거라고는 넘치는 사랑밖에 없소. 난 당신이 내 마음을 받아줄 수 있는지 알아보려 이곳에 온 거요. 그리고 내가 당신에게 친구 이상의 존재라는 확신이 들 때까지 기다린 거요. 당신 마음속에 이 늙은 프리츠를 위한 작은 자리를 마련해줄 수 있겠소?"

"오, 그럼요!"

조는 양손으로 그의 팔짱을 끼고 행복한 표정으로 그를 쳐다보았다. 바에르 교수는 너무 가슴이 뿌듯했다. 조의 표정이 그와 함께라면 영영 우산 속에서 살아가야만 하게 되더라도 행복할 것 같다는 표정이었던 것이다.

　정식으로 청혼하기에는 정말 난감한 상황이었다. 아무리 바에르 교수 마음이 굴뚝 같았다 하더라도 진흙탕에 무릎을 꿇을 수도 없었고, 양손에 물건을 들고 있어 두 손을 내밀 수도 없었다. 그가 할 수 있는 일은 환한 얼굴로 조를 바라보는 것뿐이었다. 하지만 조는 행복했다.

　지나가는 사람들은 아마도 이들을 정신병자로 생각했는지도 모른다. 여자의 치마는 처참한 지경이었고, 발목까지 흙탕물이 튀었으며 보닛은 엉망이었다. 그런 여자와 함께 걷고 있는 남자는 그런 그녀에게 가장 아름다운 여자에게나 보낼 수 있는 사랑스런 눈길을 던지고 있었으며 여자는 한없이 행복한 표정이었다.

　"그런데 왜, 좀 더 일찍 속마음을 털어놓지 않으신 거예요?"

　"이제, 내 속마음을 다 털어놓겠소. 실은 뉴욕에서 작별 인사를 할 때 고백하고 싶었소. 하지만 그때는 당신이 그 잘생긴 청년과 약혼한 사이일지도 모른다는 생각에 그러지 못한 거요.

그러던 중에 이 시를 보게 된 거요."

바에르 교수는 조끼 주머니에서 종이를 한 장 꺼냈다. 조는 자신의 시라는 것을 알고 얼굴이 확 달아올랐다. 조는 가끔 신문에 시를 기고하곤 했던 것이다.

바에르 교수가 말을 이었다.

"우연히 이 시를 읽게 되었는데, 이 시의 등장인물들의 이름과 작가의 이니셜을 보고 당신이 쓴 시라는 것을 알았소. 그리고 시의 한 구절이 꼭 나를 부르는 것 같았소. 어디 찾아서 읽어봐요."

조는 자신이 쓴 시를 훑어보더니 바에르 교수가 말한 부분을 찾았다.

「다락방에서」라는 제목의 시는 조가 쓴 네 자매에 대한 시였다. 그중 조 자신에 관한 부분은 다음과 같았다.

낡히고 너절해진 다음 상자의 이름은 바로 조,
그 잡동사니 가게에는
머리 없는 인형들과 찢어진 교과서들
더 이상 말을 않는 새와 짐승 들만 있을 뿐,
요정 나라에서 가져온 보물들은

유년기의 발길에 짓밟혀버렸고
미래의 꿈은 찾을 길이 없다.
과거의 꿈은 아직 달콤하고,
반쯤 쓰다 만 시, 거친 이야기들,
따사롭고도 차가운 4월의 편지들,
고집 센 아이의 일기만 있을 뿐.
일찍 늙어버린 여인에게
여름 빗방울 소리와 함께
슬픈 노래 후렴처럼 들려오는 소리가 있다.
'떳떳한 사람이 돼야 해. 사랑해. 그러면 사랑이 올 거야.'

"아주 못 쓴 시예요. 하지만 그 시를 쓸 때의 솔직한 심정이었어요. 너무 외로웠고 잡동사니들을 놓고 엉엉 울었거든요."

"난 그 시를 읽고 당신이 외롭다고, 진정한 사랑으로 위안을 받을 수 있으리라고 생각했소. 그리고 당신에게 '당신이 받아들이기에 너무 보잘것없지만 않다면 내 마음을 받아주길 바라오'라고 말하고 싶었소. 하지만 이곳에 와서도 망설일 수밖에 없었소. 이토록 가난한 늙은이인 내가 그렇게 단란하고 행복한 가정에서 당신을 빼올 수는 없다고 생각했던 거요."

"가난은 아무것도 아니에요. 전 가난을 겪어봐서 잘 알아요. 오히려 당신이 가난해서 다행인걸요. 그리고 당신을 늙은이라고 생각하지 말아요. 저는 단 한 번도 그런 생각을 해본 적이 없어요. 당신이 일흔 살이었다 하더라도 당신을 사랑할 수밖에 없었을 거예요."

바에르 교수는 너무 감동해 손수건을 꺼내야 할 지경이었다.

"조, 오랫동안 기다릴 수 있겠소? 멀리 떠나서 나 혼자 일을 해야 하오. 조카들을 돌봐야만 하기 때문이오. 누이동생과의 약속을 깰 수는 없소."

"그럼요, 얼마든지 기다릴 수 있어요. 우리는 서로 사랑하니까 뭐든 견딜 수 있어요. 저도 그래요. 당신을 아무리 사랑한다해도 가족에 대한 의무를 저버릴 수는 없으니까요."

조는 처음으로 그에게 '당신'이라는 호칭을 썼고 그는 너무 듣기 좋았다.

"아, 당신은 내게 정말 큰 희망과 용기를 주는구려. 내가 줄 수 있는 거라고는 내 가슴속에 그득한 사랑과 이 빈손뿐인데."

조는 마지막까지도 품위 있는 행동과는 거리가 먼 여자였나 보다. 계단 위에 올라서자 그녀는 그의 양손을 잡으며 "이제는 빈손이 아니죠"라고 속삭이더니 우산 속에서 고개를 숙여 그에게 입을 맞추었던 것이다.

조는 행복한 기분에 아무것도 보이지 않는 상태였다. 그녀의 행동은 아주 간단한 몸짓일 뿐이었지만 그 순간은 두 사람의 삶에서 가장 절정의 순간이었다. 바로 그 순간 어둠과 폭풍, 고독이 가정의 불빛과 따스함, 평화로 바뀌어 "어서들, 이 집 안으로 들어오시게"라며 그들을 맞아들인 것이다. 조는 사랑하는 사람을 집 안으로 들이고 문을 닫았다.

제33장 결실의 계절

　1년 동안 조와 바에르 교수는 희망과 사랑으로 기다림 속에 열심히 일했다. 그들은 서로 만나지는 못했지만 계속 편지를 주고받았다.

　그런데 2년째 되는 해에 숙모 할머니가 돌아가셨고, 플럼필드를 조에게 유산으로 남겼다. 정원과 과수원 관리만도 하인이 두셋은 필요한 거대한 저택이었고, 농토도 넓은 곳이었다. 모두 조가 그곳을 관리하기에는 무리여서 그곳을 팔 것이라고 생각했고 로리는 나서서 조에게 그곳을 팔라고 권했다.

　하지만 조는 로리의 권유를 받아들이지 않았다.

　"난 거기서 고생할 보람이 있는 작물들을 키울 거야."

　"그 작물들이 어떤 건가요, 부인?" 로리가 장난스레 물었다.

"소년들! 아이들을 위한 학교를 열 거야. 아이들이 행복해하는 학교, 집처럼 생각하는 그런 좋은 학교! 난 학생들을 돌보고 프리드리히는 아이들을 가르칠 거야. 가난하고 외로운 아이들, 돌보는 사람이 없어서 잘못된 길로 빠질 수 있는 아이들을 선도할 거야. 실은 오래전부터 하고 싶던 일이야. 프리드리히도 찬성했어. 하지만 돈이 드는 일이니 부자가 된 다음에 하자고 했어. 그런데 숙모 할머니 덕분에 내가 부자가 된 거야. 플럼필드는 정말 남자아이들의 학교로 안성맞춤이야. 방도 수십 개고 넓은 운동장도 있잖아. 애들이 정원과 과수원 일을 도울 수 있을 거고. 그리고 테디, 난 아이들에게 너를 본받으라고 할 거야. 너는 정말 모범적인 사업가이고, 그렇게 번 돈을 불쌍한 사람들을 위해서 쓰잖아." 조는 마치 모든 구상이 이미 되어 있다는 듯 청산유수로 말했다.

그 뒤 1년은 정말 놀랄 만한 한 해였다. 모든 일이 너무나 빠르게, 그리고 즐겁게 진행되었던 것이다. 조는 결혼해서 플럼필드에 자리 잡고 살았다. 학교도 열렸고, 가난한 아이들뿐 아니라 부자 아이들도 그곳에서 학생으로 지냈다. 로렌스 씨가 가슴 뭉클한 사연을 지닌 아이들을 찾아내어 바에르 부부에게 맡기는 역할을 했다. 이 꾀 많은 노인네는 그럴 때마다 후원금을 주어 학교 경영을 도왔다. 이제 플럼필드는 불쌍한 숙모 할머니가 보셨다면 한숨을 푹푹 내쉴 수밖에 없는 이상한 곳으로 변했다. 아이들의 천국이 된 그곳에 로리는 독일어로 '바에르 가르텐(정원)'이라는 별명을 붙였다. 정말 그곳에 딱 어울리는 별명이었다. 이곳 '바에르 가르텐'에서는 수줍음을 많이 타는 소년, 연약한 소년, 말썽꾸러기 소년, 말을 더듬는 소년, 절름발이 소년, 혼혈아 등 다른 학교에서 기피하는 아이들을 모두 환영했다. 혼혈아까지 받아들이다니 학교가 곧 망할 거라고 수군대는 사람들도 있었지만 바에르 부부는 개의치 않았다. 그 애들은 별난 아이들이 아니라 모두 '바에르 가르텐'이라는 가정에서 행복하게 자라는 바에르 부부의 자식들이었다.

세월이 흘렀다. 조에게는 두 아들이 생겼다. 큰아이의 이름은 할아버지의 이름을 따서 로브로 지었고, 동생의 이름은 테디였다.

플럼필드에는 방학이 많았고 가장 신나는 연례행사 중의 하나가 사과 따기였다. 이때가 되면 마치가와 로렌스가, 브룩가, 바에르가가 총동원되어 사과 따기에 열중했다. 조가 결혼한 지

5년째 되는 해 10월에도 이 행사가 어김없이 열렸다. 모두 열심히 사과를 따며 이렇게 즐거운 날은 없다고 입을 모아 말했다.

오후 4시가 되자 모두 휴식을 취했고 조와 메그는 풀밭에 식사 준비를 했다. 이제 이 땅은 진정으로 젖과 꿀이 흐르는 땅이 된 것이다. 아이들은 풀밭 위 마음에 드는 곳이라면 아무 곳에서나 식사를 했다. 자유야말로 아이들에게 가장 소중한 반찬인 셈이었다.

식사가 끝나자 바에르 교수가 "숙모 할머니를 위하여! 그분께 하나님의 축복을!"이라며 건배 제의를 했다. 이어서 오늘 예순 생일을 맞이한 마치 부인, 아니 마치 할머니를 위한 건배가 이어졌고, 그곳에 있는 모든 사람의 건강을 위한 건배가 끝없이 이어졌다.

손주들과 손주 같은 학생들로부터 생일 선물을 받은 마치 할머니는 눈물을 훔치기에 바빴고, 바에르 교수는 축가를 불렀다. 그러자 모든 아이가 축가를 따라 했고, 나무 사이로 합창 소리가 메아리쳤다. 조가 가사를 쓰고 로리가 곡을 붙인 노래였다.

아이들 노래가 끝나자 조가 옆에 앉은 메그에게 말했다.

"내가 전에 바라던 삶은 지금 보면 이기적이고 외롭고 차가웠던 것 같아. 물론 좋은 책을 쓰겠다는 꿈은 아직 버리지 않았어. 하지만 기다릴 수 있어. 이 모든 경험과 모습이 내 글에 녹아들게 하려면 그게 더 나아."

그러자 메그가 말했다.

"내가 그려왔던 꿈속의 성(城)은 이제 거의 다 실현된 셈이야. 나는 분명히 화려한 것들을 원했지만 속으로는 작은 집과 존, 귀여운 아이들만 있으면 만족하리라는 것을 알고 있었거든. 고맙게도 그걸 다 가졌으니 난 정말 행복한 여자야."

그러자 이번에는 에이미가 말했다.

"내 성(城)은 내가 계획했던 것과는 달라. 하지만 그 성을 바꾸고 싶은 마음은 없어. 물론 나도 조 언니처럼 예술에 대한 희망을 포기하지 않았어. 내 삶 전체를 다른 사람의 꿈을 돕는 일에 바치고 싶지는 않거든. 요즘에는 아기 모형을 만드는 일에 전념하고 있어. 로리 말로는 내가 했던 일들 중에 최고래. 정말 열심히 해볼 작정이야. 그러면 무슨 일이 일어나더라도 내 작은 천사의 모습은 영원히 간직할 수 있을 테니까."

그 말과 함께 에이미는 눈물을 흘렸다. 에이미의 사랑하는 딸 베스가 몸이 약해 언제고 딸을 잃을지도 모른다는 두려움에 사로잡혀 있었던 것이다.

"베스는 점점 더 건강해질 거다. 그러니 걱정 말아라." 마치 부인이 에이미를 위로했다.

그러자 조가 감정에 북받쳐 큰 소리로 말했다.

"엄마, 전 엄마의 반도 못 미쳐요. 이게 다 엄마의 결실이에요. 엄마가 얼마나 열심히 씨를 뿌리고 거두고 하셨는지, 말로는 이루 다 감사할 수 없을 정도예요."

"매년 더 많은 알곡을 거두고 가라지는 적어지길 바라요." 에이미가 부드럽게 말했다.

"아무리 큰 다발이라도 엄마 품은 너무 넉넉해서 그걸 다 받아들일 수 있을 거예요." 메그가 다정한 목소리로 말했다.

마치 부인은 감동에 젖어 딸들과 손주들을 모두 끌어안으려는 듯 두 팔을 뻗었다. 부인은 어머니의 사랑과 감사와 겸양이 듬뿍 담긴 표정과 목소리로 말했다.

"오, 애들아, 너희가 앞으로 얼마를 더 살더라도, 너희가 지금보다 더 행복하길 바랄 수는 없을 것 같구나."

『작은 아씨들』을 찾아서

『작은 아씨들(*Little Women*)』을 읽으면서 내내 얼굴에 흐뭇한 미소를 띠고 있던 여러분도 막상 이 소설을 덮으면서 속으로 이렇게 생각했는지도 모르겠다.

'이렇게 소박하고 건강하기만 한 소설이 어떻게 세계 고전 명작의 반열에 오를 수 있는 걸까?'

루이자 메이 올컷(Louisa May Alcott, 1832~1888)의 『작은 아씨들』 에는 극적인 사건도 없고, 주인공의 비장한 고뇌도 없으며, 복잡한 인간관계도, 섬세한 내면의 드라마도 없다. 작품의 주인공인 네 명의 소녀가 자질구레한 갈등을 겪으면서 '어른'이 되어가는 지극히 평범한 이야기다. 게다가 그렇게 어른이 되어가는 과정도 너무 자연스러울 뿐, 우리가 흔히 소설의 소재가 될 만하다고 여길 수 있는 특별한 사건은 눈에 띄지 않는다. 가장 큰 사건이라야 천사 같은 셋째 베스가 죽은 것, 조가 숙모 할머니로부터 유산을 물려받아 학교를 운영하게 된 것뿐이다.

그렇다면 이 소설의 네 자매는 그냥 평범한 인물들인가? 그냥 자연스럽게, 평탄하게 어른이 된 것인가? 작가는 그렇지 않다고 단호하게 말한다.

> 자신의 삶을 온통 부모님께 헌신하고 가정을 자신뿐 아니라 가족 모두에게 행복한 곳으로 만들려고 노력하는 것보다 엄청난 일이 어디 있겠는가? 게다가 그녀는 그 얼마나 어려운 노력을 하고 있던 것인가? 줄기차게 야심만만하던 한 소녀가 자신의 희망과 계획과 욕망을 포기하고 기꺼이 남들을 위해 살겠다고 결심하는 것보다 더 어려운 일이 어디 있겠는가? (295쪽)

가장 친하게 지내던 동생 베스가 세상을 떠난 뒤에 베스가 도맡아 하던 집안일을 열심히 하는 조의 모습에 대해 작가가 작품에 개입해서 하는 소리다.

작가가 되고자 하는 야심에 차 있었고, 미래에 대한 희망이 있었으며 욕망도 컸던 조가 그 욕망을 포기하고 자질구레한 집 안일에 열심이다. 상식으로 본다면 좌절이고 포기다. 그런데 작가는 그것이 엄청난 일이라고 말한다. 정말 어려운 노력 없이는 될 수 없는 일이라고 말한다.

요즘 세상에 대비해서 읽어보면 도무지 이해가 되지 않는 말이다. 우리는 어릴 때부터 큰 야망을 가져야 한다는 충고를 수도 없이 듣는다. 성공을 위해, 명예와 부를 얻기 위해 자질구레한 것들은 포기하고 살아야 한다고, 성공을 위한 노력이 가장 값진 것이라는 충고를 듣고 산다. 온통 그런 충고에 둘러싸여 있는 우리 앞에 놓인 길은 딱 두 갈래뿐이다. 노력해서 성공하거나 실패를 맛보고 좌절하는 것, 그 두 갈래 길밖에 없다.

물론 한 가지 길이 더 있는 것 같다. 그런 충고에 반항하고 자신의 길을 찾는 것. 하지만 그 길도 성공이냐 실패냐의 단순한 이분법의 잣대를 들이대면 영락없는 실패의 길이 된다.

그런데 위 인용문에는 모든 게 뒤집혀 있다. 욕망의 성취를 위해 노력하는 것보다, 그 욕망을 버리려고 노력하는 게 더 힘들다고 말한다. 자신의 욕망 성취를 위해 노력하는 것보다 집안을 가족 모두에게 행복하게 만들기 위해 노력하는 것이 더 엄청난 일이라고 말한다. 왜 그럴까? 성공해서 욕망을 성취하겠다는 욕망 속에는 아무리 좋게 보아도 이기심이 더 큰 몫을 차지하고 있기 때문이다. 조가 훌륭한 소설로 사람들에게 감동을 주고 세상에 좋은 영향을 주더라도, 그 일에는 개인적 욕망이 더 크게 들어 있다. 하지만 집안일을 하는 것은 오로지 가족을 위한 것이다. 그 일은 사회적 성공에 비해 결코 하찮은 일이 아니다. 그 일에는 이타심이 들어 있기 때문이고, 이기심을 버리고 이타심만 갖는다는 건 보통 어려운 일이 아니다.

오로지 돈을 위해 썼던 원고를 불 속에 던져 넣으면서 조는 다음과 같이 중얼거린다.

'나는 양심이 없으면 얼마나 좋을까 생각했던 거야. 옳은 일을 하려고 신경 쓰지 않고 나쁜 짓을 해도 마음이 편하다면 정말 쉽게 살아갈 수 있으리라고 생각했던 거야. 아버지나 어머니가 그런 문제에 대해 까다롭지 않으면 얼마나 좋을까 생각했던 거야. 하지만 나는 그렇게 까다로운 분들이 옆에 있다는 것에 감사해야 해. 올바로 이끌어줄 사람이 곁에 없다는 게 더 불쌍한 거야. 나도 젊으니까, 그런 까다로운 원칙들이 감옥처럼 느껴질 때가 있어. 하지만 그런 건 내가 올바른 여성으로 성장하기 위한 초

석(礎石)인 거야.' (245쪽)

　우리는 살아가면서 모두 각자의 짐을 지고 각자의 길을 간다. 하지만 인간은 누구나 미숙한 존재다. 그 누구의 도움 없이 홀로 자신의 올바른 길을 걸어갈 수 있는 사람은 하나도 없다. 우리가 제대로 된 길을 걸어가려면 반드시 안내자가 필요하다. 이 작품에서 그런 안내자의 역할을 하는 사람이 바로 부모님이다. 더 정확히 말한다면 어머니다.

　작품에서 어머니는 어머니의 지고한 사랑을 통해, 직접 충고를 통해, 자식들이 직접 체험으로 느낄 수 있는 실험을 통해 자식들을 옳은 길로 인도한다. 그런 어머니의 인도를 받은 네 자매는 각자 나름대로 자기만의 삶에서 행복을 느끼는 사람으로 성장한다. 하지만 그녀들이 자신의 삶에서 남다른 행복을 느끼는 것은 남다른 성공을 거두었기 때문이 아니다. 그녀들의 마음속에, 영혼 속에 나름대로의 미덕을 키우고 고이 간직한 덕분이다. 그런 네 자매는 결코 평범하지 않다. 이 세상에서 좀처럼 보기 드문 내적인 미덕과 자질을 지니고 살아가기 때문이다. 더욱이 그녀들이 지닌 자질을 좀처럼 보기 힘든 요즘 세상에 비춰보면, 겉보기에 평범한 그녀들은 정말 별난 사람들이다.

이 소설을 읽으면서 나는 곁에서 누군가가 이렇게 속삭이는 소리가 듣고 싶어진다.

"쟤는 정말 별나게 착해. 쟤는 정말 별나게 겸손해. 쟤는 정말 별나게 올곧아. 쟤는 정말 별나게 정직해. 쟤는 정말 별나게 맑아. 쟤는 정말 별나게 명랑해. 쟤는 정말 별나게 씩씩해. 쟤는 정말 별나게 눈이 반짝여. 쟤는 정말 별나게 고집이 세. 쟤는 정말 별나게 남들만 생각해. 쟤는 정말 별나게 너그러워. 쟤는 정말 별나게 겁이 많아. 쟤는 정말 별나게 눈물이 많아. 쟤는 정말 별나게 다정해."

나는 그렇게 별난 사람들도 가득 찬 알록달록한 세상을 보고 싶다.

"그런 게 다 무슨 소용 있어? 착한 게 밥 먹여주나? 어차피 인간은 이기적인 동물이야, 제일 중요한 건 돈이고 출세지 뭐, 인생의 의미는 결국 거기에 있는 거야. 똑똑한 게 최고야"라며 알록달록한 세상을 뭉개버리고 오로지 한 가지 색깔로 채우려는 사람들로 그득한 세상, 온통 한 가지 색깔로 물든 세상보다는 그런 알록달록한 세상을 보고 싶다.

『작은 아씨들』의 네 자매는 알록달록하다. 하지만 그녀들을 알록달록하게 해준 건 그녀들이 각기 지닌 개성 덕분만이 아니다. 어머니로부터 착한 사람이 되라는, 남을 도와주라는, 부지런하라는, 시련을 이길 힘을 지니라는, 절약하라는 기본 교육을 받은 덕분이다. 네 자매가 그러한 공통분모를 바탕으로 각자 자신의 자질을 마음껏 발휘할 수 있게 된 때문이다. 자식을 그런 식으로 교육시키는 어머니는 자식이 출세하기를, 돈을 벌기를 간절히 바라는 어머니가 아니다. 어떤 식으로건 자신에게 걸맞은 삶, 자신이 좋아하는 삶을 살되 기본을 잃지 않기를 바라는 어머니다. 그런 어머니가 자식들을 알록달록하게 키울 수 있다.

우리 곁에 그런 어머니가 없으면 어떻게 될까? 어머니들이 모두 이 세상이 가하는 유혹에 넘어가서 자식에게 출세만 강요하고 바라면 어떻게 될까? 그렇게 속물이 된 어머니만 있다면 어떻게 될까? 단언하지만 아이들은 겉으로건 속으로건 반항을 한다. 그런데 더 무서운 것은, 그렇게 반항을 하면서 아이는 어머니와 똑같아진다는 사실이다. 자신만의 삶의 지표를 갖지 못한다는 말이다. 그렇게 되면 어떻게 되는가? 이기적이 된다. 무책임해진다. 방종을 자유로 착각하게 된다. 그리고 우리 사회가 바로 그렇다. 우리 주변에서 이 작품의 어머니와 같은 어머니를 찾기가 너무 어렵다.

나는 이 작품을 우리 어머니들이 많이 읽으면 좋겠다. 이 작품을 읽으면서 자식을 진정으로 사랑한다는 것이 어떤 것인지 느낄 수 있었으면 좋겠다. 아니다. 자식을 진정으로 사랑하지 않는 어머니가 어디 있겠는가? 하지만 사랑에도 방법이 있고 요령이 있다. 자식을 진정으로 사랑하는 많은 어머니들이 이 작품을 읽고 그 방법을 배웠으면 좋겠다. 우리가 아이를 교육시키는 것은 결국 그 아이를 세상에 내보내기 위해서가 아닌가? 그렇다면 자신의 아이가 남들에게서 번듯한 사람이라는 평가를 받을 수 있기를 바라는 것이 정상이 아닌가? 자식을 언제까지나 내 품에 품을 수는 없는 것 아닌가? 때로는 포근하게 감싸는 말과 행동보다는 질책이 더 필요할 수도 있는 것이다.

한 가지만 더 지적하기로 하자. 이 작품에서 어머니가 자식들에게 가르치는 정신은 바로 청교도 정신이다. 근면과 정직, 어려운 사람을 돕는 마음을 바탕으로 하는 정신, 인생을 '참됨과 행복을 갈구하는 마음을 길잡이 삼아 수많은 어려움과 실수를 헤치고 진정한 〈천상의 도시〉인 평화에 이르는(21쪽)' 순렛길로 생각하는 것이 바로 청교도 정신이다. 이 책을 읽은 어머니들이 미국의 청교도 정신과 교육을 이해하고 미국이라는 나라의 기본 정신을 대강이나마 이해할 수 있게 되기를 나는 또한 바란다.

나는 여러분들이 이 소설을 읽고 샬럿 브론테의 『제인 에어』와 한번 비교해보기를 권한다. 물론 『제인 에어』는 영국 소설이고 『작은 아씨들』은 미국 소설이니 무대 자체가 다르다. 또한 『제인 에어』의 제인 에어와 『작은 아씨들』의 여주인공들은 기본 성격도 다르다. 한마디로 제인 에어는 저항적이고 이 작품의 주인공들은 순응적이다. 그렇기에 『제인 에어』를 페미니즘의 효시로 간주하는 것이 일반적이며 『작은 아씨들』에 대해서는 페미니즘이라는 수식어가 별로 붙지 않는다.

하지만 나는 이 소설을 『제인 에어』와 마찬가지로 중요한 페미니즘 소설의 하나로 간주하고 싶다. 주인공들이 여성이기 때문이 아니다. 『제인 에어』의 제인 에어와 마찬가지로 이 소설의 주인공들, 특히 작가 자신이 모델이기도 한 조는 도저히 양보할 수 없는 자신만의 가치, 어머니로부터 배운 그 가치를 지니고 당당하게 세상에 맞서기 때문이다. 그 맞섬은 기존 가치와 질서를 부정하는 맞섬이 아니다. 그 맞섬은 바로 자신과의 맞섬이다. 자신의 운명과 맞서서 당당하게 자신의 꿈을 실현하는 모습을 보여주는 것, 그것 역시 훌륭한 페미니즘이다.

『제인 에어』의 제인 에어가 남성성이 지니기 어려운 여성성

의 부드러움과 섬세함으로 우위에 섰듯이 『작은 아씨들』의 주
인공들도 그 부드러움과 섬세함으로 자신의 꿈을 각자 실현함
으로써 우리에게 세상을 긍정할 수 있는 힘을 준다.

　『작은 아씨들』은 애당초 1868년과 1869년에 각기 다른 책으
로 나온 것을 하나로 묶은 것이다. 처음에는 이 책의 제1부에
해당되는 부분만이 『작은 아씨들』이라는 제목으로 출간되었
다. 책이 출간되자 작가도, 출판사도 놀랄 정도로 호응을 얻었
다. 이에 올컷은 『훌륭한 부인들』이라는 제목하에 이어지는 작
품을 써서 발표했다. 이 책의 제2부에 해당되는 그 책도 커다란
호응을 받았고 1880년에는 이 두 권의 책을 묶어 『작은 아씨
들』이라는 제목을 붙여 출간했다. 이 책에 나오는 등장인물들
과 내용은 작가 자신의 실제 삶과 그대로 부합한다는 것이 정
설로 되어 있고, 전문가들은 이 작품을 '전기(傳記)소설'로 부르
기도 한다. 참고로 작품에 나오는 조는 작가 자신이 모델이라
는 것은 두말할 필요도 없다.
　『작은 아씨들』은 출간되자마자 공전의 히트를 쳤고 곧장 두
편의 무성영화로 제작되었다. 이후 2018년에 제작된 영화를 포
함해 모두 다섯 편의 영화가 더 제작되었으며 2017년에 영국

BBC에서 제작한 텔레비전 시리즈를 포함해 모두 다섯 편의 시리즈가 만들어졌다. 미국에서는 2005년에 브로드웨이에서 연극으로 상연되었으며 1998년에 제작된 오페라는 2001년에 텔레비전용으로 각색되어 미국 전역에 방송되었다. 또한 2003년 영국 BBC에서 행한 설문조사에서 『작은 아씨들』은 영어로 된 역대 소설들 중 18위를 차지했으며 미국 작가의 작품들 중에는 4위에 랭크되었다.

한 가지만 더 말해두자. 『작은 아씨들』은 그레타 거윅(Greta Gerwig) 감독이 현대적으로 재해석한 영화가 곧 상영될 예정이다. 참고로 거윅은 아카데미상에서 최우수 감독상에 지명된 역사상 다섯 번째 여성이다. 우리 함께 그녀가 감독한 영화를 기대해보자.

루이자 메이 올컷은 지금 필라델피아에 속해 있는 저먼타운에서 독실한 기독교 신자인 아버지 에이머스 브론슨 올컷과 어머니 애비게일 메이 사이에서 태어났다. 『작은 아씨들』에서처럼 네 자매 중 둘째였다. 1834년 그녀의 아버지는 보스턴으로 이사해서 일종의 실험학교를 세웠으며 그곳의 한 모임에서 에머슨, 호손, 소로, 롱펠로 등과 교류했다. 덕분에 올컷도 그들의 지적인 분위기를 어릴 때부터 맛볼 수 있었다.

올컷의 가족은 30년 동안 스물두 번이나 이사했으며 1858년 에야 다시 고향으로 돌아올 수 있었고 올컷은 그곳에서 『작은 아씨들』을 집필했다.

올컷의 가족은 『작은 아씨들』에 나오는 가족처럼 가난했으며 올컷은 조처럼 가족의 생계를 돕기 위해 어릴 때부터 글을 썼다. 그리고 『작은 아씨들』에 나오듯 A.M. 바너드(Barnard)라는 가명으로 작품들을 발표했다. 하지만 그녀에게 작가로서의 명성을 가져다준 것은 역시 『작은 아씨들』이다.

하지만 그녀는 작품에서의 조와는 달리 평생 결혼하지 않고 독신으로 살았다. 이후 『8명의 사촌들』『라일락 아래에서』『조의 아이들』『조 아주머니의 잡동사니 가방』(전 6권) 등을 차례로 발표했으며. 그녀는 아버지가 돌아가신 지 이틀 뒤인 1888년 3월 6일 뇌졸중으로 보스턴에서 사망했다. 향년 55세였다. 1996년 올컷은 '미국 여성 명예의 전당'에 올랐다.

작은 아씨들

생각하는 힘: 진형준 교수의 세계문학컬렉션 41

펴낸날	초판 1쇄 2020년 1월 13일
	초판 2쇄 2020년 8월 26일

지은이	루이자 메이 올컷
옮긴이	진형준
펴낸이	심만수
펴낸곳	(주)살림출판사
출판등록	1989년 11월 1일 제9-210호

주소	경기도 파주시 광인사길 30
전화	031-955-1350 팩스 031-624-1356
홈페이지	http://www.sallimbooks.com
이메일	book@sallimbooks.com

ISBN	978-89-522-4170-2 04800
	978-89-522-3986-0 04800 (세트)

이 도서의 국립중앙도서관 출판시도서목록(CIP)은 서지정보유통지원시스템 홈페이지
(http://seoji.nl.go.kr)와 국가자료공동목록시스템(http://www.nl.go.kr/kolisnet)에서
이용하실 수 있습니다.(CIP제어번호: CIP2019046516)